NF文庫
ノンフィクション

新装版
空母雷撃隊
艦攻搭乗員の太平洋海空戦記

金沢秀利

潮書房光人新社

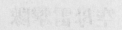

空母雷撃隊——目次

第二章　インド洋の火柱

第三章　ミッドウェーの死闘

第四章　南太平洋の波濤

写真提供／雑誌「丸」編集部・米国立公文書館

空母雷撃隊

艦攻搭乗員の太平洋海空戦記

プロローグ

　第三次攻撃隊は、敵戦闘機との遭遇を警戒しながら驀進した。水平線の手前に、チラチラと航跡が望見される。敵空母はどの艦も無傷らしく、被弾した煙らしいものがない。味方第二次の艦爆隊は、他の群を攻撃したのであろうか。これでは、ことさら無傷の空母を求めるまでもない。あつらえ向きのお膳立てである。

　パッパッパッ……。早くも敵砲弾は、やっきになって飛んできたが、距離はまだ一万メートル以上ある。そのため黒煙の塊りは、攻隊隊の進路はるか彼方で咲き乱れている。まるで花咲爺さんのそれにも似て、弾煙の花は満開になりだした。

　接敵するほどに、薄れた爆煙のなか、真新しい濃暗色の爆煙が叩きつけられるようにはじける。その真っただなかを、攻撃隊は一糸乱れずかい潜っていった。

　煙痕の網垣《あみがき》である。隠見《いんけん》する敵艦は見失いそうになる。敵戦闘機の姿は見えない。型どおりならば、このあたりで突撃準備隊形が下令されるはずだが、まだ命令はない。

わずか十機だけのことだ、もっと近接してから疎開隊形をとっても遅くはない。射点占位も容易だろうし、魚雷投下までは、一機でも敵機にくわれたくない。そのためには、できるかぎり編隊を解かない方が被害も少ないし、精神的に強いものがあるというべきだ。

そのうえ、「飛龍」雷撃隊としては、指揮官友永丈市大尉機はすでに傷ついているのだ。だから編隊でガッチリつつんだまま突撃し、集団雷撃を敢行しようというのである。

友永大尉は、編隊左右の部下を見渡し、いずれもがっちり組んでいるのを見届けて微笑した。同時に、とてつもなく大きなバンクをした。それは、死の門出をみずから祝福するかのようなバンクであった。

「てめえら、一機もやられずついてきたな。不肖このおれを分隊長として奉り、おやじのように慕ってくれたが、そのことァおれは忘れぬぞ。じゃ、あの世で会うとしようぜ」とでも言いたげな微笑だった。

「指揮官トモさんにつづけ」とばかり、「飛龍」雷撃隊は扇状に進出した。それまでは前後に顔をつき合わせるように編隊を組んでいた戦友たちであったが、敵空母に対して横一線に散開したいまは、目鼻の区別も定かではない。敵艦の艦種は何型なのか、艦橋が中央より前にあった。

編隊の高度は下がり、速力はグングンのびていく。行く手の敵砲火は、蜂の巣を突っついたように点滅している。

敵空母の姿は、みるみる膨張する。右艦橋のようだ。煙突の前部に、艦橋とマストが一段高く積み重なっている。何型だったか？　エンタープライズか。ええい、めんどうくさい、当てればいいのだ――艦型判断に錯乱した頭も、こう思い決めるとスッキリした。要は命中あるのみだ。命中させればよいのだ。

第二章　真珠湾の凱歌

操縦か偵察か

「くよくよするな。どっちになるにしろ、学科の成績も相当加味されるんだぜ」

「そうさ、頭脳明晰組が操縦に行き、ボンクラ組が偵察に行くとは限らないんだ。技術と学科を斟酌《しんしゃく》して平均に分けるんで、適性だけで処理するものか」

「それなら、時間と経費を使って適性検査をする必要はないはずだよ」

適性検査を明日にひかえて、私たち練習生は、甲論乙駁《こうろんおつばく》、がやがやと自分の都合のよい方に解釈しようとする。中には、まだ未練たっぷりに、操縦術教科書を開いて、真剣な顔をしている者もいる。

なにしろ飛行機といえば、操縦第一、操縦しかないように思って、われもわれもと志願した連中だけに、その後、操縦も偵察も、それぞれ重要な任務であり、任務に軽重はないと教えこまれ、自分でも十分に納得しているはずなのに、いざとなると、偵察にまわされたくないのである。そのため、眠れない者さえある始末だった。だが筑波山は、そうした練習生の悩みも知らぬげに、超然と谷田部《やたべ》飛行場を睥睨《へいげい》している……。

適性検査——すなわち、機上操作実地訓練は、まず直線飛行である。

「地上指揮官！　何某練習生、直線飛行出発します！」

届けるのも並みたいていの大声ではパスしない。やり直しをくうことは、練習生の恥である。したがって、声帯が破れるほどの怒声でなければならないのだ。報告が終わると、ロボットのように四角ばった敬礼をし、回れ右をするや列線まで一目散に駆ける。

機に躍り込むやいなや、「何某練習生、出発準備よろしい」と届けるのである。

このときは、爆音と風圧にかき消されないため、いっそう声を張り上げなければならない。鼓膜が破れるほど——では足りない、分解飛散するといった方が適切なくらいの大声でなければならないのだ。

「金沢練習生、出発準備よろしい」届けると、あとは無我夢中である。列線を出て滑走に移る。機が浮上したのか、水平線が降下したのか、ともあれ機の上昇とともに、体も心も風船玉になったかのようだった。

「筑波山宜候《ようそろー》」の命令でわれに返り、復唱して、操縦桿を握る。右手の五本の指に、全神経と全精神を集中しているが、おっかなびっくりである。

気流が悪いのか、目標が右へ逃げる。定針しないのだ。何が悪かろうと、この場合、定針させなければならない。操縦桿を右へ倒し、同時に右足を少し出して方向舵を操作する。ところが、今度は、機首が右に向きすぎて、筑波山が勢いよく左へ流れる。あわてて反対の操作をすると、またしても右へ去る。まるで五条大橋の牛若丸と弁慶の取組である。筑波山よ、動いてくれるな――念じながらの操縦にも、機はふらつくばかりである。「練習生、操縦桿を放せ」たまりかねたらしく、同乗教官の宣言である。とうとう失敗したのだ。

こうして、夕刻の酒保に、汁粉とうどんの湯げに蒸れながら、練習生たちは、「おれはうまくいったぞ、直線飛行ドンピシャリだった」「おれは伝声管でひっぱたかれたよ」「おれは操作が荒いって、どやされた」などなど、渦のような騒ぎである。硝子戸一枚外は、軍規風が吹いて、ニタリとでもしようものなら、ビンタをくうが、夜の世界しかないここの酒保は、別天地である。なにしろ上級生も下級生もいない谷田部では、酒保は、同期生ばかりの気楽さ。帽子をあみだにして箸をとっている者さえある。

私は、直線飛行が不出来だったせいか、汁粉がのどをとおらない。二杯でやめた。

水平直線飛行、緩旋回、離着陸などの基本課程を終わり、あとは操縦、偵察の組分け発表を待つばかりになって、横須賀へ帰隊する。

待つほどに、発表になった。偵察希望だったのに操縦に回された者。操縦を希望して今日まで生きてきたような男が偵察に。後者はとくに青菜に塩の形である。私の名は、偵察組にまじっていた。泣くにも泣けない思いであった。

操縦、偵察と別々になり、鈴空で、偵察組は航法、射撃、爆撃、通信の修得である。鈴鹿海軍航空隊は、搭乗員としての基本必須科目を、実地と学理の両面から教育する部隊である。私たちの分隊長は、宮田晃大尉であった。

宮田大尉は、昭和十二年、上海事変当時、軍艦「出雲」にあって、水上偵察機で敵戦闘機と交戦し、これを叩き落として驍名《ぎょうめい》をはせた勇士である。

水偵とはフロート付き、いわゆる〝下駄履き機〟である。身軽な戦闘機とのたち打ちは絶対的に不利である。

かといって、まだ飛行場を占領していなかったので、味方戦闘機は進出していない。敵機が来襲する以上、下駄履き機といえども立ち向かわざるを得ないのであった。しかも上海方面には、旗艦「出雲」の水偵一機だけしかなかったとか。

分隊長宮田大尉は、精神講話のときはもちろん、術科の際にも、よく「ファーストインスピレーションの命ずるままに間髪を入れず行動せよ」と訓《さと》すのであった。搭乗員はいったん地上を離れた以上、寸刻の油断も躊躇《ちゅうちょ》も許されない。敵と相対峙して、待ったはない。たとえば、スピードのある飛行機では、引き金を引くべき瞬間があり、また燃料あと五分というとき、機位不明、基地との連絡応答絶無、さらに針路上に大きな積乱雲があり、雲上飛行すべきか雲下を選ぶべきか、あるいは引き返すべきか迂回すべきか等々、千変万化の事態に遭遇した場合、熟慮断行などといっておれないからである。

機会を逸すれば、敵に撃墜され、あるいは事故を起こすことになる。したがって、適切最良の処置を、瞬時に判断し、行動に移せる有能な搭乗員となるには、練習生生活の一挙手一投足をもおろそかにせず、射撃、爆撃、通信、航法などの理論および飛行作業をマスターするとともに、あらゆる分野の知識を吸収して、優秀な知能と技術と感覚を備えなければならない、というのが訓話の内容で、暗誦《あんしょう》できるくらい拝聴したものであった。

こうした厳格にして細心周到な教育ぶりであったが、ある日曜日に、津市の分隊長宅を訪問すると、令嬢を相手に、よき父親ぶりを発揮し、部屋いっぱいに微笑がみなぎっているかのような家庭であった。

ただ玄関右側、洋風の応接間正面白壁に「感状」の額が掲げてあることだけが、分隊長の武勲を語っていた。

宇佐空の奇人

鈴空での手をとり足をとっての指導を受けて、宇佐海軍航空隊に移った。

ここでの分隊長は、豪放磊落《らいらく》な野中大尉であった。ほとんど無言で指揮所に陣取り、荒削りの飛行学生や私たち練習生が、せいいっぱい努力しても足りなかった事故に対しても、何も言わないことが多かった。

教官、教員も、作業上の要点要所の注意をする以外、細部にわたって言及することはまれであった。これは教育方針の一つの過程であったかもしれない。

宇佐空の砂原分隊士は、操縦の名人であるとともに、一風変わった奇人であった。艦攻を操縦し、海上二十メートルを楽々と計器飛行（盲目飛行）できる者はざらにいない。砂原分隊士は、それを悠々とやってのけるのである。まさに技神に入る腕前であった。

あるとき、分隊士に同乗飛行を頼むと、気やすく引き受けてくれた。

ぐんぐん高度を下げ、針が十メートルを指したところで計器飛行に移った。私は高度計と羅針儀に全神経を集中した。計器は、まるで倉庫の棚に保管されているときのように動かない。爆音と機体の振動さえなければ、地上列線で機上に座しているのと同様であった。じっと針を見つめていると、騒音のひびく工場内で、計器の見学でもしているかのような錯覚に陥った。

もし私たちが、谷田部で操縦桿を握った程度の技量で、海上とはいえ、高度二十メートルで計器飛行をやったとすれば、たちまち海面に激突するにきまっている。なんとなれば、高度計の微かなブレを操作すれば、高度の上下が大きく、瞬時にして機を海面に叩きつけるからである。

また、爆撃訓練に同乗したときのこと、照準器に標的をとらえ、左へ二度と修正すると、「左へ二度宜候《ようそろー》」と応答があり、ぴたりと二度修正された。

たいていの者だと、機を修正した反動で、目標が、照準器の中央線を通過して右へ揺れ、ふたたび中央線へ戻るのが普通である。しかし砂原分隊士の場合は、いささかの無駄もない修正であった。だから、技量未熟の私たちでも、良好な爆撃成果を得られた。

水平爆撃の爆着は、風向風速、実速、高度、時計秒時の調定などの爆撃諸元を正確にすることが第一条件ではあるが、操縦技量に負うところ大であることはいうまでもない。まったく砂原分隊士のどこに、あのようなすぐれた腕前が潜んでいるのか、ただただ驚嘆するのみであった。

というのは、抜群の操縦技術を身につけている反面、容貌風采において、ひどくかけ離れた感じであったからである。容貌は小熊を想像させる愛嬌があり、歩く形までが似ていた。どんなときにも、走る姿を見たことはないし、副直将校のときも、司令の室をノックする際も、また町で見かける姿も同じであった。

軍服の袖口から約三センチほどはみ出しているワイシャツは、白であるべきはずなのに、一度もクリーニングに出したとは思えないものであった。だれしも、初めは分隊士の従兵は、いったい何をしているのかと気をもむのだが、じつは従兵に洗濯させないばかりか、整理整頓もさせず、汚れると着替える。

着替えるというのは、常識では、新品か洗濯済みのものであるが、分隊士の場合は、先に脱いで突っ込んであったのと着替える——それを繰り返すのだから、汚れていくばかりである。まったく従兵泣かせ、というべきであった。

そのうえ、たいへん失礼な臆測ではあるが、すすけた面相は、日焼けなのか、洗面しないためなのか、首をかしげざるを得なかった。

この黒っぽい顔、そして大きな服、よごれた袖口からかわいらしいほどの指先がのぞいている恰好は——それが新品であるなら、まるで新入学の児童であった。

もし練習生に、「お前は、どこの上空をいちばん先に飛びたいか」と質問するなら、かならず「わが家の上空」と答えるであろう。それほど晴れの飛行ぶりを見せたいものなのである。

郷土訪問飛行の誘惑

延長教育もあますところわずかになったある日のこと、三人の同期生——東秀一、橋本年郎と私が、同乗練習飛行を命ぜられた。

東は戸畑出身、私は地続きの八幡が故郷である。二人は、いつの日か、郷土訪問飛行をしたいものだと、ひそかに語り合っていた。その好機が到来したのである。

しかし、この計画には、大きな障壁が横たわっていた。チャート（航空図）を広げるまでもなく、戸畑、八幡は、関門要塞地帯の赤線区域の中心深くにある。要塞地帯上空を飛行するときは、事前に通告し、許可を求める慣習になっていた。そんな面倒なところを、わざわざ訓練のために飛ぶ必要はない。私たち練習生には、行橋以北を訓練区域から除外してあった。

また、おれは特殊飛行をやろうとか、下宿のおばさんに宙返りして見せようとか、畑の牛に向かって降下し、爆音で驚かしてやろうなどと、不心得な考えを起こしても、それらを実行することは、飛行軍規に抵触する。

飛行軍規があるため、指揮官の眼の届かないところでも、定められた空中作業が正しく遂行され、保安その他を含めて秩序整然と訓練が施行されるのである。軍規は厳守されるべきものであり、冒すことを許さぬものであった。

とはいえ、好機逸すべからず、郷土訪問飛行の誘惑は押さえがたいものがあった。なにしろ命令は、宇佐—宇部—行橋—宇佐という三角コースであり、航法ならびに計器飛行、通信訓練なのだ。ついに東とふたりして、好人物の橋本練習生に因果をふくめることにした。

宇佐海軍航空隊の正門から庁舎を望む

あたってみると、案外あっさり納得した。

飛行場が小さくなると、ただちに左へ大きく旋回、八幡に定針した。私はさっそく、計算盤で実速を出し、訓練帰投時刻に合致するように予定コースを作成した。

小倉市から昭和町を通過して、まず私の家へ緩降下で突っ込み、機首を引き起こしたときは荒生田公園という小高い公園の桜に、尾部が触れた——と思ったが、無事に切り抜けた。振り返ると、風圧で枝がいっせいに反り、葉の裏が櫛で梳《す》いたように靡《なび》いている。わが家の付近に人だかりがして、私たちを見上げている。何事が起こったかと、呆気にとられているらしいふうなのが物足りなかった。

そのまま機は戸畑へ。東練習生は、自分の家へ向かって機首を下げ、ぐうっと降下したところで引き上げたかと思うと反転し、今度は体当たりでもするかのように突っ込んだ。そのとき、障子があいて、家族たちがのぞいた。手も頭も振っての熱狂的応待ぶりである。それにつられて、さらに突っ込み、引き起こした姿勢で洞海湾に出た。

左旋回すると、視界やや不良である。八幡製鉄の煤煙だ、と気がついたときには、乱立する煙突の中に迷い込んでいた。あわてて左旋回すると、そこにも煙突が立ち塞がっている。左に切ると、またも煙突。

天罰覿面《てきめん》、眼をつむって、成り行きにまかせるより仕方がないと思った。と、機は垂直に近い状態で、煙突群を縫い、喘《あえ》ぎながら上昇している。これは艦攻に厳禁の姿勢であった。速力計は失速以下を示し、いつ揚力零になって墜落するかわからない。

——すまん、許してくれ！　同期生一同に、心の中であやまった。

けれども、呆然自失しているときではない。離脱の策を講じなければならない。宮田大尉の教えが身についていたのであろう、むくむくと頭をもたげたのは、それであった。

徐々に高度をとって上空へ脱出するか、この際、それはもっとも危険である。空中事故で犠牲になった先輩が示唆教示しているところだ。見張りをよくし、失速を警戒しながら、離脱するより方法はなかった。

ふわッと、明るい空間が機を取りまいた。

——助かった！

ほッとして見回すと、なんとしたことであろう。一難去ってまた一難。右翼下に、八幡警察署と並んで、泣く子もだまる憲兵隊の建物が控えているのだ。隠れようもない上空で、しかも主翼の裏と尾翼方向舵に、「ウサ三二四」と必要以上に大きく機番号が書き込んであるのだ。広い空で、迷い子にならないようにとの親心であったかもしれないが、地上から見えの機番号が恨《うら》めしかった。

これでは、製鉄所へ闖入《ちんにゅう》した不届き千万な行為に対し、「そもそも要塞地帯をなんと心得ちょるか」と、電話で、司令あてに通報されるに違いない。とすれば、飛行軍規を冒したかどにより、軽くて進級停止、悪くて搭乗員を免ぜられる。処罰を受けることは、実行者だからあきらめるより仕方がないが、なにも知らず、ひたすら切磋琢磨している延長教育中の同期生総員が罰直されることは辛かった。林立する煙突の中で、墜落を覚悟したとき、「すまん」と第一に思ったのもそれだった。

私は機長だったので、叱責に対しては無言で通すことに、心の中で決めていた。

「航法ならびに計器飛行、通信訓練帰りました。異状ありません」

指揮官の眼を読みながら、報告を終わったが、別に変わった気配もない。控室でも、煙草盆の煙が五十センチほど垂直に、スウッと昇ったあたりで微かに揺れているのものどかである。この分ではまだ文句が来ていないと思った。しかし、遅かれ早かれ来るにきまっている。ならば、早い方がさっぱりとしてありがたい。じわじわと真綿で首を締められるのはやりきれない。とはいうものの、じたばたする必要もない。二日、三日と経過したが、ついに音沙汰がなかった。

かくして延長教育を修業し、同期生は、水偵、九六陸攻、戦闘機、艦爆にと、それぞれ四散した。賀来準吾、二宮一憲、笠井清と私の四名は、佐世保鎮守府所轄の空母「飛龍」へ転勤を命ぜられたのであった。

艦隊の兄ちゃん

転勤先が決定すると、先輩たちが、各部隊に籍を置く心構えについて、嚙んで含めるように教えてくれた。

それによると、母艦搭乗員は、海軍を代表するパイロットであり、それゆえに、高度の技量と頑健な身体と、さらには堅忍《けんにん》不抜、不撓《ふとう》不屈の精神を所持することを要求される、と前置きして、

「貴様たち、ヘマをして宇佐空の名を恥ずかしめたり、使いものにならぬ、などと言われるな。実施部隊では、貴様らより未熟な者はおらんのだから、一人前の面《つら》をするな」

そこまでは、だれもが一様に注意されたことであったが、

「佐鎮の『飛龍』は鬼よりこわい、といわれるくらいだ。デレデレしていると、甲板整列で、顎や尻はいくつあっても足らんぞ。教育部隊のようにお嬢さん扱いはせんから、このことを念頭に叩き込んでおけ」と付け加えての訓戒であった。

それを反芻《はんすう》しながら「飛龍」の舷梯をのぼり、中央左舷の搭乗員室に行き、「宇佐から転勤して参りました」と、型どおり四角ばって告げたのだが、先任者がいないのかだれも答える者がない。よく見ると寝台に上半身を入れ、飛行靴をはいたままダラリと外に垂らしている者、退屈そうに本を読んでいる者、雑用をしている者たちばかりである。しかも私たちに向けられた、それらの眼と顔は、いずれも一癖も二癖もあり、とりつく島もない。

薄気味悪く思っていると、ひょっこり寝台横の格納庫から知った顔が出てきた。七期生の中島政時さんであった。

「おお、貴様たち来たか」と、笑顔で迎えてくれたので、やっとホッとした。地獄で仏とはこのことであろう。先輩はありがたいなァ——と思ったとたん、心が楽になったせいか、薄気味悪く見えた人々の顔が、柔和な相に見えだした。

中島先輩によると、先任は不在であり、私たちは艦攻だが、配置は未定、現在、本艦搭乗員は転勤者が大部分で、中島先輩自身、最近転勤になったばかり。定員になり次第、大村で訓練を開始する予定だとのことだ。

「チストやベッドは、空いたところを使用しておけ。飛行服、飛行用具一式借用し、身の回りを整理したら格納庫に来い。わからぬことは、先輩がたくさんいるからなんでも尋ねろ」

痒《かゆ》いところに手の届くような注意であった。それだけ言うと、さっさと格納庫へ消えてしまった。よほど忙しいらしい。それにしては、寝台の連中が気になった。と、

「戦闘機分隊は飛行甲板、艦爆隊は前部リフト集合」

拡声器がわめいた。寝台の人たちが駆け足で出て行った。あとは、私たち新参四名だけである。

改めて室内を見回すと、毛布は乱れ、通風筒の上には、口を半分開けた缶詰があり、ビールが二本転がっている。かと思うと、引き出しからは、ボロきれにまちがえられそうな作業衣がはみ出ている、といった按配。これが教育部隊だったら、総員罰直ものである。たいへんなところに来た――と思った。これは殺風景とか、無精を通り越して、むしろ私たちの観念をひっくり返すユーモアがあった。それにしても、うっかりこの気風に溶け込んだつもりになると、これこそ顎や尻が、幾つあっても足りないことになるかもしれない。新米の心すべき点は、この辺にもあるかもしれない。などと自戒の気持ちで、四人は顔を見合わせながら、急いで作業衣に着替えた。

通り合わせの者に聞きながら、飛行科倉庫に行き、飛行服、要具一式を受け取り、簡単に整理をすませ、格納庫に行った。

薄暗い中に主翼を折った艦攻が、前機の胴体に後機のエンジンをのしかけ、立錐の余地も残さず、行儀悪く繋止《けいし》されている。艦攻搭乗員の作業場へ行き、ふたたび、「宇佐から転勤して参りました」とあいさつした。

ここは、すんなりと皆の中に溶けこむことができ、基地物件搭載準備を手伝った。ところが、艦隊初年兵は足手まといになるらしく、独立した仕事は命じられない、ロボット程度の用足しだけである。これは、一人前のつもりである私たちには情けないことであった。

夕食時、先任者によって、全員に顔見せ同様の紹介があった。すると、名実ともに「艦隊の兄《にい》ちゃん」になった気になるのは、われながら不思議であった。

先輩には、稲田分隊士、松山分隊士、福田、田島（五期）内ノ村、松井、楢崎（六期）、牛島、堂下留市、中島政時（七期）といった人たちのほかに、同期生の戸高昇が艦戦に、池田高三が艦爆にと乗り組んでいたので、意を強くしたことであった。分隊長は田中大尉だった。

鬼のいぬ間に

二、三日して、各隊とも予備員を含めて定員に達した。そこで飛行隊は、基地に移動することになった。
整備、通信、医務、主計などの各科は、眼の色をかえて準備を開始した。なにぶん大世帯の集団転居なので、小さい物件では鍋釜、食器類、中くらいのでは照準器、夜間設備用具など、大きいのでは魚雷運搬車、投下器などと、数えきれないほどである。

通路も舷梯《げんてい》も狭い。その狭いところを、背中をまげて荷を運ぶ者、右肩にかついだ照準器を押さえている手には信号灯を握っている。物によってはリフトを利用している者もある、といった具合に、体のどの部分も遊ばせていない連中が、押し合うようにつづいている。だれもが、全身で荒い呼吸をし、汗にまみれている。中でも予備エンジンの運搬は、なかなかの大仕事で、整備科分隊士の怒ったような掛け声に合わせて動かしていた。

こうして運ばれた基地物件は、飛行甲板に山積みされ、それらはデリックで、ランチや団《だん》平船《べいぶね》や短艇などに移される。

舟艇では、待機員が片っぱしから処理しているが、母艦上の作業とはちがって、波浪にもまれながらの作業は、思うほど進捗《しんちょく》しない。

夕食ラッパは、とっくに過ぎたが、私たちは作業を休止することもできない。ライトをともしての継続であった。

「外出舷は上陸用意」「残りの者は交代で食事をすませろ」などの号令がうらめしい。

それでも、十時すぎに積載を終了し、団平船は大村に向かって解纜《かいらん》した。

「本日の作業終わり」の号令がかかったときは、もはや欲も得もなくどこにでも寝そべりたいほどであった。なるほど、今までは箱入り娘扱いであったと、つくづく身にしみて思った。

先任搭乗員が、明朝発艦の搭乗割を読み上げた。飛行機での先発組は「わァ、もうけた」「先発だ!」などと、がやがや騒ぎながら、さきほどまで、伸びていたのも忘れたかのように、手回り品を準備しだした。

「静かにやれ、おれたちはあすも仲仕《なかし》だぞ。貴様たちみたいに先発して外出するのとは、訳が違うぞ」

怒鳴ったのは、いうまでもなく団平船組である。さすがに、こうはっきりいわれてみると、先発組もシーンとならざるを得ない。

試運転の爆音に夢を破られた。数人の先発員は、もう格納庫に行っているらしい。リフトが、チンチン鳴って、上下している。

「左前、左前、もうちょい前、こらッ！　もうちょい前」などの声もする。

――何時ごろだろう？　上半身を起こして、格納庫出入口からリフトにおちた闇の色で、どうやら四時か五時と思われた。発艦を見学しようと、飛行甲板へ出てみた。戦、爆、攻撃機の順に飛び立つのを送って、部屋に戻ると、ちょうど総員起こしであった。

だが、元気よく飛び起きる者はない。ゴソゴソと虫が這い出すように起きて、申しわけに毛布を整頓し、掃除をし、顔を洗ったのかどうか、早い順に食事をし、きのうの要領で物件運搬にとりかかった。その作業中に、朝食ラッパが鳴ったが、それは私たちに無関係のラッパであった。

母艦「飛龍」では、このように、正常な日課を遂行している組と、そうでない組とに分かれているが、母艦自体としては、本来の使命を果たしつつあるのだ。

空母「飛龍」。真珠湾攻撃の際には司令官山口多聞少将が座乗

基地物件と、残留作業員を乗せた船がエンジンをかけ

たのは、佐世保市街に灯火がきらめくころであった。海上の、十一月の夜風は、若い私たちにすら鼻水をすすらせ、軽い咳をさえ催させた。

午後十時過ぎ、大村航空隊着。物件揚陸を完了すると、すぐさまトラックに乗せられて隊門を出た。停車したのは寺の前であった。

「寒かったろう、早く寝ろ」いたわり迎えてくれたのは、先発員だった。まさか寺が宿泊所だとは思わなかったので、その言葉は意外であったが、隊の倉庫、道場などの遊休建物は、全部活用しても収容しきれないため、艦攻隊は寺を指定されていたのであった。

明くればさっさく、整備員は機体整備に、私たちは空三号無線電信機、夜間飛行設備灯、射撃吹き流し、九二式七・七ミリ機銃、各種投下器、演習弾、照準器等々の搭載に、準備に、製作にと、徹夜に近い作業をみずから求めて突貫した。機の整備も完了したころ、暫定的なペアが発表され、定着訓練開始の線まで漕ぎつけることができた。軌道に乗ったのである。

訓練は、午前、午後、夜間と反復された。昼間は吹き流し、夜間は設置灯でつくった、母艦甲板と同面積等型の着陸地帯への定着訓練である。

夜間飛行が終わると、整備員は受持機の整備に専念する。朝、私たちが飛行場に到着するまでには試運転も終わっているのである。

「パスが高い、あれではジャンプしてバリケードに衝突する」「お前のは、低いうえに操作が荒い」などと叱咤激励されながら、急速に上達してゆく。

やがて、停泊中の母艦に着艦し、そのままエンジンをフカして離艦する停泊接艦から、さらに航行中の母艦に、ついで夜間の着艦、発艦と、日数を重ねるごとに、訓練は複雑の度をまし、それだけ各自の技量が高まってゆく。

ところが、疲労度が強くなるにもかかわらず、音《ね》をあげる者はいなかった。夜間飛行が遅くなっても、寺へ引き揚げると、かならず銭湯へ行く、と称して外出するのである。

艦内では、顔さえ洗わなかった者までが、毎夜、銭湯に行く変貌ぶりだった。がじつは、浴場は映画館であり、中にはいかがわしい場所なのである。だから、洗面袋を持参するなどは申しわけ的であり、素手の者が多かった。

寺ではあるが、私たちにとっては艦内の延長である。したがって、勝手な外出や外泊は許されていないのだが、甲板士官や先任伍長のいる艦内や隊内と異なり、鬼のいぬ間にとばかり、これらのことは公然の秘密であった。

寺を出て橋を渡ると、大村の町である。私は、先輩から聞いていた伊勢崎町のチャンポン屋に行った。その店はダシに鼠が入れてあるとか、蝮《まむし》を使っているとかいわれていたが、その風評を裏書きするかのように、掃除などしたことのないらしいありさまであった。だから、敷居を跨《また》いだものの、すぐさま腰かける気になれない。しかし、食欲をそそる匂いに負けてしまった。箸や容器や中味を点検しながら、異状なさそうなので、食べてみるとなかなかうまい。とうとう毎日通う結果になった。

墜落と水葬と

昭和十六年の新春。突然、台湾方面へ進出の命が下った。

私たちは、南下中の母艦に着艦。このとき、一機の戦闘機が着艦と同時に大きくジャンプし、機首を左に振り、左脚を甲板外に突き出さんばかりに接艦したものの、第二ジャンプで、あッという間に左舷海中に転落した。

母艦は取舵に変針。墜落機はさか立ちになって、胴体の三分の一と尾翼を突っ立てていたが、そのままの姿勢で海中に吸い込まれてゆく。

艦橋やポケットにいた者が、息を殺して浮かび上がる搭乗員を待ったが、浮かんだのはドス黒い円型の油だけで、もとの何事もなかったかのような海面になった。油を中心に数回旋回したが、ついに無駄であった。母艦は、随伴の駆逐艦に捜査をゆだね、空に残る機を収容すべく全速航行を開始する。

後部甲板で油のあたりを見つめていると、推進器にかき上げられた波は、白雪の小山となって、高さ約二十メートルの飛行甲板に達するかようであった。そこには、いささかの感傷も許さぬものがあった。

夕食後、艦戦、艦爆、艦攻総搭乗員の上下二段寝台と、飛行服棚の割り当てが行なわれた。これは先任者順に、通風筒付近や通路から距《へだ》ったよい場所が占められ、私たち末輩は、残る場所を抽選によって決めるのだ。

翌日、盲腸手術で死んだ遺体の水葬が行なわれた。後甲板に総員整列、儀仗隊の捧げる小銃発射の中を、棺は航跡上にすべり降ろされ、少しの間、浮動していたが、やがて海底へ消えていった。事故の犠牲といい、病死といい、それらは私たちを暗い思いにとざした。

基地は高雄であった。そのため、高雄に入港する直前、飛行隊は発艦。高雄空は中型陸上攻撃機の飛行場だけあって、すべての点でスケールが大きい。どこに何があるのか、慣れない者には見当もつかないほどの広さであった。

数日後、外泊を許されたので、駅へ行く。台湾の女たちが、足を組んで悠然と腰をおろしているのに肝をつぶされ、台南で下車する。ワッとばかりに、人力車が私たちを取り巻く。ままよ旅の恥はかきすてとばかり、慣れぬ恰好で車上の人となったが、なんともくすぐったい気持ちである。

練り歩くうち、工藤さんが、「早い車の順に料金を配分、支払おう」と提案したが、いくら旅先とはいえ、邦人がたくさんいる台南で、昼間から人力車の競走をするわけにもいかなかった。

笠井、二宮、私の三名は、一同と別れて、市街の中心に宿をとり、夜の見物に出ての帰り、またしても人力車に乗り、今度は、ビリになった者が全部の車代を支払おう、と私が言い出すと、二人とも賛成した。

なま暖かい夜風を切りながら、車上で笑いころげている三人を、何事が起こったかと、歩道の人たちが立ち止まって見ている。人力車競走をさせる私たちも暇だからであるが、それを見送る人たちの姿も呑気な光景であった。この勝負は、言い出しっぺで、私が支払ったことであった。

高雄進出は、新作戦の展開であるかと、ひそかに闘志をかり立てていたが、それらしい様子もない。となると、暑さのためか士気がゆるんで、訓練も大村ほどの激しさを欠いてゆく。

やがて内地へ向かうことになった。種子島南方から発艦。着陸したのは、海岸線と川と芋畑で区切られた閑静な宮崎県の富高飛行場であった。

猛訓練の日々

当時、富高基地は、艦隊の訓練に使用するだけで、常駐の隊員は居住せず、張りめぐらした鉄条網も、飛行服のままでジャンプすれば越せるという状態であった。

その日の午後、母艦は細島沖（現在日向市）に碇泊。ランチは風波に翻弄《ほんろう》され、しぶきをかぶりながら基地物件の揚陸を強行する。

ここでの訓練は、月月月の激しさであり、火火火の猛烈さであった。

私たち後輩は、機上作業はもとより、地上の雑務も大切であった。操縦、偵察、電信の区別なく、各自の仕事を終わったからといって知らん顔をしていることはできないのだ。遅れている他の仕事を援助しなければならないのである。

この手伝いは、全体の作業を理解し、消化するのに役立ったようであった。たとえば編隊訓練の場合、一機でも整備が未完了であるならば、全機出発を待たなければならないのだ。

しかも実戦だと、攻撃力が減殺《げんさい》され、あるいは敗因を招くことにもなりかねない。それほど重要なことを身をもって理解できた、ということは、大きな収穫であった。

したがって、与えられた作業を迅速確実に行ないながら、つぎは、どこを手伝うべきかを考えている。いきおい仕事の処理が競争になり、競争になるからこそ早く片づくのだ。

九九艦爆。固定脚ながら空母部隊の主力急降下爆撃機

緊張と訓練の激しさに、疲労困憊《こんぱい》しかけたころ、よくしたもので、二十四時間外泊が許される。外泊休養で心機一転する。だから、またしても猛訓練に励むことができる——ということになるのだった。

戦闘機隊は空戦を、艦爆隊は急降下を、艦攻撃は水平爆撃と雷撃のふた手に分かれて訓練するのが主である。ついで母艦発着艦訓練にいそしむのである。

私は触接隊の二番機であった。上杉二飛曹、江藤上飛曹と私。一番機は古賀上飛曹、近藤中尉、村井上飛曹（いずれも操偵電の順）で、触接隊はいつも早起き、早食、洋上の母艦を仮想敵として、発見次第、高度四千メートルほどで触接をつづけるのである。

——都井岬百二十八度、六十カイリ、敵空母一隻発見、針路九十度、速力二十四ノット、付近雲高八千、視界二千五カイリ、時刻一〇三〇——といったふうに送信すると、これをキャッチした雷撃隊が、基地を発進する。触接隊は引きつづき敵情を告げる。

雷撃隊が仮想敵を発見するや、距離約一万メートルほどで、「トツレトツレトツレ……」の連送をし、突撃準備隊形を作るため編隊を解き、緩降下に移る。移りながら中隊は小隊に、小隊はおのおの単機にと、ちょうど扇を開いたような形になって肉薄する。ト連送を待って突撃するのだ。つまり、要《かなめ》に相当する敵艦に対し、低空殺到、目測千メートル以内の射点で魚雷を投下する。この投下諸元がよくなければ、命中しないのである。

特別演習の際は、本物の魚雷頭部をはずし、これと同型の装備を取りつけ、深度を深く調節する。投下された魚雷は、青白い雷跡を描きながら、艦底を通過して浮上する。触接機と母艦見張員は、それを見ていて各機に通報し、攻撃各機の技を磨くのである。

また、雷撃隊の同時攻撃は「トツレ」連送によって、爆撃隊は水平爆撃針路に入り、雷撃隊は雷撃姿勢に移る。これは敵火器を二分することになる。さらに、艦爆隊の急降下を加えれば、最高の訓練なのである。艦攻撃にとっては、そのうえ夜間雷撃訓練を卒業すると、免許皆伝なのだ。

ついでに夜間雷撃のことを記そう。

触接機は「突撃準備隊形作れ」で、風向、風速を考慮に入れ、搭載の照明弾を百メートル間隔に投下する。照明弾に取りつけた落下傘が開き、その下にぶら下がった照明弾からの煌々たる光によって、敵艦影を浮き出させる。雷撃機は、それを目がけて突撃するのである。ところが、夜間なので目測を誤り、二万メートルでトツレ連送をした場合、さっそく投下した照明弾は、突撃のころには消えて、満足な雷撃効果が望めない。また、風向、風速を誤測すれば、光が片寄ったり、海面を照らすだけだったり、雷撃隊の進入側に流れて目標を見にくくしたりするから、触接機と雷撃隊との呼吸が一致していることとともに、入神の技ともいうべき域に達しなければならないのだ。

触接機の搭乗割は、初めのうち、ちょいちょい変更されたが、ある夜、私は暗号書を忘れ、雷撃隊が戦場への到達予定時刻を送信して来たのを解読できず、江藤機をお払い箱になった。その後、住友上飛曹、梅沢一飛曹とペアになったが……。

カムラン湾の鱶《ふか》

仏印進駐作戦参加の緊急指令が出た。私たちは、早暁、富高基地を発進、沖縄の小禄《おろく》で燃料を補給し、高雄で一泊。翌日、海南島を経て仏印へ到着した。

大型、小型各機種が、陸続と飛来して、戦雲急を告げるかのようであったが、結局、宿舎で、さそりの心配をしただけで引き揚げることになった。

カムラン湾上空に達すると、鱶の大群が乱泳している。広範囲の海面が、まるで沸騰しているかのようなすごさである。これでは、六尺褌をたらしても、問題になるまい――肌もちぢむ光景であった。

内地への帰路、南平《ナンピン》(福建省)爆撃を命じられた。私たち艦攻は、六十キロ六個の爆弾を搭載して発艦、みみずが這ったような塹壕だらけの山々を越え、南平市街を主翼左前端に確認する。各機の電信員は機銃を片手に、見張りに全神経をとがらせる。指揮官がバンクして後退した。わが機の梅沢一飛曹は、特修科爆撃出身の名手なので、位置を交代せよ、というわけなのである。

住友上飛曹が、わが機を指揮官機の位置に滑り込ませた。私たちの機は、三角の編隊頂点に立つ。

——指揮官機の位置はすばらしいもんだな。そう思いながら、私は風防を閉め、赤の手旗を用意し、梅沢一飛曹の動きを見まもった。

「目標よろしい」「左へ五度」「宜候《ようそろー》」「宜候《ようそろー》」

機が左へ揺れると、列機も順々に従うが、末端になるほど大きく揺れて定位置に復す。

「チョイ右、ようそろーようそろー、時計発動用意……、時計発動!」

私は赤旗を掲げ、呼吸を止めた。爆撃進路に入ってから、爆弾を投下するまでは、いかに地上砲火が荒れ狂い、敵戦闘機が襲いかかろうとも、微動だに許されないのだ。ただ目標を捕捉し、前進する以外にはないのである。少しの振動も、弾着に影響するからである。

「ようそろーようそろー、用意……てッー」

赤旗をサッと降ろす。列機の腹から、ポトポトポトッと、六個ずつの黒塊が落ちた。私は電信機下の底蓋をとりのける。冷たい気流が、ゴーッと音をたてて飛び込む。

弾道を追うと、数十個の豆粒が、見失いそうになったとき、パッと小さな土色の蕾《つぼみ》が、家屋の平面上に、逆三角形を描く。たちまち広がって市街を黒煙で塗りつぶしてゆく。

「写真撮影終わり」私はただちに風防を開け、七・七ミリ機銃を出して四囲を見回した。しかし、敵機も、対空砲火もなく、気合い抜けした。

戦場を離脱し、指揮官機と位置を交代する。爆撃した市街は、濛々たる煙を上げ、大工業地帯に早変わりしたかのようであった。

掩護の零戦隊は、物足りなかったらしい。わが制空圏内に入るや、腹立たしげに増速先行する。やり場のない当たり散らしであった。

帰艦し、戦果報告後、整備科の弓山ギア係に、「どうだったですか」と所感を求められたが、私自身は、今日の目標なら、どこで投弾しても命中する、爆撃訓練にも、編隊訓練にもならぬ、飛行時間かせぎだ——と思っていた矢先なので、答えに窮した。

佐世保に向かう母艦に別れ、私たちはふたたび富高基地に向かった。

練度が上がり、気持ちに余裕が出てきたのであろう、夜間飛行後は無断外出する者も出るし、ブレーキをゆるめて朝帰還する者も見うけられるようになった。そうしたある日、矢野上飛曹が、配置が気に入らぬとむくれ、転換を懇請したが、

「お前の配置はだれもいやがるが、空席にすることはできない。まァ辛抱しろ、永久的のものじゃないから」と、分隊長に説得されたものの納得できず、朝から宿舎にあってビールの

コップを傾け、私たちが作業から帰ったときには、整列させた空瓶を前にして、顔面蒼白、眼をすえて、

「おれはなめられんぞ」などと吠え立てた。あき瓶はなんと二十三本ある。

こりゃ新記録だ——と口にしかけたのを飲み込んで、瓶の容積と、矢野上飛曹の胃袋のあたりを比較したが、どこにあれだけの量を収容できるのか見当がつかない。さて、この場の結末はどうなることかと案じたが、同年兵の江藤上飛曹が、どうやらなだめておさまったようであった。

天候その他の関係で、夜間飛行のない日には、玉葱とかあり合わせの缶詰で、幾組かのグループが飲み、あげくのはてには、泣き上戸、笑い上戸、怒り上戸などが、遺憾なく正体を暴露し、中には軍刀を振り回す危険人物さえ出た。すなわち、酒を愛飲する者はわずかで、ほとんどはむちゃくちゃともいうべき飲みぷっりであった。

酒豪の誉れ高い古賀上飛曹は、皆が寝静まると、「総員起こし」とどなり、だれも相手にならないと、

「あっちの森からこっちの森へ、チュッチュッパタパタ……」

と、でたらめな節回しで歌いながら四つん這いになって、腹であれ足であれ、ところかまわず毛布の上から踏んで行くのが癖だった。そして最後には、江藤上飛曹に「いい加減に寝ろ」となだめられるのが例であった。

こうした酒豪連によって、酒をたしなまない私は、睡眠不足をかこっていると、折りよく

横須賀で爆撃訓練が始まり、梅沢、小林の二機のペアが行くことになって、私の悩みは解消した。

電信員はバラストか

搭乗配置の中で、電信というポストは、誰にでもけぎらいされた。それは、一口に言えばうまくいってあたりまえ、まずくいけば、大目玉を頂戴するからである。

編隊行動中は、指揮官機が通信を行なうだけで、列機は傍受するだけである。鍵《けん》を叩くことは全然ないのだ。ことに作戦中は、艦船ならびに艦載機はよほどの事故か事態が発生しないかぎり、電波を出すことは厳禁されている。味方の動静を敵に察知されるか、場合によっては闇うちをくうからである。

だから、列機の電信員は、電信機の積み降ろし、魚雷の運搬、食事の用意、発艦や着艦の際はバラスト（錘《おもり》）となって同乗しているだけである。要するに列機の電信員は、重量物運搬係兼食卓当番兼バラストと称しても過言でないのだ。だから、三番機の電信員にでもなっていると、同期生に顔を合わせられないのである。

ところが、三番機の電信員より、まだ下があった。爆撃訓練機の電信員がそれである。明けても暮れても、弾薬庫から三十キロ演習弾を引き出し、発煙剤を注入し、午前、午後と十二発の弾を扱うだけの日課である。

——当分の間、バラストになろう。横須賀へ行くのは、それを覚悟しなければならなかっを整えた。

た。そう覚悟することはつらかったが、私は複雑な感情を押さえて、横須賀へ向かう身仕度を整えた。

二番機小林機をともなって、編隊離陸する。おれが不在の間に、みな上達するだろうな、とも思い、どうにでもなれと、あきらめもする。その一方、私たち「飛龍」のほかに「赤城」「加賀」「蒼龍」「瑞鶴」「翔鶴」の連中も参加する予定だから、同期生に会えるかもしれぬ、という希望に慰められた。

高度三千メートル、計器速力百二十五ノットで東進、つつがなく追浜に着陸した。

翌日午前中、一、二、五航戦の特爆機が全機集合したが、同期生は見当たらなかった。しかし、例の計器飛行の名人砂原少尉に会えたのは懐かしかった。

「宇佐ではお世話になりました」あいさつすると、「おう、来とったか」と私の肩を叩いた。飛行服の下に隠見するワイシャツは、あのころよりはいちだんと汚れが目立つかのようであった。

特爆機が揃ったので、最初は、各機による静的目標の爆撃訓練であった。

二、三日、弾着記入黒板を注意していると、「蒼龍」の金井上飛曹が、抜群の成績を記録してゆく。一日八発から十二発くらい投下するうち、命中の確率は三分の一で、あとの弾も至近弾であった。

金井上飛曹は、特修科爆撃同期生中、爆撃技術成績は断然優秀であるばかりでなく、作業の余暇には、読経三昧にふけり、酒杯を手にせず、大言壮語することもなかった。また、訓練中使用する三十キロ演習弾の運搬は、主として電信員の役で、偵察員はほとんど休養し、飛行場に弾が来てから、ちょっと手伝う程度が普通であるのに、運搬も弾作りも、投下器に取り付けることもやり、喜怒哀楽の表情を見せない人であった。しかも、柔和な仏像を思わせる――いってみれば、匂うがごとき美男子であった。

金井機は、静的目標に対してだけでなく、動的目標に対する成績も、他を引き離しての首位であった。これは、高度四千メートルから、標的艦「摂津」を爆撃するのだが、航行中の艦は右に左に転舵し、命中弾を得ることは、容易なことではなかった。

こうした訓練中の、たしか八月中旬であったと思う。追浜で、落下傘降下のテストを目撃したことがあった。

九月、富高に復帰すると、間もなく出水《いずみ》基地に移り、十一月に入ると、最後の総仕上げとしての雷撃、爆撃、そして最高の訓練ともいうべき着艦の急速収容もあわせ行なわれた。

着艦訓練は、最初、単機収容といって、一機着艦するごとに、リフトに乗せて格納するのだが、これは時間を要し実戦的でない。つぎは連続収容といって、一機が着艦し、前部リフトが飛行機を格納する間にバリケードを立て、つぎの機が着艦し、バリケードが倒れ、リフトが上昇し、甲板に達するころ、バリケードを越えた機がリフトに乗る。それを格納庫へといった具合に、連続的に収容するのである。

これが熟練すると、着艦した機がバリケードを通過しさえすれば、つぎの機が着艦し、飛行甲板前部から順に並べ、前部リフトまで溜まると、一時着艦を中止して、前部と後部のリフトを使って格納する。これは整備員の敏速な処置と、搭乗員との緊密な連係、また着艦誘導コースの各機は、前後の僚機との間隔に気を配り、極力「やり直し」を避ける技量をもっていなければならない。これを急速収容といっていた。

急速収容では、よく事故を起こした。たとえば制動索にフックが掛からず、バリケードに突き当たってワイヤーを切断したり、甲板から転落したり、ストップすべきところに来ても、余勢で前方に溜まっている機に噛みついたり、艦橋や信号檣に飛びついたりする機が、ちょいちょいあった。このような事故を、同一人が三回ぐらい繰り返すと、陸上部隊転勤となり、艦隊搭乗員としての座を滑り落ちた。

このころ、出水基地の私たちに、母艦は佐世保に入港し、防寒用具を積載しているとの報が伝わった。

私たちは、かつて高雄に進出し、仏印進駐にと、そのたびごとに張り切ったのだが、何事もなく終わった経験から、「北海道でもひやかしに行くんだろう」と、いった程度の関心であった。

十一月の中旬に入って、訓練はピッタリと中止になった。

出水の旗亭で宴会があり、外泊が許されたので、私は鶴が渡来することで名を知られている阿久根に行ったが、酒好きの人たちは、特産の芋焼酎に足をとられているようであった。

帰隊すると、コンプレッサーが格納庫に轟き、全機、銀白色であった肌を、濃緑色と黒味がかった褐色に迷彩している最中だった。

迷彩された機は、獰猛《どうもう》な相貌に変わった。エンジンには、厚さ五センチほどの綿入れのようなカバーを覆い、その裾は、地上にまで垂れている。寒冷期には、シリンダーが冷却し、エンジンの始動が困難になるので、保温の目的でカバーを装着するのである。そのカバーと迷彩との二つは、ひやかしにしては、念が入りすぎて、こんどこそは、ただ事ではなさそうだ――とうわさし合った。

縹渺《ひようびよう》千里のかなたに

北上するにつれて、海の色は黒さをましていった。もはや青いなどという観念を失った海であった。空も薄よごれて、これも青空を忘れたかのようであった。

わが「飛龍」が、錨の爪を立てたのは、択捉島《エトロフ》単冠湾《ヒトカップ》であった。

舷窓の盲蓋を取ると、広々とした湾内には、航空母艦、戦艦、巡洋艦、駆逐艦などが、白く雪を浴びながら停泊している。

「おい、二宮、見ろ！　すごいじゃないか」

「なんだ！……うわーッ、いつ集結したんだろう」

私たちの声に、二人のぞき三人のぞきし、重なり合いながら驚嘆の声を発した。

第一航空戦隊＝「赤城」「加賀」、第二航空戦隊＝「蒼龍」「飛龍」、第五航空戦隊＝「瑞鶴」「翔鶴」――六隻からの空母が集結しているということは、容易ならぬ事態を感じさせたが、それよりは、五航戦の「瑞鶴」「翔鶴」の艦型に見ほれる私たちであった。

元来、搭乗員はスピードに対し、特別鋭敏で、愛着すら覚える。空戦、捜索、偵察、哨戒、爆撃、雷撃などの戦術面はもちろんのこと、輸送、連絡などの戦略面からも、一ノットでも速い方が有利であり、勝因に影響することを熟知しているからである。

いつぞや、わが「飛龍」は全速運転をしたことがあった。その際、三十六ノットであった。そのことから推して、「瑞鶴」「翔鶴」は、最大速力四十ノット近く出るのではないだろうか、と想像しながら、両艦の姿から、羨望の瞳を離そうともしなかった。

各艦の艦長、参謀たちを乗せた司令艇、高速艇、ランチが、寒風とうねりをついて、一航戦旗艦「赤城」に集まっていった。そうしてそれらの艇は、数刻の後、矢のように各艦に戻った。あわただしい空気がみなぎっていく……。

十一月二十六日朝、出港ラッパとともに錨鎖を巻き上げる音が、艦内に響き、やがて動いているのか静止しているのか判断もつかぬほど静かに、「飛龍」は前進を開始していた。いや「飛龍」だけでなく、集結したすべての艨艟《もうどう》が、行動を開始したのである。

突然、総員集合のラッパであった。飛行甲板に整列が終わると、顎紐姿も凛々しい艦長加来大佐が、部下全員を一瞥した。

「わが機動部隊は、ただいまより真珠湾軍港の攻撃に向かう。古今未曾有の大壮挙であるが、かならずや天佑神助によって成功を信じて疑わない……」

その言葉は、まさに祖国の興廃を賭けたものであった。整列の人垣を吹き抜ける吹雪まじりの寒風も、ひときわ凛冽《りんれつ》さを増し、波のうねりも愕然たる表情に変わったかのようであった。

それからの緊張は、旧に倍するものがあった。食事、用便などの生理的要求さえ、お預けしたかのごとく、ひたすら戦闘準備に忙殺された。

電波を出すことは厳しく禁止されているが、通信科員は、到来する電波を片言隻句ものがすまじとがんばり、防寒具に身をかためた見張員は、雲の動きにも気を配り、信号員は旗旒《きりゅう》、発光信号に勘を働かせ、整備員は機体の整備点検に寝食を忘れ、機関科、主計科、医務科――すべての乗員が一丸となって、いまや睥睨《へいげい》するは、縹渺《ひょうびょう》千里のかなた、米太平洋艦隊の根拠地ハワイ真珠湾の空であった。

開戦のとき迫る

火鉢が恋しいような搭乗員室では、昨日に引きつづき今日もまた、各自に配布されている敵艦型識別写真の研究に余念がなかった。

「今から質問するから、写真を伏せろ」

分隊長が言うと、一同神妙に従う。

「雷撃隊二番機偵察員」

「ハイ」

「エンタープライズとサラトガの識別はどこでするか」

「エンタープライズは艦橋が中央より前にあり、サラトガはほぼ中央にあります」

「爆撃隊二番機電信員、今の答えでよいか」

「ちがいます。前者の艦橋は、中央よりやや後方に位置し、後者は前方に占位しています」

「カリフォルニアは空母か、戦艦か、巡洋艦か？　雷撃隊三番機操縦員」

「ハイ」と答えたまま黙っている。気をもんだ機長が、「センカン、センカン」と低くささやく。

「他言無用。指名された者以外、口を出してはいかん。……勉強が足りんな。酒ばかり飲んでいるのだろう。では、二番機操縦員」

「ハイ、航空母艦です」

どっと笑い声がわく。

「自信のある者」

「ハイ」「ハイ」

こうなると、まるで小学生の教室である。と分隊長は、

「みな、敵艦を見て、即座に艦種、艦名が浮かぶまで努力しろ。なお、最後の試運転をやるから、悪い個所は徹底的に整備員に直してもらっておけ。解散」

保温カバーをはずして試運転が始まる。電波戦闘管制中なので、私は受信機だけを作動させて、故障の有無、エンジンより発生する雑音を調べる。全員の動作は、機敏活発である。寒気に負けまいとするのと、戦闘近しに気負いたっているからであった。

艦爆一機が、九七式七・七ミリ固定機銃同調発射（飛行機操縦席前方に固定装備した機銃で、プロペラ回転圏内を、プロペラを損傷せずに弾だけ通過射撃する）の試射中、ペラを打ち抜いて穴をあけたが、人員その他に危害はなかった。

艦は、ピッチング、ローリングをつづけながら進んでいる。そのため水平線が上下し、左右に浮沈する。二万トンの大艦ですらこの揺れである。駆逐艦はさぞや——と後方を見れば、艦首を波浪の中に突っ込んだかと思うと、サッと抜け出て、吠えたけるかのように天に向かう。精悍《せいかん》というにはあまりに気の毒な航海である。艦橋勤務の者は、おそらく全身濡れ鼠であろう。

随伴駆逐艦は、着艦発艦の際、飛行機が海上に不時着、あるいはジャンプして甲板から転落したときなど、ただちに搭乗員を救出するため、この荒天を冒しての随行なのである。

しかも駆逐艦の前方檣では、架台に据えられた八センチ眼鏡に、見張員がかじりついている。防寒具に身をつつむとはいえ、吹きすさぶ寒風に、五体は感覚を失っているであろう。ただ精神と、眼球だけが生きているので

単冠湾の機動部隊。左から「霧島」、タンカー、「加賀」

はないだろうか。駆逐艦乗員の労苦は、われわれの想像を絶するものがあるにちがいない……。

十二月にはいった。外交交渉に転換がないかぎり、八日の未明には開戦ということであった。

千島列島からアリューシャンにかけて、艦隊は寒冷圏を一路、東進していたが、ほぼハワイの北から南下しだした。

南下するごとに、それまで信号灯を、ガス灯同然にしていたミスト（霧）も、また艦隊に殴り込みをかけていた激浪も、しだいに酔いからさめていった。いつしか防寒衣服も無用になった。

敵潜水艦、哨戒機に発見された場合のことを考慮して、飛行甲板には、常時、戦闘機が待機している。

一方、搭乗員集合は、連日行なわれた。そのおり、敵情に関することも、味方の動静も、細部にわたって公表された。ハワイ住民の大半は、日本人だという。領事館あるいは味方潜水艦によって、諜報を得る仕組みになっているというが、まだ入電はなく、真珠湾内の停泊艦船中、空母の在否が不明であった。

それにしても、味方潜水艦は、真珠湾外約六十カイリ沖に三列横隊に展開し、それぞれ魚雷を抱いて潜んでいるという。これは、私たちの奇襲によって、港外に脱出しようとするものを、撃沈するための配備であった。

また攻撃前日から、湾内に潜入し、私たちの襲撃に打ちもらした敵艦を攻撃する豆潜水艦が、海底に腹這うことになっているという。この特殊潜航艇なるものは、私たちには初耳であった。

攻撃目標は、一にも二にも空母である。万一、不在の場合は、戦艦、巡洋艦、駆逐艦の順に攻撃すること。被弾その他のため帰艦不能の場合は、ハワイ西方のカウアイ島（と記憶しているが、ニイハウ島だったかも知れない）の沖に不時着すること。この場合、味方潜水艦が浮上して、救出の任に当たる手配がととのっているとのことだった。

わが東の機動部隊に呼応して、西南方ではマレー上陸部隊、フィリピン攻略部隊が待機し、シンガポール爆撃には、一式陸攻が予定され、すでにシンガポール上空からの偵察機行によれば、在泊艦船の中に戦艦を確認したという。

宣戦布告と同時に、いっせいに蜂起するのだ。わが機動部隊にしてからが、奇襲成功後といえども、途中、油槽船から補給を受けないかぎり、内地帰投もおぼつかない状態だとのこと。もって作戦の規模構想のほどをうかがい知ることができるのであった。

暖かくなってきた。艦内は、晩春から初夏への季候であった。盛大な酒宴が催されたが、敵を眼前にしているせいか、左ききたちも、日ごろのごとく酔いがまわらぬかのようであった。したがって、歌といい、談笑といい、温和な雰囲気であったが、そのうち、同期の二宮一憲が、鯨飲《げいいん》しだした。

「分隊長、私をなぜ連れて行かんのですか。編成搭乗割は、だれが作成したのですか」

これが言いたいばかりに酔ったのだ。酔ったうえで存分に言いたかったのだ。彼の語調は、詰問するかのようであった。彼は、予備員に回されていたのである。

「二宮、お前の気持ちはわかるが、今度だけはがまんしてくれ。予備員はお前だけでない。つぎから絶対に予備に回さぬからな」

稲田分隊士（一期）が、なだめる。龍六郎分隊士も寄ってきた。

「つぎからずっと予備配置でもかまいませんから、今度だけは行かして下さい。それが駄目なら、転勤させてください。どうしても駄目なら、電信席に二人乗せてください。四人乗ってもさしつかえないでしょうが」

酔いの勢いで、二宮は強引である。二人の分隊士がてこずっているのを見かねて、戸高、池田、笠井、賀来と私の五人が、二宮を寝室に担ぎ込んだ。担ぎ込まれた彼は、激情のはけ口を失って、

「貴様たち、おれの気持ちがわからぬか」と手ばなしで泣きだす始末であった。

他の予備員も、それぞれ同年兵や同期生に慰められたり、怒鳴られたりしながら、男泣きに泣いている。

突然、前部通路が騒がしくなった。喧嘩である。艦爆隊員が五、六名、通路いっぱいにもつれ合って、日本刀をもぎとろうとしている。腕から血を流している者もある。もつれが解

けて、刀は鞘におさまった。これも予備員にまわされたことに対する不満が原因のようであった。

このように、酒で理性を失った予備員も、明くれば、寂しげな顔ではあるが、攻撃準備を手伝っていた。

出撃前夜の格納庫

十二月七日。わが機動部隊は、すでに敵機の哨戒圏内にはいっていた。艦隊の速度は増速されている。

快晴、視界良好。このようなとき、敵哨戒機に発見されんか、その結果は、わが企図の挫折である。企図の挫折は、絶対に避けなければならない！

この日ほど、太陽の動きを、もどかしく思ったことはなかった。白い航跡さえが、敵に発見されるキッカケになるかのように案じられる。日輪を招き上げた清盛入道の伝説にならって、逆に、一刻も早く仰《あお》ぎ沈めたい太陽であった。

気のもめる一日ではあったが、それでも夕闇を迎えることができて、ホッとする。敵にさとられることなくして忍び寄らなければならないわれわれである。

鞭声粛々《べんせいしゅくしゅく》、夜河を渡ったそれと同じく、乾坤一擲《けんこんいってき》の戦いなのだ。流星光底、長蛇を逸してはならない戦いであることが、ひしひしと感じられる。

夜とともに、格納庫は、大変な混雑になった。それは字義どおり戦場であった。雷撃隊は魚雷を、爆撃隊は爆弾を、それぞれ投下器に装着しなければならない。それには数台しかない運搬車を、最大限に活用するのである。

格納庫内には、飛行機がギッシリ詰め込まれてある。翼と翼、機体と機体との間には、拳も入らぬくらいである。しかも、艦の動揺によって機体が滑ってはならない。そのため翼や脚から索を取って、甲板に固縛してある。

それらの繋止索、動揺止め、車輪止め、翼、機体などの間を縫いくぐって運搬車を入れ、機体中央線に合わせて、魚雷や爆弾の中心線を平行にしなければならないのである。

この運搬車は、八百キロからの魚雷や爆弾を搭載するので、頑丈で重い。少々高いところから落としても、ビクともしないしろものである。しかも、格納庫の甲板は油で粘っている。うっかり未経験者がハンドルを握れば、いつまでたっても所定の位置に辿りつけない。右へ修正すれば右へ寄りすぎ、左へ戻せば、これまた左へ戻りすぎるといった調子である。だから荒天のときなどは、まったく泣きたい思いをさせられるのである。

この運搬車に、七、八人つきっきりではあるが、前記のごとき障害物を避けながら搬入することは、陸上部隊のそれとは、とうてい比較にならない難作業であった。ようやく機腹下に運び入れ、微量の修正は、運搬台上の移動装置把柄の操作によって行なうのだが、これも相当の熟練を要する難作業の一つであった。

真珠湾は底が浅い。投下した魚雷が、調定深度で雷走する以前に、海底に突き刺さったのでは、苦心の奇襲も水泡に帰す。そこで、框板《きょばん》と称するベニヤ板製の特殊な装置がしてあった。框板は、着水すると自動的にとれるようになっていた。だから、投下するまで、ちょっとした接触も許されない。これを、繋止索や機体に接触させてはならないのだ。それやこれや、投下器に取りつけるまでには、並み並みならぬ苦労があった。

空母「赤城」飛行甲板上にならぶ九一式改２航空魚雷

　魚雷装置が終わると、投下試験である。これは、目標に立ち向かって、投下索を引いても、魚雷が離れぬ場合が、万一あってはならない。そのためのテストを行なうのが絶対的な鉄則であった。

　魚雷は機の胴に抱かれ、投下器が一センチほど下げられると、受持機の偵察員は、投下把柄《はへい》を握る。運搬員が、

「投下準備よろしい」と叫ぶ。

　かくして、ドスンと運搬車上に落ちた魚雷を、ふたたび装着するのだが、ともすると、前後左右に偏位していることがある。なにしろ、紙一重の誤差があってはならない。ただちに修正装着に取りかかる。

　従来、全機に魚雷、爆弾を装着完了するには三時間を要していたが、この日は、魚雷投下試験に、框板を折ったのがあったりして、思わぬ手数がかかったのも、緊張しすぎていたからのようであった。

「明朝は早いから、もう寝ろ」と上司からの達しがあったが、風防を磨き、機体を拭いて、ベッドに行こうとする者もなかった。

ベッドに横たわると、さすがに疲れているのがわかった。毛布の感触が、心地よく全身をつつむ。私物の整理もすんでいるし、心に残ることはなにもない。瞼を閉じると、そのまま寝入ったようだった。

「しっかりやれ！」恩師明石長雄先生である。

――どうして、明石先生が母艦に来たのだろう。ハワイ攻撃は、外部に漏れているはずはないのだが……。いぶかりながら、先生に答えようとして目が覚めた。

蒸し暑い。格納庫では、まだ人の気配がする。

起き上がって、何気なくのぞくと、蜂が花の蜜でも吸うかのように、整備員が、エンジンに顔を近づけ、腕をシリンダーの間に入れて、夢中になっている。かと思うと、大型携帯電池をかざして、作業員の指先を照らしている者、架脚に乗っている者、用具を求めている者、それを渡している者――いずれも眼だけにものを言わせての作業であった。どの顔もどの手も、油に汚れて黒い。たまの風呂にも、昨今では入浴時間もない整備員たちだったのである。

向井整備員の頬に、吹き出た水晶の粒が、キラキラ反射しながら伝わっていた。それは整備の鬼ともいうべき姿であった。

ふたたび横になったが、頭が冴えて眠れない。もうすぐ起床時刻である。ままよとばかり起き上がった。

乱れているわけではないが、なんとなく気持ちが落ちつかない。あれこれと、整理済みの私物にさわってみてもだめである。ふと思いついて、チストから短刀を取り出して抜いた。じっと刀身に見入る。雑念が拭き消されて、頭が軽くなっていくようであった。搭乗員起こしがないのに、あちらこちらの毛布が動き、ゴソゴソと起きる者があった。その気配に、起床する者もあった。

起床した者は、肌着を取りかえ、飛行服を着ると、真新らしい日の丸の鉢巻きを締める。これはひとり残らずであった。

かねてから唯物論者として、自他ともに許していた住友上飛曹が、千人針を腹に巻きつけだした。いつもの言動からすれば、千人針など持っているはずはないのだが、やはり、ひそかにしまっていたのであろう。見ていると、千人針だけではなかった。吊り上げた飛行服のズボンの左に、お守袋さえついている。

他の者ならともかく、住友上飛曹のこの身仕度は、普段ならば「宗旨がえですか」と冗談でも言いかけたところであったが、このときばかりは、なにも言うことができなかった。むしろ、心の底から、温かいものにつつまれていくかのような感じであった。

チンチンチン……。エレベーターが動く。飛行機が、搬出されだした。出撃の時刻は近い。

翼をつらねて

試運転中の排気管から出る白銀のような炎と、白い航跡と、若干の星だけがあった。うねりはまだ残っているが、それも昨日よりはいくらか静まったようである。

暗い艦橋下に、搭乗員整列があった。勢《ちく》ぞろいした皆の顔が爽やかであるのが、暗い中にも感じられた。初陣の者も、中国大陸を馳駆した古強者《ふるつわもの》も、見分けのつかない態度であった。大村基地では、玉石混淆だった技量も、今や甲乙をつけがたい境地に、全員成長しているのだ。

出水基地から母艦収容以来、私たちは約三週間飛んでいなかった。そのためか、飛びたくて飛びたくて、うずうずしていた。

奇襲攻撃とはいえ、生還を期しがたい。けれど、悲壮な横顔を見せている者はだれもいなかった。桶狭間《おけはざま》に切り込んだ信長一統も、このような状況であったろうか——ふと、そんなことを思い浮かべたとき、私たちは、祖国の命運を担っているのだ、という自負が、実感として湧き上がってきた。それは、若さからくる気負いたちであったろうが、われわれの攻撃行は、歴史の頁を改めるものであらねばならない。

「……戦果は、一に諸子の双肩にかかっている。健闘を祈るとともに、奇襲の成功を固く信じて疑わぬ」

艦長の訓示は、はやる悍馬《かんば》に鞭をいれるかのように、私たちの気持ちに、いっそう拍車をかけた。檣頭高くはためく戦闘旗の音すら聞こえるかのようであった……。

発艦開始の信号灯が、暁闇《ぎょうあん》を切った。戦闘機指揮官岡嶋大尉機が離艦。つづいて列機が一、二、三……またたく間に六機が飛び立った。つぎは楠美少佐の率いる水平爆撃隊十機。

いよいよ私たち艦攻（雷撃）隊である。指揮官松村大尉機が、鮮やかに浮き上がり、つづく三機が艦首を離れた。角野大尉の率いるわが二中隊の番だ。私の機は中隊長機の二番機だった。フラップを下げ、レバーを一挙に入れ、ひときわ高い爆音を甲板に撒《ま》き散らし、艦橋をかわったあたりで車輪が甲板を切った。

各機の舷灯が、隊長機を目ざし、扇の要《かなめ》に集まるごとくあい寄って編隊を組む。「飛龍」艦攻隊は八機であった。

夜光虫にも似た青と赤の機翼舷灯は、次第に高度をとってゆく。振り返ると、機動部隊は、黒っぽい海上に、白布を流したように走っている。

一、二、五各航空戦隊六空母から飛び立ったわが第一次攻撃隊約二百機に近い大編隊は、まさに威風堂々ともいうべき、絢爛豪華な陣容であった（第二次攻撃隊は一時間後、合計約百七十機発進、うち「飛龍」二十七機）。

ハワイまで約二百三十カイリ。飛翔するほどに、この編隊は、観艦式に参列するのではないかとの錯覚を起こす。機腹の魚雷だけが、それを否定するだけであった。

左手の空がしらみ出し、やがて焼けただれた光芒がせり上がってくる。赤い太陽は手の届きそうな近さに見下ろせた。清浄な大気と、南海の気圧状態のせいであろう、大きな太陽であった。それも、水平線を離れきるころには、金色燦然《さんぜん》としてみごとな景観であった。

わが「飛龍」の雷撃編隊は、高度四千メートル。ハワイとの距離がちぢまるにつれて、行く手に卵状の断雲が現われ、しだいに数を増した。そのためコースを雲上に選んだ。

指揮官機電信席の風防が開いた。九七式七・七ミリ機銃が、角のように突き出した。列機も、それにならって銃を装備する。

前方には、旗艦「蒼龍」の編隊が、鳥ほどに見え、さらにその前方に蚊ほどの粒に見える大編隊群は一航戦である。そのトップに、おそらく総指揮官淵田美津雄中佐がいるのであろうが、どの粒であるか、さだかに見分けるすべもない。

私たち雷撃隊の後方には、少し遅れて戦闘機隊が翼を連ねている。私は、たのもしい思いに胸をふくらませ、左手に機銃を、右手で受信機の微量調整のダイアルを、左右にかすかに往復させていた。空間を探り、指揮官機からの発信を待ち受けるためであった。

断雲が密度を加えてきた。

このような場合、洋上から島嶼に接近するにしたがって雲量が増し、雲の上下は気流が悪化しているため、普通、水平爆撃隊は爆撃進路を雲下に求めなければならない。また一面の層雲ならば、急降下爆撃隊も、雲下に出て攻撃しなければならない。これは攻撃に不利であったが、大編隊群が隠密裡に接敵するには、このうえもない好条件であった。

けだし天二物をあたえず、とは言い得て妙である。願わくば、ハワイ上空の気象よ、われに幸あれ！

「全軍突撃せよ」

「戦場に到達するころだ、見張りをしっかりやれ！」

中島機長（偵察）が言った。言われるまでもなく、私は全身を眼にしていた。二人の視線が合って、同時にほほえんだ。

断雲の透きから、薄暗い海面が、四十五度から七十度ぐらいを通して望まれていた。それが重苦しい黒味を帯びてきた。厚い層雲の影にしては、局部的な黒さであった。機長を見ると、猫背になって、やはり黒味を帯びたあたりを見つめている。

「前方の黒い海面が、ハワイかもしれんぞ」ひとりごとのような声でもあり、同乗者に注意を喚起するような言い方でもあった。

なおも瞳をこらすと、白く砕ける線があった。確かに白波である。渚《なぎさ》に打ち寄せる波である――と認めたとき、突然、心臓の鼓動が激しくなるのを感じた。

恐怖のためではない。今までの鍛練が、この日のためのものであった感激の鼓動であった。思えば、搭乗員を志して以来、歩き方が気にくわぬとてビンタをくい、お前の面《つら》は生意気だと張り飛ばされ、総員罰直で改心棒の洗礼を受け、気合いが足りぬとて、真夏の飛行場を、飛行服、飛行靴、ジャケット、落下傘バンドまでつけて隅

ヒッカム飛行場上空を飛行する九七艦攻。「瑞鶴」搭載機

から隅まで駆け足をさせられたこともあった。

また、自発的ではあったが、真冬、総員起こし五分前に水風呂に飛び込んで錬磨したこともあった。数えあげれば、きりもない試練に耐えてきたのは、すべて、この一戦を目標にしてのそれであったのだ。

トツレトツレトツレ……。待ちに待った指揮官機からの電命である。「突撃準備隊形作れ！」の命令であった。

時に、日本時間午前三時すぎ。ここオアフ島は、明けはなたれて朝餉《あさげ》に近い時刻であった。

先頭各隊は、それまでの編隊を解き、攻撃隊形をととのえだした。零戦隊は、横に開いた。

わが指揮官機が、左右に大きくバンクした。爆撃隊と雷撃隊はふた手に分かれ、島の北端に突入する。えぐりとったように雲がない。緑の中に、美しく道が走っている。

雷撃隊指揮官がバンクした。編隊は単縦陣になる。レバーを絞って緩降下。オアフ島西側は、焦げて皺だらけの山肌である。火山の背なのだ。それに機をこすりつけるようにして進む。

鏡のごとく光る湾内――フォード島とヒッカム飛行場との間に、戦艦らしいのが二列縦隊に、ざっと十隻並んでいる。その前方に、大小無数の艦船が、無秩序に停泊している。

手近なホイラー飛行場の格納庫前には、百機を越すと思える飛行機が、まるで虫ぼしでもするかのように行儀よく並んでいる。

おりから、受聴器にひびくトトトトト……。全軍突撃せよ、の命である。トツレ連送から、時間的には、なにほどもたっていないが、この命令が出るのを、どれほど待ったであろうか。大上段に構えた太刀を、ついに振り下ろすときがきたのだ。

「機長、突撃です！」報告すると、中島機長は、見張りの姿勢のまま、大きくうなずいた。一分《いちぶ》のすきもない身構えであった。

私はなおも真珠湾の方向に目をやった。朝もやがうっすらとたなびいていて、まだ深い眠りからさめてはいなかった。どこにも地上砲火の閃光は認められなかった。湾内在泊艦は、みなどっしりと静かに舫《もや》っていた。

われわれが突撃態勢をととのえ終わったころ、かの有名な「トラ・トラ・トラ」の電報が発せされた。この「トラ」は「われ奇襲に成功せり」の略号であって、トラ・トラ・トラはその連打であった。第一波百八十三機の総指揮官淵田中佐は、「全軍突撃せよ」の突撃命令を出した直後、すでに攻撃は成功と見て、今か今かといたたまれぬ気持ちで第一報を待っているであろう山本長官と大本営を思い、直前にトラを発信することにした。

「水木兵曹、甲種電波で艦隊あて発信……われ奇襲に成功せり」

待っていましたとばかり、水木兵曹は、「ハーイ」と答えて、すぐ電鍵を叩いた。

「トラ・トラ・トラ」この電報は旗艦「赤城」から東京に中継されたのだが、大本営でも、広島湾にあった連合艦隊旗艦「長門」でも、この指揮官機の電波を直接にキャッチしたということであった。小型の航空用電信機では考えられないことであったが、略号がトラという簡単なもので、その連打であったから判読しやすかったのであろう。淵田中佐はあとで、これを「なにしろトラは千里を走るからね」とシャレて、一同を笑わせたという。

このトラ・トラ・トラが発信された直後、艦爆隊長高橋赫一少佐はサッと翼をひるがえすと、ヒッカム飛行場にダイブしていった。七時五十五分、ヒッカム飛行場に大爆発が起こった。これが真珠湾攻撃の第一弾であった。

これを見て驚いたのは雷撃隊長村田重治少佐であった。まず雷撃隊が第一弾を打ちこむ手筈になっていたのである。あの爆煙で肝心の敵艦を隠されてはたまらない。村田少佐は大急ぎで近回りをして、敵艦に接近していった。

ヒッカム飛行場につづいてフォード飛行場、ホイラー飛行場からも爆煙があがった。と、二列縦隊の敵戦艦群から、高々と水柱が盛り上がった。わが雷撃隊の魚雷が命中したのである。

わが機の位置は、ホイラー飛行場を左翼端下に見る位置になっていた。そこには、わが零戦隊の数機が、銃撃を反復している。

乳色の煙と赤い炎は、微弱な風にあおられ、四十五度ぐらいの角度で靡《なび》き、広がっている。私たちの一列になった編隊は、火山の背から支脈を伝わって突撃する。山腹に、倉庫や燃料タンクが散見された。これら軍事施設を銃撃するのは、私の役目である。引き金に置いていた人さし指に力をこめた。ダダダダダッと、小気味よい手ごたえ。たちまち弾倉が空になった。

見張りは、寸刻もおろそかにできない。見張りをつづけたまま、手探りで弾倉を取り、装着していると、赤屋根二階建てのベランダに、パジャマとガウン姿が並び、あっけにとられて棒立ちになっているのが見えた。わが機は、この二人を右翼にかすめて驀進する。

そのころ、前方を進む味方編隊の上方千メートルほどに、ドス黒く汚れた煙がはじいた。敵の高角砲であった。

二斉射目は、五百メートルくらいの上方で炸裂し、三斉射目は、編隊の前方であった。これが合図のように、敵弾幕は、味方編隊をつつんだ。

そのとき、敵弾幕と、味方編隊を斜めに切って行く流星のごとき幾条かがあった。「翔鶴」隊か、「瑞鶴」隊か——艦爆隊の急降下であった。

在泊艦から、パッパッとひらめく火光。その閃光の中に、大きく炸裂した味方爆弾は、火光とともに黒煙を噴出する。あたりは爆煙におおわれ、風下の敵影を隠してゆく。

銃握把に顎をひっつけると、照準はしやすいが、射界が限定されて、大局を判じ難い。そこで私は、胸のジャッケトで押し、曳痕弾《えいこんだん》で照準射撃をしながら、敵戦闘機を警戒していた。しかし空には、一機の敵も見あたらない。弾倉が、また空になった。

山裾を離れ、湾上に出た。わが機の影が、海面に映って、機とともに進む。青い海が、筋になって走り去る。中島機長が、投下器の安全栓をとった。後は、投下把柄を引きさえすれば、魚雷は、いつでも走るのだ。

前方沿岸線の敵艦までは、まだ射距離が遠い。左側、フォード島まで、有効射距離内には小艇すら見あたらない。銃を左に旋回して、私は射撃を中断した。

行く手にはめらめらと燃え上がる炎、はじける閃光、噴煙のごとき黒煙。一面に張りめぐらされた煙の幕。暗灰色の爆煙は、大空に広がって、大積乱雲のごとく盛り上がってゆく。鉄片や板きれ状の破砕物が、つぎつぎと吹き上げては、煙の中に消え落ちる……。惨烈な光景は、地獄図絵以外の何ものでもなかった。

すでに戦艦群は、味方先頭部隊の攻撃を受けて、炎と煙につつまれている。

ホノルル側の湾口に近い艦船群から、チカチカッと発射火光がまばたいている。死にもの狂いの防御砲火であった。その中に、目だって大きい一隻！　あれにわが魚雷をぶち込めば！

私がそう思ったように、操縦員笠島上飛も同じことを考えたらしい。機首が大型艦に定針した。機長もまた、別な指示をあたえないところをみると、同じ考えのようであった。

陸岸から敵痕弾が、わが機を挾んで離れない。機腹に抱いた一発を、目標に発射するまでは、どんなことがあっても、くぐり抜けなければならない敵弾であった。

フォード島水上基地の滑り台に、大型哨戒機が、味方艦爆機の一撃に、沖天高く吹きあげている。わが機は、その機の翼より低い高度を、真横にみて通過。格納庫前を、敵兵が逃げまどっている。

無傷の機が残っている。私は、無意識のうちに銃口を向けて撃ちまくった。初速七百四十四メートル。曳痕弾の弾道が、フラップ翼付近に砕け散る。小気味よい命中であった。

命中したあたりから火が出た。火は、またたく間に広がり、機首の方から飛び降りた兵が、

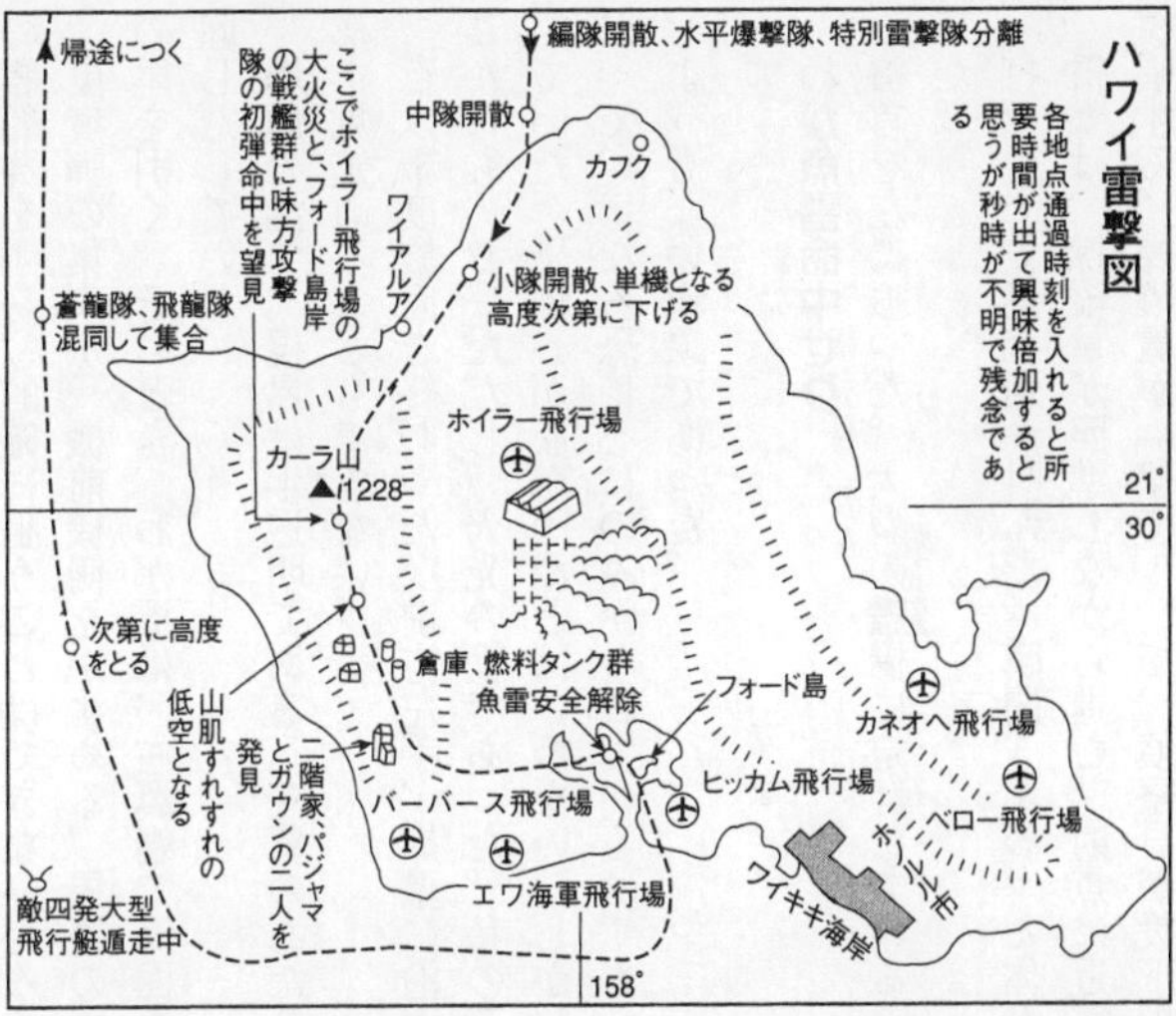

しりもちをついて倒れるのがおかしかった。

哨戒機一機完全炎上！　機長に報告したいが、伝声管をとる余裕がない。前方を振り向くと、情勢は一変しはじめている……。目標にしていた大型艦が、早くも爆煙につつまれ、小型艦船すら攻撃を受けている。

われわれの目標をさらった味方艦爆は、反転、急上昇していた。ここまで肉薄すれば、もはや逡巡を許さない。炎と煙で、前方艦船は遮蔽されている。目標を失ったまま、わが機は、海面を叩かんばかりに直進していた。この修羅の巷《ちまた》を、右旋回することは危険である。かといって、直進は、それ以上にあぶない。

——どうするのか？　爆煙の中に突入しても、左手の戦艦群はもちろん、右手の艦船群をすら、的確に狙うことはできないだろう。

曳痕弾の集束が、機前機側をかすめる。黒煙の中を走る集束弾は、流星群のように鋭い光の尾を引く。そのとき、わが機は、右翼端で海面をひっかけるようにして、しかし慎重に旋回しだしていた。

爆煙の渦で、視界は半透明である。左翼のあたりは、墨の中に没し去ったように、ものの形を見定めることもできない。

百八十度旋回を終わった。前方左手、岸壁に沿って、煙突、艦橋、檣の乱立であった。そこからも、おびただしい火光の網であった。私の五体は石のようになって、機銃にしがみついていた。恐怖心がなかったとはいわない。しかし、功名心も雑念もない境地であり、したがって、単なる恐怖心にのみかられているはずもなかった。だが、固くなった肉体は、どうしようもない現象であった。

わが魚雷命中せり

機首を左に振った。大型の艦橋に定針している。あたりの艦船よりずぬけて大きい艦であった。

「打《て》ッ！」笠島上飛が叫んだ。瞬間、ふわッと体が浮いた。魚雷が離れたのである。

雷撃は、操縦員が照準しながら進む。射点に近寄ると「用意」をかける。偵察員がこれを復唱する。操縦員が「撃て！」で、偵察員が投下把柄を引くのがたてまえであった。けれどこのときは、距離が近迫していたことと、状況が、そのような手ぬるい手続きの暇をあたえなかったのである。

敵艦が、ぐーッと迫る。拡大鏡でのぞくように、風防をいっぱいにふさいで迫ってくる。前部砲塔の砲身を、右翼端で切り落としそうにして飛び越した。

ホールド・アップしている兵。機銃を楯に隠れる兵。その兵のランニングシャツと鉄かぶとの横顔が、さッとボケて通り過ぎた。

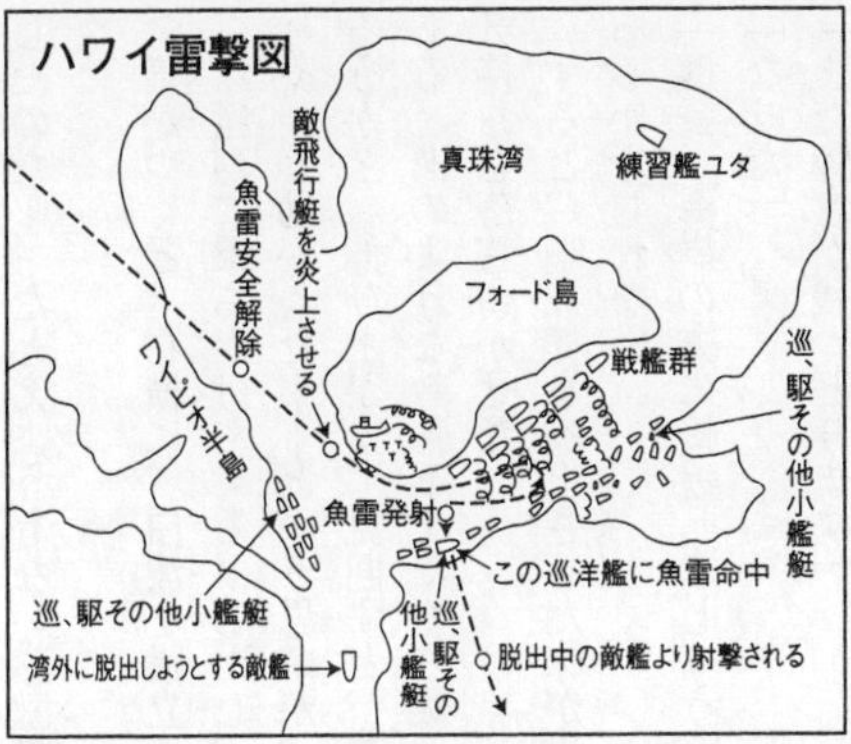

敵の射撃が追いかけてくる。艦上を通過してからは、急におじけづいていくのがわかった。動悸が高くなっていくようだった。戦果を確認するために、振り返っているせいか、どの弾道も、私自身に命中するかのように思える。オーバーブーストを使用しているけれど、速力のなんとのろいことよ！

敵艦の、マストと煙突のあたりに、煙と水がいっしょになって、ワッと吹き散った。と、もくもくと立ち上っていく水柱！

「命中！」わが機の魚雷が命中したのだ。思わず「命中！」と叫んだあとから、涙があふれ出てあたりがかすんでゆく……。たった一発、抱いてきた魚雷が命中したのだ！　たとえようもない感激であった。追いかけてくる敵曳痕弾を忘れ去る一瞬であった。

気がつくと、右横に、白波を蹴立てて、全速で港外へ出ようとする敵艦があった。敵艦から、猛烈に撃ちかけてくる。しかし、それも遠ざかり、外海へ抜け出た。

やっと助かった——という思いが、腹の底から湧き上がってきた。機は被弾していないだろうか？　伸び上がって見回すと、左主翼の日の丸、尾翼方向舵、昇降舵、垂直尾翼に穴がある。あのような敵弾下をくぐり抜けながら案外当たらなかったことが、不思議でもあり、気持ちを落ちつかせた。

すると、哨戒機を炎上させた味が思い出される。接岸すれば、まだ機銃を撃ち込む何かがあるかもしれない。

「機長、海岸の方に接近しましょう」

「なぜだ」

「まだ弾倉が残っとります」

「そう無理せんでいい。そのままにしとけ」

突撃のときは、約二百メートルの間隔に開いて単縦陣になっていたのに、周囲を探すが一機も見あたらない。

右横手に、港内の猛煙を望みながら西進。島の西南端——予定集合地点に達した。左千メートルぐらいのところに一機、その後方千メートルほどに一機、さらにその後方に一機。右後方海岸線から二機。敵味方の識別は不明であるが、味方とおぼしい機が近寄ってくる。

西南端を回ると、左前方に、低空全速の四発水上機があった。敵機である。配布されている写真によると、この機種は、二十ミリ機銃と三十ミリ以上の機関砲を装備しているはずである。背と横腹には半円形の突起があり、そこから銃身が突き出ていて、尾部の割れ目から、三十ミリらしい機関砲がのぞいている。

この敵機を発見したとき、私たちはハッとしたが、敵もまた、私たちを発見して驚いたらしく、あわてたふうであった。銃口から火を吹きながら、西方へ逃れ去ってゆく。

高度をとって北上すると、かなり味方機が集合していた。味方識別のバンクをして、最寄りの編隊に接近し、三番機の位置につく。一番、二番機は、ともに「蒼龍」隊だが、まず編隊を組むことが先決である。小隊から中隊にまとめていかなければならない。

編隊は、しだいに二組の集団を形成していくので、私たちは、「飛龍」隊の方へ移動する。零戦隊の姿がないのは心細いが、編隊は、百二十五ノットの巡航速度で北上する。

硝煙衰えぬオアフ島が、小さくなり、やがて見えなくなったころ、指揮官機にならって銃をおさめ、風防を閉めた。開いていると、速度がにぶるからである。

いつの間にか、戦闘機隊も、艦爆隊もいっしょになっている。演習を終わって、基地に戻る編隊のような姿であった。雷撃隊の魚雷緊締索のワイヤーが、風圧で斜めに下がっているのが目ざわりになるだけである。体から、力が抜けてゆくような感じであった。

予定会合地点になると、水平線上に、わが機動部隊の姿が浮かび出した。六隻の空母をそれぞれ中心にして、「比叡」「霧島」の高速戦艦をはじめ「利根」「筑摩《たくま》」の重巡、軽巡「阿武隈」ほか駆逐艦が、いずれも健在な姿を見せ、白い航跡すらが逞しく感じられた。帰りについたのだ——という安堵感が湧き、知らぬ間に、軍艦マーチの拍子をとって軽く足踏みしていた。

指揮官機が、特別大きくバンクし、誘導コースに入ろうとする。そのとき、角野中隊長機（中本、福岡、菊池大尉らと宇佐でいっしょだった）が、急にバンクし、すでに着艦コースに入って旋回中の零戦隊の間に割り込んだ。様子がおかしい。緊急着艦である。何か事故があったにちがいない。角野機が、母艦後方パスに乗った。定位置から順当なコースでの着艦ではなく、飛び入りなので、良好な姿勢が保持できなかったのか、あるいはパスが高過ぎたのであろうか、小刻みに動揺し、速力を殺しているようであった。

着艦やり直し、の旗が振られている。しかし角野機は、フラフラの失速寸前の状態で、やっと艦尾をかわり、機首を引き起こした。三点姿勢（着艦の際、前車輪と後車輪が同時に着くと、抵抗が大きく、滑走距離を短縮することができる。なお、着艦のときは、尾輪前部に取りつけてあるフックに制動索を引っかけ、行脚《ゆきあし》を止める）となって、制動索にフックをかけ、ガックリと停止した。

パスに乗ったときの状況から判断すると、操縦員が負傷しているらしい。案の定、両舷のポケットから、二人ずつ飛び出して停止した翼に乗り、操縦員を抱え出した。角野分隊士は、救助員にしなだれかかっている。

新たに二機が、緊急着艦のバンクをし、その一機がパスに乗り、艦尾を過ぎてフックを引っかけてジャンプしたかと思うと、機首を大きく左に振って、ドスンと甲板を叩いた。その拍子に鼻をつき（機首を下げ、ペラを甲板につき、ひん曲げること）、左翼端を壊した。負傷者が担架で運ばれた。つづく一機は、着艦と同時にエンジンがストップし、整備員に押されてバリケードを通過した。

空中に待機の編隊は、急速収容に移り、まず戦闘機が終わった。残る機もわずかになったころ、フックを制動索からはずした機が、レバーを入れたと思う間もなく、バリケードを越えた。

エンジンをしぼる暇もなかったらしく、前方甲板に寿司詰めになっている機の尾翼にかみついた。回転しているペラが、方向舵、尾部胴体をザックリとえぐって止まった。

雷撃隊が最後の番であった。一機、旗旒信号檣に衝突して損傷した機があっただけで、全部収容が終わった。他艦は、まだ収容が終わらないようだった。

各攻撃隊の戦果報告に、加来艦長は、いちいちうなずきながら、ねぎらいの言葉をかけた。

奇跡の操縦

艦攻隊角野分隊士は、足首に貫通銃創を受けて、重傷だった。機上で止血をほどこし、攻撃終了して帰航途上、編隊を組んだときは、まだ同乗者は知らなかったという。思うに中隊長機という配置からくる責任感が、奇跡的な操縦をさせたのではないだろうか。編隊解散のバンクがあって、はじめて緊急着艦をしたもののようであった。

足首がきかなければ、方向舵の操作が自由でない。それは操縦上の致命傷となるのだが、おそらく分隊士は気力と責任感で克服したのではあるまいか。着艦後の手当は行き届いたものであったろうが、ついに、ガスエソ菌とか称するものに侵され、切断したのである。

「飛龍」の飛行隊には、幸い未帰還機はなかった。けれど、ほとんどの機が被弾し、もっとも被弾の多い機は、艦爆の七十数発であった。

第二次攻撃隊では、「飛龍」からも艦爆三機（外山、村尾機、清村、清水機）、零戦一機（西開地機）の未帰還を出した。また艦爆隊では、大倉一飛曹が左腕（たしか左だったと記憶する）に、貫通銃創を受けた。

危険海域を脱したある日の午後であった。艦長加来止男大佐が搭乗員室に来た。各機について、それぞれ戦果の報告を求めた。このようなことは、まず例のないことであった。それだけに、搭乗員は感激にむせぶ思いだった。報告は、戦闘機隊からだった。同期生戸高昇の番になった。

「よき獲物はとホイラー飛行場を見ますと、あわてた敵機がワンワンと滑走離陸していましたので、一斉射浴びせては切り返し、計三機やっつけました」

ワンワンというあたりから、手振りが加わっての報告に、一同ドッと笑い崩れる。その笑い声で、艦長を迎えて固くなっていた部屋の空気が、急転回して柔らいだ。艦長もつられたように、口元をほころばした。

艦爆隊宮里一飛曹の番になった。

「急降下を終え、対空陣地を見つけましたので、そのまま銃撃して海岸へ出ました」という簡単な、物足りない報告だった。

というのは、かつて宮里兵曹は、大陸の敵飛行場に着陸し、チャートを焚きつけにして、敵機を炎上させて帰還。

「宮里機、ただいま帰りました。敵飛行場着陸、地上列線の敵機数機を炎上。その他異状ありません」

この報告に、地上指揮官をはじめ、飛行長たちは驚いたという。彼の行動を、戦功抜群として表彰すべきか、あるいは飛行命令に反し、軍規を破壊した者として処置すべきか、甲論乙駁の結果、功罪相殺、表彰もされなければ、処罰もされずに落着したのだ。しかし、搭乗員仲間の話題としては、広がるばかりであった。その例を知っていて、今回もまた、奇抜な攻撃をしたのではないか、という期待からくる物足りなさであった。

それはともかく、話題の主としての宮里一飛曹には、別なことがあった。

それは、軍服は常に折れ目正しく清潔であり、無精髭を伸ばしていることなどなかったが、頭髪と帽子が型破りであった。

軍帽のてっぺんは丸く油が滲み、石榴《ざくろ》状に破れたところから、頭髪がはみ出てい、あみだにかぶった帽子の後ろで押さえられた髪が襟を覆って垂れている。顔は大きく、眼が小さい。膝を曲げずに棒のように歩く。どんなおかしいときでも、ちょっとお世辞笑いをするだけで、あとは絶対に笑わない。だが、お人好しといいたいほどの好人物であった。

報告の最後は、私たち雷撃隊であった。

私たち艦攻雷撃隊の第一指揮官は、「赤城」飛行隊長村田少佐であった。その村田少佐の直率する一航戦「赤城」「加賀」の雷撃隊と水平爆撃隊が、湾内の大物を先攻したため、私たちが魚雷投下射点に到達したときは、前記のごとく戦艦群に寄りつくことができず、他に目標を選んだ機が多かった。したがって各機の報告は、爆煙の中を突進し、計器の判読すら困難になって脱出し、巡洋艦を屠った——というのが多かった。

これらの戦果報告中、じっと聞いていた予備員たちの顔に、一抹のさびしさがただよっていることは否《いな》み難かった。

後日、戦艦四隻撃沈、三隻大破、巡洋艦四隻大破、飛行機四百五十機撃破炎上、わが方未帰還二十九機と、戦果ならびに犠牲が発表されたが、その犠牲機の中に、同期生町本喜春（一航戦、宮崎県）が加わっていた。

至宝・金井機の最期

内地に帰港するのに、もうあと幾日もないというある日、「蒼龍」「飛龍」の二航戦に、ウエーキ島爆撃の命が下った。

ウェーキ島は十二月八日、クエゼリン環礁から、わが海軍航空隊が空襲し、立ち向かう敵戦闘機十二機のうち八機を撃墜した。

その後十一日、第四艦隊から分遣された軽巡三隻、駆逐艦六隻が攻撃したが、この島の駐屯部隊は頑強に抵抗し、わが駆逐艦「疾風《はやて》」は、砲台からの砲撃によって、同「如月《きさらぎ》」は、敵戦闘機の投じた一弾が爆雷に命中して、空しく二艦を失った。このため攻略は一頓挫し、二十三日にいたって攻撃が再開されたのである。

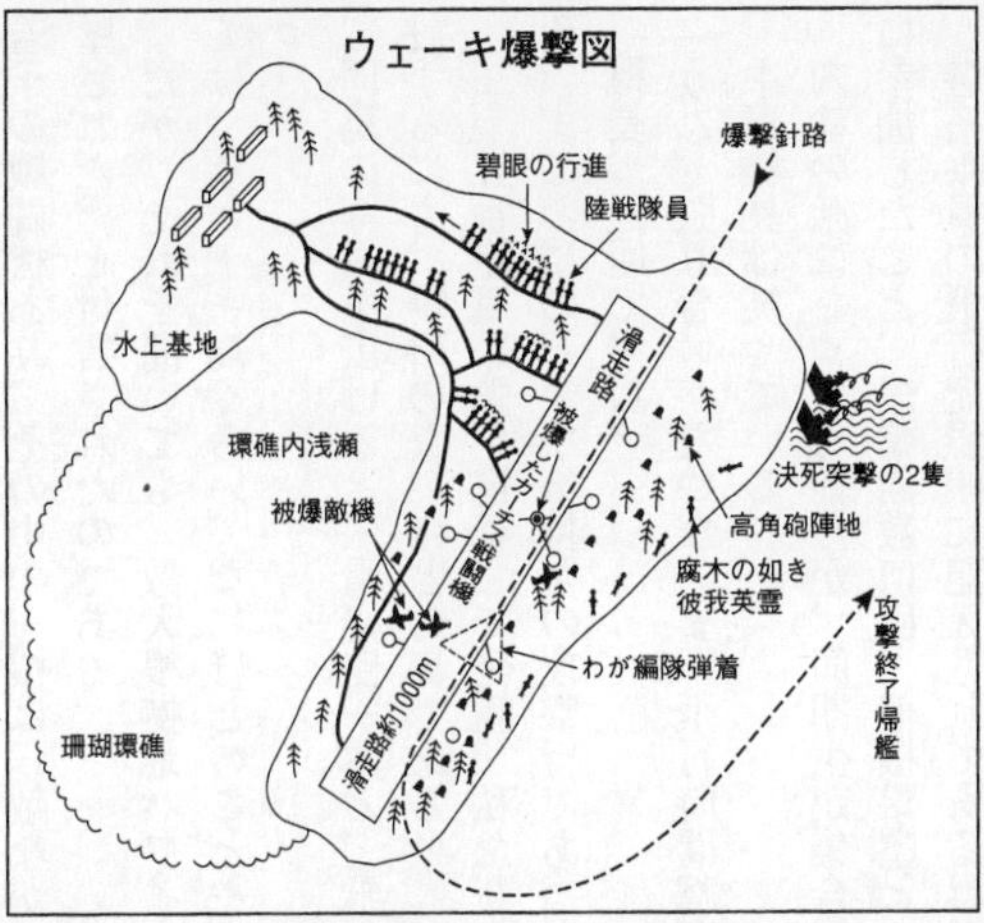

この日もまた、敵の抵抗激しく、容易に上陸できない。そこで、二隻の哨戒艇を海岸にのし上げさせ、これを楯としながら、陸戦隊員を上陸せしめた——と、これはあとで知ったのである。

とにかくそのときは、ウェーキ島において、わが陸戦隊が目下、激戦苦闘中であり、これを援護すべく、私たちに爆撃が命ぜられたのである。なお、そのおり、同島守備の敵軍中、若干の戦闘機あり、その中の一機は、敵ながらあっぱれな腕前で、味方中攻がすでに数機撃墜された、と付言されたのである。

だが、それを聞いても、敵大根拠地ハワイを叩き、意気軒昂たる機動部隊の搭乗員にとっては、ウェーキ島ぐらい、なにほどのことやあらん、鎧袖一触——とばかりに、なめてかかった。

同島の写真を広げると、滑走路一本と、飛行艇基地付近の宿舎群以外にない。格納庫を建設するにも、場所のないほどの島である。

二十五番陸用爆弾を搭載して発艦。私たちの編隊の後上方には、掩護の零戦隊がついている。まことにのどかな気持ちの攻撃行であった。

「機長、退屈ですね」

「うん、張り合いがないな。ま、飛行時間稼ぎと思ってがまんするさ」

中島機長は笑っている。

内輪の話になって恐縮だが、同期生が集合したときなど、まず話題になるのは、何々作戦に参加したこと、爆撃回数何回、何機撃墜といった話のつぎは、かならず飛行時間だった。

各搭乗員の飛行記録帳に記入されてある累計が多いほど、鼻が高いわけなのだ。

ところが、この飛行時間というやつは、かならずしも自慢にすべきかどうか、そこには多くの疑問があった。

というのは、大型機や輸送専門の配置にある者は、一回の飛行が十数時間に達することがあるにもかかわらず、小型機になると半時間か一時間、せいぜい七〜八時間が限度である。また自動操縦装置で居眠りもできる大型機と、いささかの油断も許されぬ小型機との相違。それらを一様に扱う現象は、小型機配置の者にとっては不満であったが、それでも、一応、自慢の種になるから妙であった。

それはさておき、私は、食欲がないのに間食をする悪癖があった。

「貴様は、食事がすすまんといいながら、間食ばかりしとるじゃないか」

となじられるのに対し、

「食事がとれんから間食しとるんだ」

と応じていた。

また、たいていの者は、攻撃終了、危険区域を脱してから飲食する。わが機の笠島、中島両人とも、その習慣だった。私は、攻撃後も食べるが、攻撃前から食べずにはいられない性分であった。今日もそれだった。操、偵二人にすすめても無駄なので、小豆と桃の缶詰を開け、交互に食べ出した。

雲一つない碧空の下、悠々と飛ぶ機上で、悠々と食べる楽しさ！　それが小豆や桃のささやかな缶詰であろうとも、まさに山海の珍味にもまさるものがあった。

「もうすぐだぞ」ボヤボヤしとるな——という注意の喚起である。機長が、そういって間もなく、指揮官機の風防が開き、機銃が用意された。列機も、これにならって驀進する。

進路前方、遥かかなたの水平線に、胡麻粒ほどの黒点が浮かんだ。島の輪郭がしだいに明瞭になってゆく。それにつれて滑走路が見える。約千メートルもあろうか、手前と、前方の両端は、緑青の波に洗われている。その北端付近から、ふた筋の煙が靡《なび》いている。「蒼龍」隊が爆撃進路に入った。「飛龍」がその後を追《つい》う。零戦隊は、後上方に構えている。敵機は、遁走《とんそう》したのか、あるいは潰え去ったのか、晴れ渡った空の、どこにも見当たらない。では、どこを爆撃すべきか――爆撃隊としては、そのことに心を奪われるのは当然の成り行きであった。

私もまた、地上目標を探そうとしたときであった。空の一角に、キラリと光ったものがあったようだ。

「敵機!」叫んだものの、それは確認したうえでのことではなかった。ただ本能的に叫んだのであったが、前上方を見つめると、まさしく三つの流星――敵戦闘機であった。

敵機は、発射光を噴きながら、「蒼龍」爆撃編隊の下に突き抜け去った。と、味方編隊の先頭機が、異様な身ぶるいをした。やられたか?――と思う間もなく、エンジン・ベッドだけを残して、ボーッと炎が機体をつつんだ。

機首を下げた。その姿勢から、失速錐揉みになり、赤い炎と、そしてドス黒い煙の尾を引いて、くるりくるり、落ちてゆく。

「蒼龍」先頭機は、金井機のはずだった。それなら水平爆撃の至宝を失うことになる。わが機動部隊にとって取り返しのつかない損害である。

敵機の反転上昇は、どこへ来るか? 金井機の最期を見届けたかったが、「来るぞ!」の機長の声に、ハッとなって敵機の姿を求めた。足の裏が、むずむずとこそばゆく、血が逆流するかのようだった。

敵機は、わが編隊の前方に、腹をさらしながら急上昇している。それを目がけて、わが制空隊が単縦陣になって、燕のように、私たちの頭上をこすってゆく。曳痕弾で敵機をつつみながら……。

だが、敵機は、これも飛鳥のごとく、順次三機とも、姿を小さくした。

機腹をさらしたときの敵機は、「飛龍」艦攻隊のトップから、ほど近い距離を通りすぎたのだが、艦攻の機銃は、後上方および後方左右三十度ぐらいしか射撃できないため、いかに歯がゆがっても発射できぬ角度であった。

上昇頂点に達した敵は、速力が衰え、失速反転に切り返すと、ふたたび攻撃の姿勢になり、加速をつけて「蒼龍」の編隊を射撃しだした。これを追って、零戦が食い下がろうとしているけれど、敵機は落ちない。

反航でさえ、金井機を落とした腕前である。早くしとめなければ、もっとも有利な同航追尾の形になって、またしても二〜三機落とされるかもしれない――ハラハラとした思いで、見つめているしかない自分自身がもどかしい。

うまく敵機の後方に忍び寄った零戦が、曳痕弾で、敵機を掬《すく》い上げて前方へ出た。それでも敵機は落ちない。

つづく零戦が、ぐいぐい肉薄する。私は、思わず息をのんだ。味方零戦は、追尾衝突するつもりなのか? ところが、接触寸前、敵機が、灰色の煙を一直線に噴いた。やった!——胸のつかえが、スーッととれた。

肉薄攻撃に成功したのである。その零戦は、すぐさま垂直旋回に入り、横殴りに敵二番機に突撃してゆく。これも、体当たりにひとしい攻撃であった。

機と機が重なったが、パッとほぐれ、一機は速度が鈍り機首をうなだれ、白煙を引きだした。きらめく陽光の中では、一瞬、どちらがやられたのか判断もつかない。しかし、無事の一機は、やられた機に追いすがってゆく。追うのは零戦であった。

よかった!——と思う暇もなく、追われる機は、黒っぽい土色の煙をパッと吐き出した。零戦は、追撃を止めて離れた。

この二機撃墜に見とれていた間に、敵三番機は、これも黒いテープを延ばすように、煙を空に残して落ちて行くところであった。ホーッと、私は深い息をした。どうやら呼吸を止めて見つめていたらしかった。

敵機の落ちたあたりを見ると、紺青の海面に油で汚れた塊りを中心に、その縁《ふち》を白いレースで飾ったような波紋が四つ。ポツンと離れて大きなのは金井機のであり、新しく小さい波紋は、今しも落ちた敵三番機のものであった。

電信機下の丸い穴から、斜め前方に滑走路が望まれ、それに沿って、チカチカッと明滅する光——敵の対空陣地があった。

機が軽く揺れる。機の周囲に、いきなり古綿をちぎったような薄煙の群れ。高角砲弾の炸裂である。これが一発、機腹に抱く二十五番に直撃でもしようものなら、味方編隊は木っ端微塵になる。

早く落とせばいいがと、心ははやるが、わが先頭梅沢機は、まだ爆弾を離さない。敵弾は、左に右に、前にうしろに、一斉射ずつ炸裂する。気が気でない。

先頭機が投下した。列機も投下把柄を引いた。爆弾にしろ魚雷にしろ、投下した瞬間の気持ちは、なんとも言えぬ爽やかなものである。それは、背負ってきた重荷を、坂を登り切ったところで降ろすのに似た爽快感であった。

二十五番爆弾は、編隊の右側のは滑走路上を、左側のは引込線とトーチカの散在する上を目がけて、吸い寄せられるように落ちてゆく。やがて、乳白褐色の爆煙が地上に広がり、敵の対空火器は、鳴りをひそめた。

墜落機への供養

爆撃は終わったのだ。編隊は、左旋回して、帰途につく。もはや敵戦闘機もおらず、高角砲に神経をとがらす必要もない。安心しきって島を俯瞰する。風光絶佳である。西端にウェーキ・ホテルとでも称したい瀟洒《しょうしゃ》な――そうだ、まばらな椰子林に囲まれたそれは、植木ホテルとでも改称したい宿舎群があった。

滑走路と海岸までは、五十メートルほどの幅があり、滑走路からは、枝のように幾条かの引込線がある。引込線から出ようとして、片翼をついている機、エンコしている機。

侵入時、東北端からなびいていた二条の煙は、上陸強行戦法をとって、のし上げた味方哨戒艇である。艇首を岸にもたせかけ、艇尾は海中に没している。没したあたりは、濃紺の海であるところを見ると、断崖からの攻撃を敢行したもののようであった。

陸戦隊員は、どの辺りで戦っているだろうか。姿を求めたが、四千メートル以上の距離からでは、ついに発見することができなかった。

私は、横のバックから、パイン缶とサイダーを取り出して投下した。金井上飛曹機と、そして敵ではあったが、果敢に戦って散った墜落機への供養であった。

一つずつ落とすと、六人では足りないような気がして、残る全部を落とそうと手にしたが、口を開けた方が食べやすかろうと、瓶の栓を抜き、缶の口を開けて、まずサイダー瓶を離し、つぎにパイン缶を穴にあてがうと、中の汁が飛沫になって、顔中にかかるのであった。離したあと、飛行服の袖で拭く顔の汁は、人の世の無常をいたみ拭うかのような気持ちであった。

戦果報告は搭乗員室で行なわれた。敵一、二番機を連続撃墜したのは、田原二飛曹であった。

全中隊の報告が終わると、加来艦長は、田原兵曹に向かって、「いかにして射止めたか」と直接質問した。

田原兵曹は、ようやく二十を過ぎたばかりの優男《やさおとこ》である。艦長直接の質問に、身をこわばらせながら、つぎのような趣旨の経過報告を行なった。

小隊長が射撃して引き起こしたが、敵機はまだ健在であり、しかも「蒼龍」隊に食い下がってゆく。そこで、確実に撃墜するには、肉薄攻撃以外にないと信じ、有効射距離内に近接すると、敵機がグングン膨張し、照準器からハミ出して広がる。今だっと連射した。敵機から煙が出た。そのとき、危うく接触しそうになったので、急ぎ体をかわすと、前方に小隊長機が反転して来るのが視野に入った。さっそく垂直旋回に入ると、右上方に敵機がチラッと見えた。小隊長機が、撃ちまくったあとを追い、衝突するのを覚悟で近寄り、発射するとガックリとなり、頭を下げた。

白煙を引いている。これは、やられて墜落するところだと見せかけるための、よくある欺瞞手段なので、その手に乗るものかと、なおも追尾し、操縦席目がけて撃ったところ、褐色の煙を流した。上を見ると、残る一機も、落ちて来るところだったので、自分が落とした機が、海面に突っ込む姿を見届けて小隊についた、という。

加来大佐は、うむ、うむ、といったふうにうなずきながら聞いていたが、報告が終わると、
「本日のウェーキ島攻撃において、戦闘機隊田原二飛曹は、沈着豪胆、激闘中といえども、詳細緻密、よく敵機の変動に注視し、白煙に惑わされず、再度これを追撃して撃墜、もって爆撃隊を掩護、制空の大任を果たせるは、じつにただ一人の奮戦というも過言ではない。すなわち、武人の亀鑑《きかん》に値するものである。よって特別善行章一線を付与する」と結んだ。

これには、居並ぶ搭乗員一同は「うーん」と唸った。特別善行章とは恩賜の銀時計をもらう以上の功績で、金鵄勲章に匹敵するものであった。したがって、下士官兵にとって憧憬《どうけい》の

的であった。

そのころ「蒼龍」でも、戦果報告が行なわれたが、金井機を失っているので、報告終了とともに艦長は、悲痛な面持ちで艦橋へ去った。とこれは、後日、同期生紺野喜悦から聞いた話である。

ウェーキ島の岸辺

八日の夜、催されるものとばかり思っていた宴会は、敵海域であり、敵機、敵潜の反攻に備えなければならないため、当分延期自重せよ、と上司から達せられて、そのままになっていたが、今日は、その話を持ち出すのに好都合である。許可は下りた。

ハワイ奇襲成功、ウェーキ島爆撃ならびに特別善行章祝いを兼ねた酒宴である。酒保へはあらかじめ話がついている。そのうえ、艦長はじめ各科から贈られた酒、ビールが、搭乗員室も狭いばかりに運ばれた。

宴たけなわになると、飲むよりこぼす方が多い。盃やコップが面倒だとばかり、ラッパ飲みする者も出る。デッキに、こぼれた酒とビールが、艦の動揺につれて流れている。酒をたしなまない私などは、まことに乱暴なことであり、もったいないとさえ思う。先に寝ようとしても「いまごろから寝るのはぜいたくだ」と、かならずだれかが来て起こすにきまっている。まごまごすると、空瓶で殴られることさえある。だから、大半がベッドにつくまでは、酒席にいて、歌でも唄っていた方が無難である。

ウェーキ島の全景。高地がない平坦な珊瑚礁である

軍歌、民謡、端唄などが出尽くしたあとは、自然、グループごとにかたまってゆく。田原二飛曹は、祝盃の総攻撃を受け、落城している。同期生笠井清は、平素はおとなしく無口だが、酔いがまわると癖が悪い。今日は、私にからみだした。あまいものばかり食べないで、酒ぐらい飲めというのである。仕方なくコップに注がれた酒を、グッと半分ほど飲んだつもりで一息いれると、まだ四分の一も減っていない。笠井は、不機嫌な顔で「グッと飲め」と責める。そのとき、突然、後方でビール瓶が何本か割れ、騒々しい声がした。

「きのうやきょう海軍に入りやがって、おれの名を呼び捨てにするとは生意気だ」

数人が、止めようとしてもつれている。原因は、他のグループが談笑している中から「どうした」という声があり、それが堂下《どうした》上飛曹の耳に入り、立腹したとのこと。彼は元来五期生なのに、胸膜をわずらって二期おくれているので、酒が入ると、そのことが影響して、からみやすくなるのだった。

私も、かつて富高基地で、当時、「飛龍」搭乗員がよく唄っていた「娘十三でもえ、ドウシタドウシタ、あとでよ、あとでドウシタ……」と鼻唄まじりで、電信席から顔を出すと、バッタリ彼の目と合った。こっちへこい、と招く。「しまった」と思ったが、もう遅い。上級者の命には絶対服従しなければならない。仕方なく降りて行き、数往復のビンタをくった苦い記憶が甦ってきた。

今夜の発言者は、間もなく数人に付き添われて避退したので、「おれがダボッタばかりに若輩になめられる」と堂下上飛曹は、やり場のない愚痴をこぼした。

この騒ぎに、笠井は私のかたわらから消えていたので、無理強いの難からまぬかれた。寝室へ行くと、杉本八郎（長崎市）がのびている。肩をさすってやろうと前こごみになると、彼が出したものの臭いが鼻をつき、急にウーッと喉がつまり出して、逆に、彼に肩をさすってもらう始末だった。剽軽者《ひょうきんもの》の工藤一飛曹が、バナナの叩き売りをまねている。それをかすかに聞きながら、眠りに落ちた。

起床ラッパのとき、まだ眠りこけていた。朝食ラッパで目がさめたが、頭が重い。

「食事ぞ」二宮にうながされたが、起きる気になれない。

「おれのはだれかにやってくれ」と言うと、けさは起きる者が少ない、とのこと。私は、また眠った。

「おい、搭乗割が出たぞ、またウェーキ島行きだ、すぐ準備しろ」

機長に起こされた。やむなく偵察バッグに缶詰とサイダーを入れ、まるくふくらましたのを小脇にして食堂を通ると、すえたような、昨夜の名残りがたまらなく鼻を襲う。急いでポケットから飛行甲板に出ると、つきまとうその臭いが海風に吹き飛んだ。

爽やかな海風と透明な空。艦橋下に待機していると、やがて田中艦攻隊長が現われた。

「ただいまよりウェーキ島敵情偵察の命をあたえるが、強行偵察を行なうには及ばない。一騎当千のお前たちを、あんな島と交換したくない。電波は戦闘管制。しかし、敵情に変化を認めたり、陸戦隊が苦戦しているようだったら、ただちに打電せよ。攻撃隊が援助攻撃に向かう。くれぐれも注意するが、無謀に低空偵察や島に接近する必要はないから、そのつもりで偵察せよ」

文宮電信員が、私たち三人分の昼食を持ってきてくれた。操縦員笠島は、ふつか酔いとみえて、「お前にやるよ」と文宮に返す。

母艦を離れて舞い上がると、いちだんと爽やかな気分になったものの、のどがかわく、パイン缶を切って汁を飲んでいると、「もう食っとるのか」と中島機長が笑う。

「昨夜の酔いで、迎い水が欲しかったのです」と、返事をするつもりで伝声管を手にしたが、あまりうまいので、笑顔を返しただけで、飲みつづけた。

高度二千メートル、巡航速力百二十五ノット。

内地は師走というのに、機内は晩春の暖かさである。対潜警戒と上空見張りを交互に行なっているうち、空腹を覚えてきた。航空弁当をとり出し、何が入っているか、くじでも楽しむように開くと、稲荷寿司であった。酢がきいてプンと匂う。酢は大好物なので一つ食べ、残りはあとにしようと蓋をし、サイダーを飲むと、また欲しくなった。とうとう自分の分を食べてしまった。まったくうまい弁当であった。

「おーい、ウェーキ到達三十分前ぞ。空中見張りを厳重にやれ」

機長の声に、機銃を確かめ、航空暗号書の索引見出しをめくって、見張りをしては頁を繰り、繰っては見張りをしながら幾とおりかの想定電文の骨組を暗号化し、臨機応変、状況にふさわしい文を追加、削除すれば、即刻電鍵を叩ける用意をととのえた。だいたい、こうした準備は、発艦後すぐなすべき処置である。しかるに、到達三十分前になってするとは、なんとした不心得であろう――自分の心構えを責め、叱った。

たとえば、のみのくそほどの粒も見逃してはならないのだ。それは、数秒後には、火を吐く敵戦闘機であるかもしれないからである。

きょうのように雲にまぎれこむ余地もない日の、敵戦闘機に襲われた場合の艦攻としては、超低空になって、横滑りで敵の照準をはずし、敵の弾倉が空になるのを待つより方法がないのだ。だから、敵戦闘機は可能なかぎり避けなければならない。それには、見張りがもっともたいせつといわなければならないのだ。

ウェーキ島が、視界に広がってゆく。きのうもあった二本の煙が、細く長く空に伸び上がっている。

機は、しだいに高度をとり、視界を広め、入念に見張りをする。艦艇も、機影もない。

高度を下げると、まばらな椰子林の間を縫って、滑走路から数条の白く細い舗装路が、右手の宿舎群につづいている。その道を、黒いかたまりが、のろく動いているので、なおもよく注視する。

「機長、舗装道路の上を黒いものが動いています」と、届けると、

「うん、おれもおかしいと思って見ていた。確かに動いとるな」

低空飛行や、島に近寄りすぎることは、隊長から止められていたが、機長は、正体を見届けようと決意したのであろう、機をさらに接近させた。

機銃陣地を警戒したが、射ち上げてくる気配もない。毛虫のようなかたまりになって動いているのは、人間の行進であった。先頭に小さな日の丸が見える。

機は、ぐっと高度を下げ、縦隊を中心に旋回した。

行進の列は、四列縦隊の約百人単位。それぞれホールド・アップし、その前後に二名ずつの着剣した陸戦隊がついている。ウェーキを完全占領し、捕虜を収容所に誘導しているところであった。

——それにしても、他の陸戦隊員は、どうしているのだろう？　丹念に探すと、宿舎や、壊れたトーチカ陣地などに動く姿があった。盛んに手を振っている。私たちも、バンクして、これに応《こた》えた。

瑪瑙《めのう》色をした岸辺に、打ち寄せられた棒杭のように転がっている死体。それは、この上陸に、死傷五百と称された味方の犠牲であろう。戦闘は終わったばかり、まだ遺体の収容まで

手が届いていないようであった。胸ふさがる光景であった。

きのうの爆撃行には、敵戦闘機と高角砲に、われわれの胆を凍らせた敵であったが、今は、その砲座は動かず、低抗した敵兵は、ホールド・アップしているのである。

「機長、弁当をください」

「え？　また食うのか」

「いいえ、陸戦隊員に落としてやろうと思うんです」

「ああそうか。おい操縦員、熱量食でもビタミン錠でも、食べられるものは全部出せ」

こうして集められた食料を、暗号書の紐と緩衝ゴム紐で固縛し、比較的柔らかそうな椰子の根元に落とした。

遠ざかりゆく島のかなたこなたから、陸戦隊員が手を振りつづけていた。

味方識別のバンクをすると、母艦は増速変針して、風に立った。誘導コースからパスに乗った。左舷の青赤パス灯が、一直線に見え、機はそのまま甲板に引きつけられてゆく。

「高度八十、速力六十五、六十、五十九、高度五十、速力五十七、五十六……、艦尾かわった」

機長が、速力計と高度計を読みながら伝える。「艦尾かわった」で操縦桿が引き起こされ、三点姿勢となって、ドンピシャリ制動索にフックが掛かった。

艦橋下に待つ隊長に報告が終わると、さらに詳細な報告をするための機長を残して、搭乗員室にはいる。

「目下激戦中ぐらいの電報打てよ。おれたちはあれから二十五番の搭載でこき使われたぞ。ああ、またおろし方か」

戦友たちは怨じ顔に、格納庫の方へ行く。

第二章　インド洋の火柱

アンボン爆撃

夜空に南十字星を仰ぐようになったころ、私の食欲はとみに減退し、飲料水だけが無性に恋しくなりだした。

配食には、ひと箸かふた箸かで満腹感になる。水、茶、サイダー、パイン汁など、甚だよろしいけれど始末が悪い。飲むと全身に、熱波を浴びたようにカッと血管が吐息をつき、見る見るうちに毛穴から汗が噴く。まるで湧き出る泉である。湧き出た汗は、その一つ一つが隣りの汗と合流して、ツツーと肌を勢いよく走る。

襦袢は、ただいまプールから上がってきた、と言わんばかりに濡れている。着替えていたらきりがない。ジッと寝ていても、腰かけていても同じこと。

飛行甲板へ涼みに出ても、生ぬるい風にホッとするのも十分ぐらいで、今度は、焼けた甲板の輻射熱と、遠慮なく照りつける直射日光で、ギラギラする海面を眺めても眼が痛くなる。

仕方がないので、やむを得ずベッドに戻って、背面飛行をすることに相成る。

「金沢兵曹いるか」そんなとき、きまって誰かが呼ぶ。

「目下、背面飛行中です」と答えてやる。あおむけになると、へそが天井を向く。飛行機が腹を大空に向けると背面飛行だから、相通ずるわけだ。そのため、いつとはなしに寝ることを背面飛行と言いはじめ、流行語になっていた。

　そうこうしている間に、昭和十七年一月下旬となった。ほどなくアンボン島爆撃の任を拝命した。

アンボン島は、セレベス島とニューギニア島のほぼ中間にあり、モルッカ群島の南に浮かぶ小島で、地理学的に言うと、東経百二十八度、南緯四度付近に位置するバンダ海の重要拠点である。

　しかし、いくらアンボンが要衝の地とはいえ、まだ他に攻撃すべきところがふんだんにあるのに、と考えたが、一月二十三日、ニューブリテン島北端のラバウルが陥落し、翌二十四日にセレベス島南部のケンダリーを陸戦隊が占領したので、台南、海南島方面にあった中型陸上攻撃機隊が、ダバオ、メナドを中継して進出した。

　この中攻隊が、ラバウル方面に転戦するには、ケンダリー、アンボン、ペリリュー、トラック、ラバウルという線が、当時の最短コースとなり、その意味でアンボン攻略の価値があった。

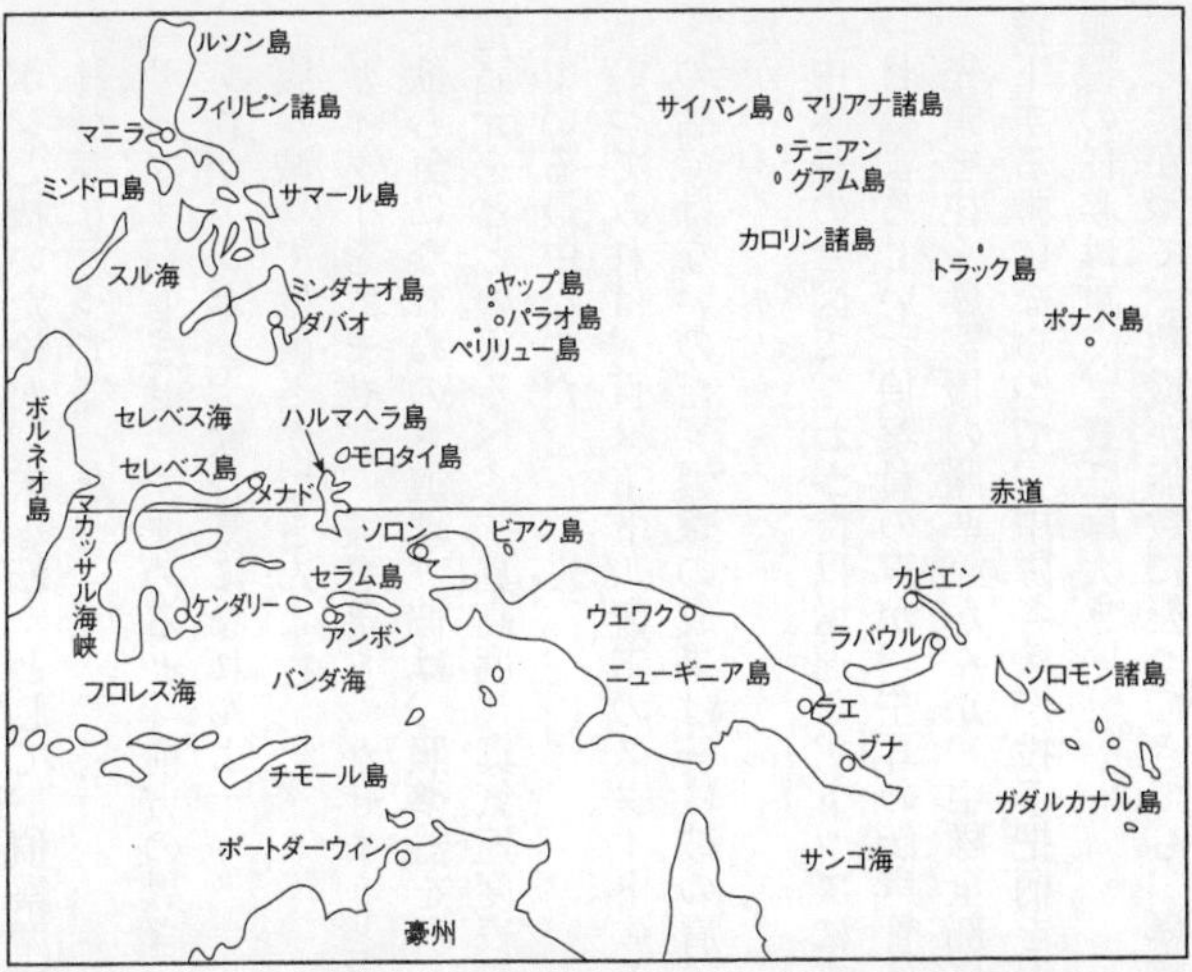

高度四千メートル、巡航計器速力百二十五ノットで、一中隊指揮官機の右脇にピッタリとついて、アンボン目指して堂々の陣を進めた。

燦々たる光が、編隊の翼や風防にあたり、ピカッと反射してまぶしい。海面は、見渡すかぎり鏡のように凪《な》ぎ、敵潜がひそんでいるとも想像されないが、「きれいな薔薇には刺がある」という。こんな美しい肌の海でも油断はできない。しかし、敵も懸命に潜っているので、そうたやすく正体をつかめるはずもない。

私は喉《のど》が渇いていたわけではなかったが、バッグからはみ出ているサイダーの栓に眼が移ると、急に腹の虫が無心を訴えだした。そこで、取り出して姿勢をもどすと、澄んだ水平線の上に、黒い傷がある。アンボンらしい。

ポンと抜いた栓が、床を転々として、偵察席に越境して行く。ときならぬ栓の転入に、偵察員が振り返って笑った。

「サイダー召しませ」すすめると、前方の黒きずを指し、

「あれがアンボン、飲む気になれんよ」

「腹が減っては戦さができんよ」

サイダーを飲ませて、彼を落ちつかせようと再三すすめたが、無駄だった。

飲む気になれぬのも道理、彼は、照準器を引き上げ、捜索鏡面を拭き、あらかじめ爆撃調定諸元をととのえるべく、真高度、真気速度表を交互に調べ、照準器をおろして偏流を測定している最中なのだ。

いってみれば、百メートル競走のスタート・ラインについた選手と同じで、サイダーどころの話ではないのだ。爆撃の成果は一に彼の肩にかかっているので、無理もないことであったが。

中隊長の合図で、わが機は増速し、トップに立った。

「目標よろしい」偵察員の声が、左耳の伝声管に流れ、私は風防を閉めにかかった。

先頭を往く爆撃機の照準いかんが、中隊全部に影響するのである。梅沢偵察員が照準して投下する弾にならって、中隊各機が投下把柄を引いて投弾する仕組みになっているので、先頭機の任務は重く、責任は大きい。

したがって、敵機が無数に襲ってきても、爆撃針路に入ったからには、機銃で応戦するな、

と日ごろから厳命されていた。敵機を何機落としたとて物の数ではない。艦攻に課せられた本来の任務たる艦艇や施設を破壊するのが主なのである。だから、爆弾投下までは、微動も呼吸を遠慮して、機に最良の安定をあたえ、照準を正確容易にさせるのである。

底蓋をとり、写真乾板を準備、露光秒時の調定をすませ、前下方を俯視して敵情をのぞくと、湾が半円形にくい込んでいる。右側は山で、鬱蒼と繁茂した樹が岸辺に垂れ、密林を切り開いて、饅頭《まんじゅう》のようなトーチカが点々と望まれた。

自然に幼いころ、法事などでもらった土色の饅頭の甘くうまかった思い出がよみがえり、食欲をそそる。われながら、これでは緊張を欠き、ドンコのように卑しいやつじゃなア、と思った。

数回の針路修正の後、時計が発動され、前方には、あわてて発砲された弾煙がだらしなく浮かびだした。その高度はまちまちで、だらしがない。この射撃ぶりなら当たるものかと思うが、ときおり至近弾が機体をゆすり、黒煙が翼をかすって後方に流れ去る。

――ひょっとすると当たるかもしれぬ。油断できないと思いなおした。

「ようそろー　ようそろー」次第に偵察員の声が高くなった。

「用意、てッ！」下蓋いっぱいを占めていた二十五番の弾体が、スス―ッと、音もなく小さくなって吸い込まれてゆく。まるで魚籃《びく》から放たれた魚のように直進してゆく。繁った濃緑の樹間に、季節はずれの花ならぬ花が咲いては消え、消えては咲いている。

「敵さん、あんなところに高角砲を据えてやがる」つぶやきながら、わが編隊の弾を追う。

爆弾は、黒に近い緑の上を走っているので、ともすると見失いそうになる。落下するわが中隊の徹甲弾延長線上に、フンワリと柔らかそうなトーチカ饅頭が、泰然として、湯気ならぬ火を、パッパッと吐き、周辺からも盛んに火花が破裂している。

――よし、この分ならかならず饅頭に命中だ、と確信し、写真機を構えると、下蓋のまん中にトーチカがきて、わずか後方へ流れた瞬間であった。ブスッ、ブスッと饅頭を包囲して突き刺さり、もぐり込んでしまって炸裂しない。

――はて、不発かな。信管を忘れたのか、それとも故障かな。昨夜、確かにつけたし、発艦直前信管の安全針は、整備員から受けとったのに、何事ぞ、この大失態は！　などと思っているうち、轟然、十数個の丸い土煙が、トーチカを根こそぎ粉微塵に砕いた。爆煙はしだいに拡がって、それぞれにつながり、一つのものになった。徹甲弾を使用したので、爆発に数秒を要したのだった。

爆煙は南に流れ、他のトーチカや高角砲陣地を覆った。集中砲火を送っていた火器群も鳴りをひそめた。

と突然、濁流のような噴煙の中から、パアッと、しだれ柳状に灼熱の塊りが四散した。弾庫に命中したらしい。

この壮絶なシーンに、うっかり撮影を忘れていると、偵察員に注意され、さっそく、われに返ってシャッターをきった。

「撮影終わり」機は静かに右旋回し、私は乾板をはずして日時、高度、視界、露光秒時の必要データを記入し、風防を開け、機銃を出し終わると、洋上に出ていた。

全機無傷で帰艦。戦果報告も終わり、気になる乾板を持って、左舷中央の写真室に入った。

私は、弾着写真撮影時、あわててシャッターを落としたので現像の結果ボヤけていたら、せっかく命中しているのに、偵察員に申しわけない。上司から文句を言われるのは覚悟のうえだが。

撮影時の状況を概略説明し、写真員が暗室で作業中、ずっと控え室で結果を待った。

「よく撮《と》れています」

黒幕がゆれて、私を招く。酸っぱい現像液と定着液の充満している暗室で、乾板をのぞくと、白い煙の中に黒いものがチョンチョンとまざっている。トーチカ群だ。

「これで安心した。今日の爆撃は痛快で、夏の夜空の仕掛け花火じゃないが、噴水状に敵弾が飛散してじつに壮観だった。われを忘れて、あたら撮影の好機をのがして残念だったよ」

と話すと、

「こちらとしては、ぜひそんなところを撮ってきてもらいたいものですよ」と注文された。

普通の写真偵察と違って、弾着写真はもっとも緊迫した敵上空で、弾幕と、いつどこから狙ってくるかわからぬ戦闘機に細心の注意を払い、針の上か、刃の下を潜るような気持ちで、どちらかといえば逃げ腰で撮影するから、悠長な鑑賞眼を働かせている暇はない。

要は、弾着と同時に命中したか否かが判明すれば足りる。逆光線でも、露光過度でも頓着しなくてもいい。写真員にしてみれば、芸術的見地から、美と技術に重点を置くだろうが、われわれは弾着判読を本旨とするのである。気をもんだ写真も、案外よく撮れていた。

あざやかな轟沈

明日は、豪州北端の要港ポートダーウィンを初空襲するということになった。二月十八日のことであった。

艦爆隊、戦闘機隊は、割合のんびりしいた。彼らは攻撃命令で飛び出しさえすればよいからだ。しかし艦攻隊は、敵地に艦船が碇泊しているかどうかがまず問題になる。それによって魚雷にするか、爆弾にするかを決定しなければならず、爆弾とすれば、六十キロなのか二百五十キロなのか。相手と目的によって投下器を取りかえなければならないのだ。

知らぬ者は、取りかえればいいじゃないかと言うだろうが、そう簡単にいかないのだ。薄暗い格納庫で、中腰になって投下器取り付けにネジ止めをはずしたり、つけたりするのは、気短かな者は癇癪玉を破裂させるほどの仕事である。なぜなら、ネジ止めはほとんど甘くなっていて、一ヵ所止めれば、一ヵ所がズレて合わないし、無理に回すとネジ山をこわす。同じネジではあるが、その機以外には合わない。まさか、そんなことがあるか、同じ規格のネジなら、どれでも合うはずだとおっしゃるかもしれないが、実際、合わないのだからいたしかたがない。

投下器を取りかえて、所定の弾を装着するのに、普通三時間かかる。それをやりかえれば、さらに三時間なのだ。そんな実情を知っている参謀が、いるのかどうか。命令は、平気の平左で取りかえられるので始末が悪い。

攻撃の使用弾が決定するまでの落ちつかないこと。気の早い連中は、今度は雷撃だろうぐらいにヤマをかけて準備しだす。それにつられて、二〜三の組が同調する。と、連鎖反応を起こし、われもわれもとあわてだす。

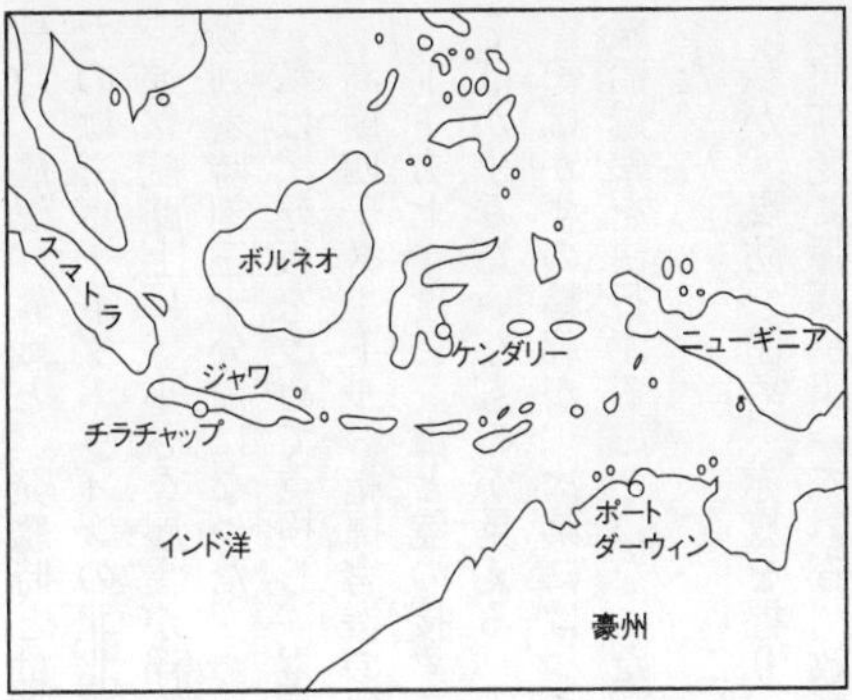

というのは、攻撃用意の遅い組は、結局、あのペアは準備が遅いから予備にしようとか、次の入港には転勤させようとか、自然に搭乗割が減り、攻撃編成からオミットされる。そうなることは、当時の搭乗員として、我慢できないことである。したがって、だれもかれも、半信半疑で雷装投下器の用意をしていると、二百五十キロ陸用弾と決定したのだった。

「ちえッ！」面白くない。ブツブツ不平を並べながら、二十五番投下器に取り替え、投下試験をすませた。全機の装備が完了したのは約四時間ほどのちだった。

明くる十九日早朝、戦、爆、攻の順序に発艦。「赤城」「加賀」「飛龍」「蒼龍」から、約百九十機の大編隊が、艦攻、艦爆、艦戦と、発艦時とは逆の序列で、目指すポートダーウィンに殺到した。発艦したのは、ポートダーウィンの北北西二百二十カイリの地点だった。

進撃航路上に、小さな層雲が浮かんでいたが、進路を邪魔するほどのこともなく、予定戦場到着時刻三十分前になった。

私は、乾板を改めて点検し、電信機下のまるい底蓋をとって、写真撮影の準備をした。

高度四千メートル。指揮官機の後席から、七・七ミリ機銃が出た。列機がこれにならう。前下方七十度に、海と陸の接する境界線が模糊《もこ》として左右にのびている。境界のあたりに、そばかすみたいなものが見える。十中八九、艦船と断定してよい。

そばかすの輪郭が、次第にはっきりしだしたので、陸上施設が目標だったのをあらため、艦船爆撃を決行することになった。わが機が中隊のトップに立ち、太陽を背にして進路に入った。

私が、風防を閉め、赤旗を握り、前方を見つめていると、先行している他艦の水平爆撃隊と同高度に弾幕が開いている。敵高角砲の射撃は、驚嘆すべき正確さだった。

私は、かつて艦隊の高角砲訓練で、たびたび標的の吹き流しを引っぱって飛んだ。通信連絡で「射撃始め」を受信し、命中の様子を視認しようと、吹き流しを凝視してはいたが、何ら変化がない。艦を見下ろすと、パッパッと発砲している。注意して見ると、はるか〝あさって〟の高度に、パラパラッと黒煙が散っている。ところが今日の敵は、調定諸元がみごとなのだろう、初弾から同高度であった。

「進路に入る。目標よろしい。……三度右、ようそろー」

三度右へ修正したので、わが機を頂点とした左右二辺の編隊機が、サッと揺れて定位置に復そうとする。それらの列機が、だんだん畑みたいに、末端になるにつれて高く小さく、幾何学的な美を構成している。

「ようそろー、ようそろー」

敵の弾幕に突入した。ヴォッ、ヴォッと、機側に炸裂しているけれど、すでに時計は発動されているのだ。爆撃針路に入った以上、微動も、いな呼吸すらも遠慮して、機に最良の安定をあたえ、照準を正確容易にさせなければならない。

私は、赤旗を垂直に立て、息を殺し、投下の瞬間を待った。こうして爆撃直前は、定間隔の圧縮を要するのに、眼前に、つぎつぎと敵弾が炸裂し、機体がフワッ、フワッと揺れるため、空中接触を避けようと、隊形が伸び加減になってる。

「ちょい右、ようそろー、ようそろー、用意……てッ！」

赤旗をサッと下ろす。二十五番がポロリと離れてダイ

スターリング湾に集結した機動部隊。中央が空母「飛龍」

ブした。私は、すぐ写真機を構えて、首を突っ込むようにして底蓋からのぞくと、敵船がウヨウヨしている。これなら、どこかに命中する。

グワーン、グワーン！ 敵高角砲弾が勢いよくはじける。ガリッと、どこかに命中したらしい音と震動。機体が浮き、またセットする。

海面は、トタン板を敷きつめたようにギラギラ反射している。その上を弾が小さくなってゆく。

ガン、ガァーン。ヴォッ、ガーン。敵の対空砲火は、いまや頂点に達したらしく、明滅する発射光がしきりである。

わが中隊の爆弾が、見えなくなったかと思うと、いっせいに水柱が立った。水柱は立ったけれども、撒布界の船船から、命中の煙が立たない。弾は船と船を挟んで、海面に弾着したらしい。とにかくシャッターを落とし、ふたたび注視すると、海面も船ももとのままである。

その平然たる姿が、なんともいまいましい。写真機を投げ出して、荒々しく風防を開け、機銃を出して陸地をめがけ、バリバリッと引き金を引いた。

「どこだ」偵察員は驚いて尋ねてきたが、敵機を発見しての射撃ではない、ムカッ腹のやり場に困っての射撃なので、あからさまに返答のしようもない。

左旋回して弾幕から逃れ出た。落ちついて見直すと、軽巡らしいもの、駆逐艦、輸送船などが、勢いよく被弾煙を噴出している。地上からも、紫と黒とを混ぜ合わせたような爆煙が立っている。と、突然、被弾船から、ものすごい大火柱が噴き上がった。艦爆の急降下爆撃によるものらしかった。

火柱は、グイグイと伸びるだけ伸び上がったかと思うと、スーと収縮した。あとにはただ虚脱したような煙と、油だけが残っていた。あざやかな轟沈だった。自分たちの弾が命中しなかったいらだたしさも忘れて、私はただ見とれた。

戦場を離脱し、指揮官機と位置を交代して定位置に戻る。偵察員に、いやみひとつでもいってやりたい気持ちで、彼を見ると、肩のあたりが小刻みにふるえているのに気がついて、ハッとした。

私などが、高角砲の咆哮に気を奪われているとき、彼はただ一筋に、精魂を傾けて照準していたのだ。しかも、私たち一機だけの爆撃でなく、中隊全機の成果は、一《いっ》に彼の肩にかかっていたのだ。それを自覚している彼は、自らの心を責めさいなんでいるのだ。後ろからではわからないが、涙をこらえ、歯をくいしばっているにちがいない。

その後ろ姿に、私は、もはやいやみを言うどころか、愚痴もこぼすまいと思った。

結果論ではあるが、艦攻は魚雷を持って行けばよかったのだが、爆弾にしても、艦船群は、艦爆隊にまかし、艦攻隊は、陸上施設を爆撃すればよかったのだ。それならば、有効弾が数倍になったことは疑う余地はない。とすれば、明らかに用兵上の誤算というべきであった(水平爆撃では、編隊で投弾する関係上、かならず何割かの無駄弾が出る)。

感激新たなり

ポートダーウィンを攻撃した後、わが機動部隊は、いったんセレベス東南端に入泊したが、間もなく出港、ジャワ南方の洋上に遊弋《ゆうよく》していた。米、蘭、豪の連合艦隊をおびき出し、これを一挙に撃滅して、わが陸軍部隊の蘭印諸島作戦を容易にするためであった。

連日、索敵機が扇形に放たれたけれど、敵艦隊の所在をつかむことができない。その腹いせかどうか、ある日、チラチャップ攻撃が命ぜられた。チラチャップは、ジャワ島南岸の中央、ジョクジャカルタ西方にある小さな港町である。

梅沢偵察員は、ポートダウィン攻撃に失敗した汚名を取り返すべく張り切っている。私も、ペアとして、今回はぜひ命中させたいと念じ、寝る前に、投下試験終了済みの二十五番弾の尾翼に、「必命中」とチョークで記し、宇佐八幡のお守札を投下器に固縛した。

明くれば三月三日、桃の節句である。私たちは早朝、母艦を発進した。空には一点の雲もなく、海はあくまでも青い。こうなると、むしろ断雲ぐらいあった方がいい、などと勝手なことを考えたりしているうちに、ジャワ島が見えだした。

さっそく機銃を出し、左手を機銃に、右手を受信機のダイヤルに、両眼は敵機の来襲にそなえて見張りにつく。艦爆、零戦の編隊が後上方に両翼を張っている。

やがて陸地が近づき、馬蹄型の丘陵地が大きく迫ってくる。チラチャップは、その丘陵に包まれた町だった。燃料タンクらしい建造物が、山腹から麓《ふもと》にかけて散在している。市街からは煙さえも立っていない。岸に数十隻の船が停泊している。それらの光景は、まさか日本海軍機動部隊が、襲いかかるかも知れないと、考えても見ないような静けさであった。護衛艦がいないのは、安心しきっているのか、あるいは艦が足りないのか……。

　例によって、私たちの機は、位置を交代してトップに立った。今日の目標は陸上施設である。陸上ならばどこに落としても、被害をあたえるから気が楽である。向かって右が市街。左が軍事施設らしく、スパークするのが見える。編隊は、停泊船団を右下に見て、左に針路をとった。

　スパークと思っていたのは、対空砲火だった。建物も、施設らしいものもない山腹からも、対空砲火が競いだした。先頭の「蒼龍」編隊が、弾幕に包まれた。射撃精度は敵ながら的確だ。この分ならもしかすると、わが編隊が敵火器の直上を通過するときは、相当の被害が出るかもしれない……。

　機銃をおさめ、風防を閉め、撮影準備をととのえる。偵察員は、目標選定、針路修正に懸命である。

　いよいよ敵の弾幕圏内に突入した。炸裂する砲弾のあおりで、機体がフワッと持ち上げられ、サッと沈む。定針したと思うと、前後左右に炸裂する。編隊の左に爆煙が出現すると、右に吹き寄せられ、右だと左にといった具合に翻弄され、機はうまくセットしない。この分だと、ひょっとすると、ひょっとしたことになりかねない。敵戦闘機が見当たらないことが、生還への希望を残しているというべきか。

　梅沢偵察員は、しきりに修正をつづけている……。

薄れかけた爆煙のあとへ、つぎつぎと新しく炸裂した煙が立ちふさがり、前行隊も、後続隊の機影すら定かでない。立ちふさがった黒煙の塊りをペラで攪乱し、両の翼で切り進むのは、いい知れぬ悲壮さがあった。

敵弾が、もしわが二十五番に直撃しようものなら、編隊は木っ端微塵になってしまうのだ。薄氷を踏むような思いでヒヤヒヤしながら進む。

「用意……てッ」その声に、正気を取りもどしたとでもいおうか、機腹を離れたばかりの二十五番を見つめた。すでに雑念はない。

わが爆弾は、燃え狂う炎の上を通り越し、いぼ状のタンクを過ぎたかと思うと見えなくなった。つぎの瞬間、今までそこにあった数列の建物が煙とともに噴き上がり、後はめらめらと燃え上がる炎とドス黒い爆煙だけになった。

「撮影終わり」すかさずシャッターを切って届けた。

機は、間髪を入れず、左急旋回した。そのため、写真機を持ったまま、私はガクンとなり、頭を受信機に、右肩を電鍵台にぶっつけた。

ようやく弾幕区域を脱すると、前方には「蒼龍」の編隊が、何事もなかったかのように整然としていた。私たちの編隊も、弾雨を冒したとも思えぬ姿だった。

振り返ると、後続する二中隊も、黒煙の中から抜け出てくる。左右ガッチリ寄り添った爆撃隊形のままである。

「ああ、気色がよかった」思わず、偵察員に呼びかけると、彼は、自分の手で灰燼《かいじん》に帰そうとしてゆく光景を、涙ぐみながら見つめていた。前回の失敗を取り返したことに、当然のことはいえ、感激さらに新たなものがあったらしい。

ペリリューの虹

チラチャップ爆撃を終えて間もなく、母艦はトラックに向かった。基地訓練することになったからだった。

トラック諸島は、四季諸島と七曜諸島とからなっていた。

四季諸島＝春島（ウォラ）、夏島（トロアス）、秋島（フェファン）、冬島（ウマン）

七曜諸島＝月曜島（ウドト）、火曜島（フォラベナス）、水曜島（トール）、木曜島（バタ）、金曜島（プウェレ）、土曜島（オラムウェ）、日曜島（ロモルハ）

私たち艦攻隊は、竹島が基地だった。水上基地部隊のある夏島とは指呼の間にある。宿舎は、バラックよりいくらか高級な板張り――といってもお粗末なものであったが、艦上生活者にとって、陸上ほど恋しいものはない。

飛行場があるくらいだから、そうとう大きな島だろうと想像していたのに、竹島は滑走路だけの島といってもよい小島だった。その滑走路も、母艦の甲板を三つ四つ継ぎ合わせた程度の長さであった。したがって、艦戦、艦爆は他の島へ基地をとっていた。

滑走路片側は、夏島水上基地に面し、波がピチャピチャと岸を叩《みずびた》いて、満潮時には、一メートルくらいのところまで海面がせり上がり、いまにも島全体を水浸しにするかと思われる

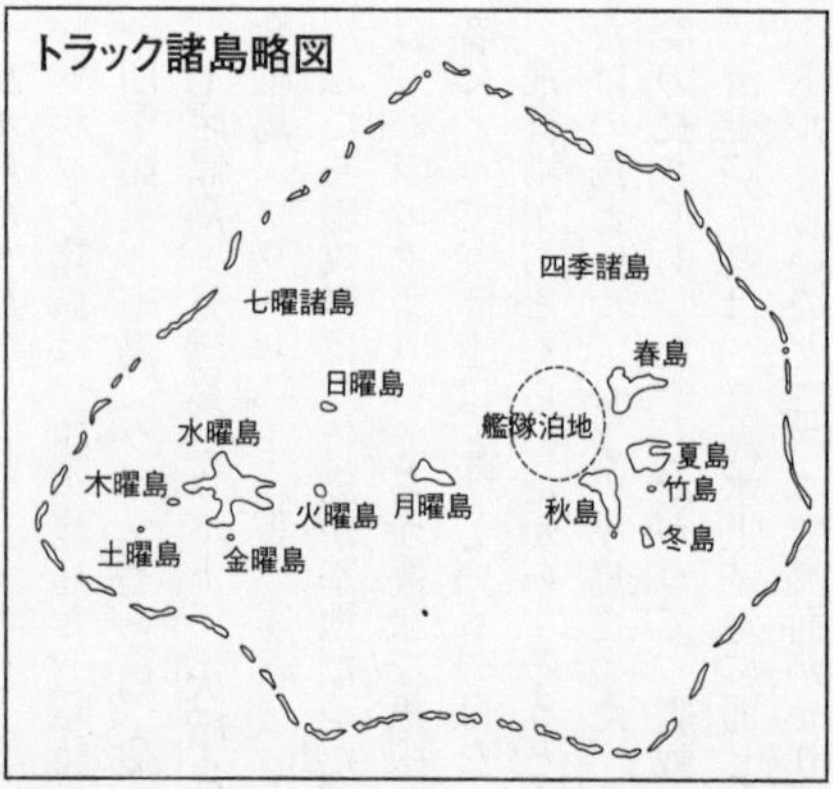

トラック諸島略図

ほどだった。その反対側に宿舎などの施設があった。真水はすべて天然水である。午後三時ごろになると、スコールが定期的に訪れるので、その点、艦内ほど水に不自由しないが、訓練に汚れた汗を流したり、思いきり洗濯をするというほどの量を使うこともできない。

板張りに毛布を敷き、蚊帳《かや》を吊って、海風に吹かれると、艦内より寝心地がよい。そうなると妙なもので、「冷たいビールが一杯のみたいな」といった具合で、人間の欲望にはきりがない。悲しげな声で叫ぶ者さえある。そのうち、母艦からビールがくると、基地は活気づいたが、夜おそくまで飲む連中が、ガヤガヤと騒いだり唄ったりで、酒をたしなまない私などの、迷惑することははなはだしい。

対岸の夏島基地には、二式大艇や、川西大艇、小型水上機などが離着水し、立派な宿舎が椰子の樹間に、涼しそうに建っている。それに反し、竹島は日陰が少ない。訓練には音《ね》をあげない連中ではあったが、指揮所のテントを出て、機内に入ると、途端にムウッと蒸《む》れるのには辟易《へきえき》した。機体のジュラルミンは焼け、座席のクッションすら熱くなっている。まるで蒸し風呂である。

「防暑服で訓練させぬかなァ」と、飛行服の下に、ぐっしょり汗をかいて、溜息まじりの愚痴をこぼすのが常だった。

ところが、ある日、中攻が着陸して、出てきた搭乗員が防暑服なのだ。しかも、私たちの飛行服姿を見て、あきれ返っている。それにならって、さっそく、私たちも飛行服を脱ぎ捨てて訓練するようになったものの、そのときは、ほとんどの者がインキンに犯されていたから笑止《しょうし》の至りだった。

「武士のたしなみ」として、服装を正しくしていたのはいいが、じつは飛行服の下は裸なのだ。しかも、馬鹿々々しい菌に悩まされていたのだから世話はない。それというのも、飛行服を脱いで訓練して差し支えないという達示がなかったので、我慢していたのだ。

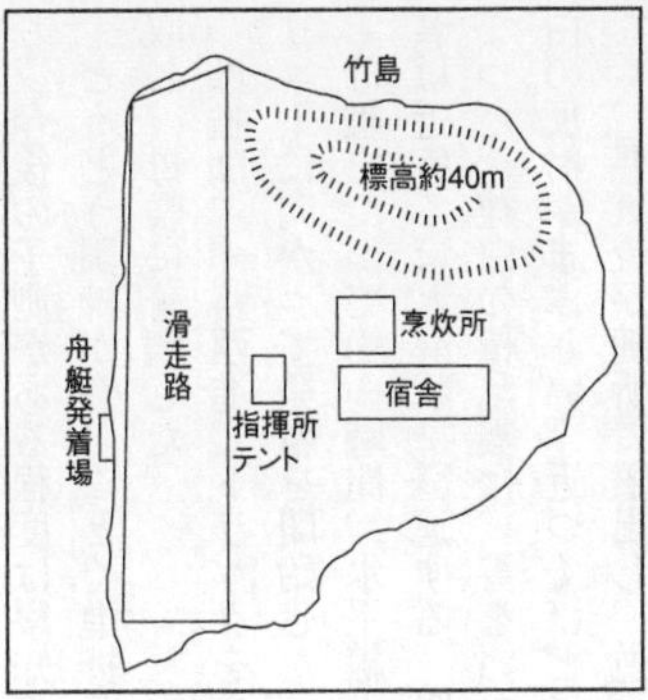

トラックは、内地と南方を結ぶ重要中継基地なので、輸送機、中攻などが燃料補給に竹島に着陸することが多くなった。そのため、滑走路が輻輳《ふくそう》し、落ち着いて訓練ができない。そのかわり、同期生や先輩、教員らがひょっこり顔を見せて旧交を温めたり、何某が戦死したとか、誰それが何々部隊で活躍しているとか、作戦攻撃の足取

り、今後の予測がある程度は察知できるという利点があった。

とうとう訓練が意のごとく進捗しないので、ペリリューに移動することになり、基地を撤収し、母艦に着艦した。

母艦は、一路西進。トラックを去ること五百カイリの洋上から、私たちは新しい基地ペリリューに向かって発艦を開始した。

母艦をたって約一時間、水平線上に頭をふくらませた積乱雲が、ポッカリ出現した。近寄れば近寄るほど異状に発達する。眼下にあった頭が、いつのまにかニョキニョキと同高度になった。純白の積乱雲は、雪をいただいた山脈のごとく壮麗であるが、強烈な陽光を浴びて白の反射がまぶしい。近づくほどに、雲の頂点は九千メートルに達している。そればかりでなく、悪気流が随所に噴出し、逆流しているので、頂点の輪郭が刻々と変化してゆき、とどまるところを知らない。

機体が翻弄されだした。このまま進むには、越すに越されぬ天下の嶮である。高度を下げて、海面を這うより方法がなさそうだが、と思ったとき、指揮官機が右旋回反転し、降下しだした。私は、指揮官の処置が自分の判断と同じだったので、なんとなく嬉しくなった。

高度三千、二千、千、五百メートルと下がる。気圧の関係で、鼓膜がジーンと鳴る。

積乱雲の上部は、白く美しかったが、下部は灰汁《あく》を塗ったように汚れている。猛烈なスコールが海面を叩き、あたり一面薄暗く、気味が悪い。

小隊間隔をのばし、編隊灯にスイッチを入れ、全機、夜間飛行の隊形で、スコールの中へ突っ込んだ。指揮官機の舷灯が、鈍くかすかに認め得るだけである。わが機の翼は、フラップのあたりまでしか視認できない。

右舷青灯が燐《りん》のようにかすかに燃え、左舷赤灯が遠い提灯《ちょうちん》のようだ。風防を叩く雨滴が機内に洩り、前機の編隊灯が涙の中に揺れているような恰好になった。これでは距離の判断がつきかねる。

今まで、雨天飛行や、スコール突破をたびたび行なったけれど、雨滴が機内に侵入してきたのは初めての経験である。ぞっとするほどのスコールだった。こうなると、各種計器盤の中から特に重要な速力計、羅針儀、高度計の示度を忠実に守り、頼る以外に方法はない。編隊を引っ張って行く指揮官機も、追随する列機も、速力の増減、針路の修正は絶対禁物である。

八分過ぎ、九分が経過したけれど、依然として豪雨と暗黒の中である。旋回して反転、引き返すのはいっそう危険だし、他小隊との連絡をとることもできない。無線連絡しようにも、送信には高電圧を要し、感電の恐れがあって電波を出すわけにいかないからだ。

どうなることかと、冷や汗ならぬスコール汗に、体がベットリ濡れている。

——だいじょうぶだろうか。ふと、偵察員と視線が合ったので、私は眼で質問した。声を出すのさえはばかられるような緊迫した状態だった。

偵察員の眼は、さすがに一日の長があるのだろう。事態を達観しているようだった。それにしても、このままだと、やがて筩温《とうおん》が下がり、エンジンが不調にならぬともかぎらぬ。こんなところでお陀仏になるのはいやだな——と気が気でない。

長い時間だった。そのうち、心なしか舷灯が、明るさを増したようだ。と気がつくと、雨脚が弱ってゆくのが分かり、指揮官機の翼が姿を見せだした。

スコール圏外に出ると、そこはちぎれ雲一つない別天地——今までの暗黒恐怖の世界が嘘のようだった。編隊は、突入時とまったく同じ隊形で、健在な姿を白日下にさらし出した。難をのがれると、急に喝きと空腹を感じたので、まずサイダーを前席の二人に渡しているうち、編隊が原形に復した。各機が、私たちの飲むサイダーを眺めて、いずれも栓を抜きだすのが望まれた。

ペリリュー島は、周囲八キロ足らずの小島で、南北に延びる滑走路を、密生した雑木が取り巻き、滑走路から東に五十メートル、西に八キロも歩けば海岸であった。

南側は、設営隊によって突貫作業中で、そこから雑草をかき分けて五分も行けば宿舎がある。宿舎から西へ行くと、原住民の村落と、チャチな一杯屋が並んでいた。

訓練は、航法通信を行ないながら対潜警戒、水平爆撃、緩降下爆撃、雷撃や水平爆撃訓練は固有編成のペア、航法通信はペアを変更することが多かった。

ある日、八ちゃん（杉本八郎）の操縦、工藤の偵察、私の電信で対潜警戒用の六十キロ爆弾を持って航法通信訓練に出たことがあった。

八ちゃんは、仲間の中でいちばん背が低く小柄である。工藤は長身痩軀、全隊員中の背高ノッポなので、指揮所前に並んだ三人三様の姿は、まことに滑稽なものがあった。それはともあれ、このペアで飛ぶのは気が楽である。そのうえ、島から出て島へ帰るのだから、間違いが起ころうはずもない。

それにわが制空圏内の飛行なので、空中見張りを少々怠っても、どうということがあろうとも思えぬ。いってみれば、休養飛行のようなものである。ことに私の配置は、居眠りしていても勤まりそうだ。

対空対潜警戒も形式だけで、予定コースの先端を右へ五十カイリ――そのための変針をしたあとだった。

行く手に薄い層雲があり、絹のような細雨が降っている。そのため、海面がぼんやりし、前下方に虹がかかっていた。よく見ると、その前方にも薄い虹が発生していた。私たちは、二つの虹を追うことになった。追うほどに虹も走る。虹との間隔は、ちっとも短縮しない。

そのまましばらく飛んでいるうち、虹の両端がはっきりとした色になった。とみる間に、虹が機をつつんでしまった。ちょうど、二つの同心円の虹の円錐頂点に、私たちが位置することになった。そのまま飛行機も虹も、同速で飛ぶ。

七色の虹につつまれて、私たちの現実の世界は遠くへ去り、お伽《とぎ》の国へ招待されているかのようであった。たるみがちな気持ちに、輪をかける飛行であった(その後、飛行中に虹につつまれたことが数回あったけれど、二つの虹に囲まれたのは、このときだけであった)。お伽の国に別れを告げたけれど、遊んだ後味は楽しい。私たちは冗談をかわしながら飛んでいた。何か無駄口をたたきながら、私はふと、左後下方を見た。

——おや? なめらかなはずの海面に、細長い波の皺がある。皺の中心に異様なものがあった。いましも海面から消え去ろうとするものがあった。

「潜水艦!」とっさに叫んだ。チラッと潜没するのを見ただけであるが、確かに潜水艦だった。いかに夢の国に遊んでいた後とはいえ、鱶《ふか》や海豚《いるか》を潜水艦と間違えるほど寝ぼけているはずはない。

ところが、迂闊なことに、伝声管をはずしたまま、しかも横向きになって叫んだので偵察員に、正確に聞きとれなかったらしかった。——なに? といったふうに、それでも緊張した面持ちで偵察員が目と顔で聞きかえした。

私は左手で海面を指し、こんどは送話口に口をあてて、「潜水艦だ!」と怒鳴った。ノッポの偵察員は、チビに向かって左旋回を命じた。だが、二人とも潜没点を確認していないのだ。

「わかったか」と念を押したけれど、おりあしく、潜没点は左翼下にさえぎられている。ようやく旋回を終わったときは、波紋が消えていた。

私は、潜没したと推定される点を見まもりながら、伝声音を操縦席に切りかえ、「敵は左八十度、七十度」と推定箇所を追って通告した。まごまごしていてはチャンスを逸する。

「ようそろー、そのまま突っ込んでバクゲ……」

キを言い終わらないうちに、降下に移った。バンドを締めていなかったので、ノッポと私はフワッと体が浮いた。

「用意！」杉本の声は、私たちが、ひょろついているのとは無関係に鋭かった。

「打《て》ッ？」チビの声に、工藤が弾を投下した。

投下点を中心に、数回旋回したけれど、油も浮き上がらない。波紋が消えたあとは、何事もなかったかのように穏やかだった。目標物のない海面を、勘で推定していたので誤差を生じたものらしい。着陸後、指揮官に報告すると、

「杉本、貴様はいつもちょろちょろしていて落ち着きがないから失敗するんだ、注意しろ」

と、八ちゃんが叱られたのは気の毒だった。

その後、笹島、中島、私で航法通信訓練に出て、セレベス海で敵潜を発見したことがあったが、このときは、層雲から層雲を伝わって、雲間をひょっこり出た真下に、浮上敵潜を発見した。ただちに機長に届けたが、敵潜は見る間に潜航し、機が反転旋回したものの、操縦員は的確な位置をつかみ得ず、このときもまた、盲爆に終わった。

ケンダリーの幽霊

セレベス島南東海岸に近いケンダリーに基地を移すことになった。陸戦隊がケンダリーを占領したのは、一月二十四日である。爾来《じらい》、〝ケンダリーの幽霊〟は一躍有名になり、私たちにも伝わっていた。

湾口には防潜網が敷設され、泊地に艦隊が休んでいた。着陸して、最初に眼に入ったのは、飛行場の隅に建てられた新しい墓標だった。その傍《かたわ》らの草むらにB17と推測される尾翼の残骸があった。思うに墓標の主は、来襲機に体当たりしたか、激闘の末、敵弾に斃《たお》れたかしたのであろう。

私たちは、落下傘収納袋に身回り品を入れ、名にしおう幽霊屋敷に乗り込んだ。総紫檀《したん》造りで天井が高く、床は低い。横二間、縦一間ほどの窓が数個あり、枠は取りつけてない。まるで雨天体操場である。

建物の南側は密林。北側はいま来た道で、飛行場へつづいている。格別、幽霊屋敷とも思えない。

フワッと白いものが、樹間をかすめた。

「何だ」「何だ!」

白昼であり、大勢である。正体を見届けようと、白いものが消えたあたりへ行くと、野鶏だった。鶏は、キョトンとしている。

「焼鳥にしよう」誰かが提案し、皆で取り囲むと、あっさり逃げてしまった。飛び去ったあとを、呆気にとられて見送っていると、樹林の中に野羊が顔を出した。

「それッ！　羊だ」野戦料理にと追いかけた者があったが、これも逃げてしまった。

夕刻、母艦から整備員が到着していっそう賑やかになった。

巡検のときは、蚊帳の中で眠ったふりをしていたが、巡検が通過すると、幽霊談に花を咲かせる。それもシャベリ疲れ、十二時をすぎたころには、幽霊の正体どころか、だれもかれも眠り込んでしまった。

「ううッ、ううッ」どのくらいたってからだったか、唸り声にハッとなった。南側の隅が騒々しい。

「しっかりしろ、何もおらんじゃないか」うなった男を囲んで、励ましている。起きて見に行くほどのこともない。翌朝、うなったあたりの蚊帳が濡れていたが、あれはなぜだったろうか。雨が降った様子もなかったが。

基地にも慣れたころだった。

緩降下による対潜爆撃訓練で待機中の全機に、同期生の佐藤繁治（新潟県本頸城郡）が弾薬係の職責上、一キロ演習弾を投下器につけていた。私も手伝って、列線の中ほどまで装着してくると、一機試運転をしている。

その機に佐藤兵曹が這い込み、私はつぎの機腹に腰をかがめて投下器鋼索を引き、弾を取りつけていると、爆音にまじって奇妙な音がした。音とともに悲鳴があった。反射的に振り向くと、佐藤が前かがみに上体を曲げ、両手を膝にあてがい、ヨタヨタと倒れそうになって、回転中のプロペラの真下に近寄って行く。

——あっ、首をやられる。瞬間、私は駆け出した。

「佐藤あぶないッ」走りながら、やっと声が出た。

佐藤の体は、回転圏と紙一重の微差で通過したが、五、六歩ほど、もつれた足を引きずってガックリのめった。

「どうした！」抱き起こそうとすると、

「ウーン」苦しそうに唸《うな》るだけだ。顔は蒼白で、苦痛にゆがんでいる。脚が——防暑服のズボンが破れて、白くあいた口から、ドス黒い血が、ちょうど、溢れ出ようとするところだった。傷は大腿部に数ヵ所、膝下、脛などだった。演習弾が破裂し、その破片が喰い込んだのだ。

「しっかりしろ、繁治」上体を支えて抱き起こしているところへ、指揮所から応援が来た。

試運転していた整備員は、ペラの下から人間が出てきたので、あわててエンジンを止め、機内から飛び下りてきた。

佐藤には私が付き添って、自転車で医務室へ運び、背負って手術台に寝かせた。消毒された器具がズラリと並び、キビキビした動作で、手術の準備が進行する。軍医官が、私に立ち合うかと聞くので承諾した。彼を置き去りにするわけにはいかないし、彼も、私がいるだけで心強いだろうと思ったからである。

手術台に乗せるまでは、気があせっていたが、軍医に渡した安心感で、私は責任を果たしたような気持ちになった。ホッとして、佐藤の防暑服が、鋏《はさみ》で切られる音をぼんやり聞いているうち、ゾクゾクッと急に寒気がし、眩暈《めまい》がしてきた。吐き気さえ催して、胸がムカついてきた。

「しっかりして下さい」看護員が、私の体を支えて、部屋から出してくれた。ふらふらッとしたのだろう。そして、粉薬と水を持って来て、「これを飲むとよくなります」と渡してくれた。

うめき声が漏れてくるので、チラッとのぞくと、腿の肉をコジ開け、ピンセットで弾片を掘り出している最中であった。私は、口を押さえて外に出た。我慢できなくなった吐き気を処分するために。

佐藤はハワイ奇襲後に、若干の転勤者があり、その後任として乗艦してきた。元来、じつによく働き、不平がましいことを言ったことがなかった。下級者が当然行なうべき作業も率先してやり、人に頼まれて頭を横に振ったことはなかった。

今日の爆弾装備も、下級者に命じてもよかったし、各機の偵察員に取りつけさせてもよかった。演習弾を倉庫から受け出して、用意すれば事足りる職務だった。それなのに、手助けしたり、みずから装備しなければならない配置の者が、佐藤がやってくれるだろうと、ノホホンとしていたことが、事故を起こす結果になったのだ。

手術は終わったが、基地の医療設備は完備していないので、入港中の病院船で本格的に治療しなければならないとのことである。

「いったいどうしたんだ」と聞くと、鋼索を引いて懸垂部を開き、弾を取りつけ、もうよいと思って手を放したところ、鋼索を引いていた方が、少し遅れたための事故であり、ペラの方へ行ったのは、激痛に意識が朦朧《もうろう》となり、倒れるまでなにも知らなかったとのことであった。

私は、彼を病院船に送った。船は確か氷川丸だったと記憶するが、隻腕隻脚の重傷患者が目立って多かった。

「貴様には両足がある。ゆっくり治療して、また『飛龍』へ来い」

そう言って別れたけれど、向こうずねの骨にくい込んだ弾片は案外深いと、看護員から聞いていた私には、私自身の言葉が白々しいものに思えた。

三月下旬、基地を撤収することになった。

野戦料理のたたり

昭和十七年三月下旬、幽霊基地ケンダリーを撤収した私たちの機動部隊は、堂々の陣をかまえて西に向かっていた。インド洋作戦遂行のためであった。

一航戦の「加賀」は、パラオを出港するとき、暗礁に触れて艦底を損傷したが、航海に支障をきたす程度でなく、強行参加をしていたが、早期修理が賢明な策であるとして、今回の戦列には加わらなかった。そのかわり「翔鶴」「瑞鶴」の五航戦が参加し、「赤城」「蒼龍」「飛龍」の合計五隻の空母を中心として、それに戦艦「榛名」「金剛」、その他重巡、軽巡、駆逐艦で編制された機動部隊のメンバーは、いずれもハワイ以来の精鋭であった。

ケンダリー撤収に際し、持ち込まれたモンキー、オウムなどが、殺風景な艦内の人気をさらっていたが、船旅に参ったのか、いつの間にか元気がなくなった。それに反し、最後の夜から痒《かゆ》くなりだした私の蕁麻疹《じんましん》は、日毎《ひごと》に悪化し、もはや痒いなどというものではなく、痛むまでに猖獗《しょうけつ》していた。原因は、野羊の野戦料理をご馳走になった以外に、心当たりがなかった。あまりの痒さに眠ることができない。仕方なく軍医の診察を請うた。

「いつごろからだね」

「基地撤収前夜の夕食後からです」

「なぜそのとき、病室へ行かなかった？　早期受診を口をすっぱくして言っているはずだが」

「痒いだけでしたから、毒虫に刺されたと思っていました」

「変わったものは別に食べなかったな」

「はい」つい「はい」と答えてしまった。野羊を食ったなどと、白状できなかったのである。

軍医官は、脚気を調べる槌状の柄で、私の胸に「キ」と書くと、赤い反応が現われた。それを見て、看護員がニヤニヤし、私の背後に待ち合わせている患者が笑い声を立てだした。

蕁麻疹を虫に刺されたという者を、キ印だと言わないばかりに。軍医官は、手当をしながら、

「医務科としては、特に搭乗員の健康をいかにしてトップコンディションで維持するかに腐

心しているんだ。お前たちがそんなふうでは努力の甲斐がない。医務官を親戚と思って、異状があったらすぐこい。ともかく、見敵必撃を期待するぞ。大いにがんばってくれ」

言葉が終わるのと、処置がすむのといっしょだった。最後の言葉は、特に私の気持ちを誇りがましいものにした。


蕁麻疹の原因はこうだった。

基地撤収の前日、午睡をむさぼっていると、食器の音に眼がさめた。プーンと焼肉の匂《にお》いが鼻をつく。鼻をうごめかすと、匂いは南側の屋外かららしい。烹炊所とは方角が違う。円陣をつくっている人だかりがあった。匂いは、その中からである。覗《のぞ》いてみると、整備員が、どうして捕らえたのか、野羊を料理していた。肉を裂く者、焼く者、一貫した流れ作業で処理している。

「よだれをたらすな」「いつまで見ていてもやらんぞ」「見物料を出せ」などと、冗談口をたたきながら、手を動かしている。見物人も負けていない。

「その羊は、おれたちが最初、ここに来たとき見つけたんだぞ。所有権はこっちだ」

「へへえ、先に見つけたなんて、うまいことといっても、その羊かどうかわかるもんか。名前でも書いといてもらいたかったのう」

それでドッと笑いくずれた。名前を書くには捕まえなければならない。捕まえれば料理したはずである。

見物料を出せ、といっていたが、焼肉ができ上がると、反対に見物料として配給された。肉はやや固かったが、美味だった。

その夜、横になっていると、脇の下が痒くなった。蚤《のみ》かな、と思って手を入れ、掻《か》いているうちに、その辺が腫《は》れているのに気がついた。毒虫にやられたのかもしれん、とシャツを脱いで点検したけれど、虫はいない。別なところが痒くなる。痒いから掻く。掻くから腫れる——といったぐあいに、しだいに体に広がった。

二宮が「こりゃ蕁麻疹だ、医務室へ行け」とすすめたが、医務室は、佐藤の手術の際、醜態を演じたばかりなので恥ずかしい。それを我慢したのがいけなかったのだ。

闇の飛行甲板で

海の色は、指を入れても染まりそうな濃紺だった。インド洋は、三角波が立つと聞かされていたので、注意して見つめていたが、三角波は見えない。波静かな季節なのであろう。

四月二日。透きとおって底のない青空の一隅に、にわかに雨雲が発生した。とみるまに、一大スコールになった。それッ！　とばかり、われもわれもと裸になって機銃甲板へ出た。冷気で鳥肌が立つ。先客は早くも飛行甲板で石鹸を使っている。

しばらく雨にうたれ、全身石鹸の泡になったころ、急に雨滴が減り、艦はスコールから出た。万事休すである。タオルを固くしぼって拭いたが、シャボンの気が取れず、なんとも肌ざわりが悪い。二度とスコールなど浴びるものかと、肝に銘じた。

四月三日、暑さがひどくなった。体がネチャついて気持ちが悪い。裸体になる者が多かった。裸になると、サッパリするけれど、つぎにシャツを着ると、前にもまして気持ちが悪くなるので、私は半袖シャツを着用したままだった。

ところが、昼寝の最中に「この男、売物」といたずら書きした者があった。犯人は二宮か八ちゃんか、工藤甲板と見当つけたが、確証を握ったわけでないので、黙ってシャツを着替え、艦橋下に出た。甲板は焼けて熱い。

前方に、対潜警戒機が左右に、単調な運動を繰り返していた。間もなく右舷四十度付近に、薄黒い平たい雲が発生し、急速に上に伸びてゆく。雲は艦隊をおおい、横風さえ起こった。光線を受けているのは、水平線と、これに相対する雲の下縁とで、その部分が金色の枠を作っているだけで、暗さは刻々と増してゆく。

そのうち金色の縁が、上下とも細い線となり、雲からは垂れ下がり、水平線からは舞い上がって、線の両先端が金髪のように揺れ、キリキリと神秘的に踊って結ばれた。上下の接点は、まるで飴の両端を引っ張って、切れる寸前の糸よりも細い。その接点を境にして、上下とも相似形を保ちながら、しだいに漏斗《じょうご》形に変形し、さらに形が崩れて、海と黒雲とが太い柱になった。

柱は、海水を巻き上げ、黒雲と一体となって、あたりはものすごい雨である。しかも、ゴウーッと、雷鳴とも何ともつかぬ怪音を発しながら、艦隊に迫ってくる。大きな竜巻なのだ。竜巻は、海水を吸い上げ、そして散布するのだ。吸い上げるために、海面に筋が立ち、海自体が竜巻の方へ引き寄せられてゆく。

竜巻は二千メートルほどの距離に迫った。このままだと駆逐艦あたりは、軽く巻き込まれる。戦艦、空母といえども、大被害をこうむるだろう。一刻も早く変針しなければ危険である。

このとき、艦隊は、緊急一斉回頭した。各艦は、艦尾に白波を盛り上げて、触らぬ竜神に祟《たた》りなしとばかり、三十六計をきめこんだ。

四月四日。

セイロン島作戦後の空母「飛龍」(左)

昼下がりをすぎたころであったろうか、飛行甲板が騒がしく——というほどではなかったが、ちょっと緊張した。前方はるかに敵機が現われたのだという。
零戦が、それを追った。追いつめた零戦は、前後左右から襲いかかって、みるみるまに敵機を火だるまにした。撃墜したのは敵飛行艇だった。
ところが、この飛行艇は、墜落前に「機動部隊発見」の電報をしたとかで、そのため間もなく、敵は、全軍に警戒を発令するのが傍受されたという。

わが「飛龍」の格納庫は、二十五番爆弾搭載のため、俄然、ごった返した。明朝は、いやおうなく、セイロン島のコロンボを強襲することになったからだ。

そもそもセイロン島は、シンガポールを失った現在、東洋における英帝国の海上拠点の最前線である。このことは、海軍国をもって任ずる英国にとって、重大な軍事拠点というべきである。コロンボは、その西南端にある商港だが、豪州との連絡港として、軍港化しているものと想像された。

そのようなところを強襲することは、私たちの血をたぎらせた。格納庫内の雰囲気は、アンボンやチラチャップ攻撃時とは比較にならぬ活気が漲《みなぎ》っていた。

ところが私は、蕁麻疹のため病人扱いされて、搭乗割は予備待機だった。つまり、攻撃隊の編成から除外されたのである。体が痒いだけで、予備待機されたことは、なんといっても面白くない。面白くないので、爆弾搭載の応援もせず、ベッドで例の背面飛行をきめこんでいたが、面白くないものが面白くなろうはずはなかった。むしろ焦立たしさをあおるようなものであった。

たまりかねて中隊長のところへ行き、なぜ編成に入れてくれなかったのか、病室へ通っているからといって病人扱いされるのは心外である、今まで配置変更に対して何も言わずに従ってきたのだから、この際、ぜひ——などと、ごたごた並べると、中隊長は、既成編成から誰を予備に回すか、その人選に一苦労しなければならぬ、今回のところは、休養しておれ、となかなか強硬だった。

ここで、ハイそうですか、と引き下がったのでは、何しに来たのかわからない。そこで、大村や富高の基地訓練から今日まで、いっしょに訓練精進してきたペアからはずされるのは、どのように辛いことであるか、そして、ダーウィン、アンボン、チラチャップの爆撃には、搭乗員のいやがるペアを変更されたばかりでなく、地上砲火や敵戦闘機に、もっともねらわれるトップ爆撃機に変更されたときですら、欣然《きんぜん》と出撃したのに——と食い下がり、やっと固有の編成に割り込むことができた。

さっそく格納庫へ飛んで行くと、爆弾装着作業が終わったばかりのところだったが、ペアの中島機長に、その旨を知らせると、彼もペアが変更になって、気にしていた矢先だったので、「本当か」と大喜びであった。そこで私も、いそいそとして、すでに磨いてある風防を、さらに拭きだすと、「それ以上磨くと擦り減ってしまうぞ」と二宮が、傍らに寄って来てひやかした。

だからといって、何もしないのも照れくさいので、発振電波水晶、電信電波水晶、電信機、機銃の点検をしなおしたりした。そうでもしなければ、恰好がつかないのである。

皆よりおそく寝室に戻ると、二宮が、珍しく衣服整理をしている。彼は、いたって無精者で、衣服整理どころか、水が豊富に使える基地のときでさえ、洗濯すら渋りがちであった。したがって、服装は無頓着、顔も乗艦以来——つまり昭和十五年十一月から洗ったことがあるのか、ないのか。そんなふうな男だった。

「おい二宮、せっかく予備にならずにすんだのに、変なまねをするなよ、またおれの配置が変更される、やめてくれ」

まさか、間違いが起こるかもしれない、などとは言えない。配置変更にかこつけて、たしなめると、

「たまにゃ整理してみたいよ、整理整頓はおれの趣味でね」

いつからそんな趣味になったのか、ひと言、皮肉でも言いたかったが、こっちは攻撃隊に参加できた嬉しさがあるので、気持ちはいたって穏やかである。

「いい趣味だが、ともかく明日の夕方にしたらどうだ」で、お互いに笑い合った。

緊張したせいか、よく眠れたようでもあり、夢ばかり見ていたようでもあった。眼がさめたのは「搭乗員起こし」の前であったけれど、大半の者が起き上がって、身仕度をととのえている。平日だったら、まだ白河夜舟の時刻であるのに、やはり誰もが緊張していたのであろう。

私もさっそく、肌着から着替えた。富士絹の純白のマフラーを出し、服装を正した。陸上基地から連日出撃するのならいざ知らず、真水の少ない艦内では、洗濯が自由にならないが、着替えの準備さえしておけば、戦闘回数が少ないので、攻撃当日は清潔なものを肌に着けることができる。清潔な服装だと、第一に気分がシャンと引き締まるし、敵弾を受けても、黴《ばい》菌《きん》が入ることが少ない。まして、敵地に散ることがあっても、恥をさらさずにすむ。

着替えたときは、小ざっぱりと肌ざわりがよかったけれど、さすがに暑い。これではたま

らない。航空弁当をたずさえ、闇の飛行甲板へ出て整列を待つことにした。

空には、無数の星が澄んだ光を放っていた。見惚れる美しさであった。大きな星が流れた。流れた先が、コロンボの方向である。そのことが——四月五日の攻撃の成功を占っているかのように思えた。

コロンボ攻撃は、機動部隊でなければ実施することができないのだ。ビルマ、タイ、マレー、スマトラなどの各味方基地から、小型機で攻撃しようにも、行動半径外である。増槽をつけても、片道攻撃しかできない距離である。艦上機でなければならない場所であり、同時に軍事的にも、戦略的にも、その価値の大きいことは、私たち攻撃隊員に限りない誇りと緊張を感じさせる。

集合時刻になった。飛行長から、「シンガポール、蘭印諸島方面から逃走した船舶に、豪州方面との補給連絡に当たっている船団、ならびにこれを護衛する艦艇が在泊しているものと推定される。よって、攻撃第一目標は、あくまでも艦船を選び、もし在泊艦船を認めなかった場合は、所定の陸上目標を爆撃するよう」と下令された。

零戦隊、艦爆隊、艦攻隊の隊員が、コの字型に飛行長をつつんでいる。飛行長の後方リノリューム黒板には、夜間天測による最新の母艦位置が白く浮かび出ている。この白く浮かんでいる位置こそ、搭乗員にとって生命の綱なのだ。

洋上航法では、すべて白図が用いられ、島や陸地はいっさい記入されてない。発艦時の位置を任意に記入し、これを基点として、航法計算盤をもちいて母艦をあとにするのである。

航法計算盤は、針路盤、気速鋲、実速鋲、風速鋲などからなり、お玉杓子のような形をしているところから、そのまま「お玉杓子」といいならわしていた。

母艦を飛び立ったあとは、おおむね七時間も、海と空だけなので、母艦が二十ノットで行動しているとすれば、出発点から百四十カイリ移動したところに、会合法をもって帰着しなければならないのだ。したがって、どんなに航法の達人でも、基点位置に誤りがあれば、会合法を満点に作図しても、帰艦できないのだ。だから、出発前の位置については、神経をとがらせるのである。私は、黒板に白く浮かんでいる位置を、しっかり記録した。

各飛行隊指揮官の注意が終わり、解散になると、搭乗員はそれぞれ自分の機に急ぐ。艦攻は最後部に並べてあるので、戦闘機や艦爆の間をくぐり抜けて行かねばならない。ところが、どの機もペラを回転しているので、その風圧と渦流に体を斜めにしていかなければならない。しかも、飛行帽を飛ばしたり、バッグをもぎとられたりするくらいはよくあることで、うっかりとペラで体をさかれそうになることもある。

なにしろ、飛行甲板を能率的に無駄なく活用しようというのだ。滑走距離も充分にとらなければならない。そのため並べてある機は、ぎっしり詰めて、前機の尾部と後機のペラとの間はきわめて狭い。だから機の胴体下を潜り出て、背のびした途端にエンジンをふかされ、あわてることがある。油断もすきもない。まったく生命がけである。

愛機にとりついた私は、いつものように足掛けで座席に飛び込んだ。

前方を塞いでいた零戦がまず発艦し、艦爆がつづいた。ようやくわが機の前に、ぐーッと伸びた前甲板が、白みかけた水平線上につき出している。

私たちの機は、まだ甲板に余裕を残したまま浮いた。笠島の離艦ぶりはいつも早目である。発艦には、飛行甲板をいっぱいに使うもの、幾らか残すもの、いっぱいでは足りず、いったん艦首から落ちて海面すれすれにまで行ってから上昇する、といった三つの型があった。オーバーブーストの入れ方にもよるが、操縦員の性格によるところが大きいようだった。

笠島操縦員は、〝チャン〟の愛称で呼ばれていた。民間航空会社に入社するため、無理に進級を辞退し、退役を希望していたのだったが、今度の戦争で服役延期になったのだ。「こんなことなら、進級するんだった」と愚痴をこぼしながら、それでも相かわらず進級辞退をつづけているから、やはり退役したいのが本心らしい。

技量は抜群なので、着艦のときでも、夜間飛行のときでも私たちはまったく不安を感じたことはなかったが、女に弱いのが玉にきずだった。ということは、人情に厚いからかもしれないが。

頭髪を七三に分け、薄い髭を無理に生やしていたが、真ん中が淋しいので、眉墨を塗《ぬ》って得意になる稚気《ちき》があった。歌が得意で、八木節は得意中の得意。ただし酒は弱い。酒が弱いといえば、笠島、中島、私のペアは、三人とも酒が弱く、煙草をのまないので、「聖人ぶっていると、いちばん先にやられるぞ」と他のペアから言われたものだった。その意味は、悪党がかったのが生き残り、生《き》まじめにやっている者が先に死ぬ、ということなのであるが、嫌がらせでもあったらしい。

頼むぞ、零戦

私たちは、「飛龍」艦攻隊の一中隊だった。全攻撃隊が編隊を組み終わったころ、壮厳な日出だった。赤い光が水平線に反映し、はね返っている。九時だというのに、ここではまだ黎明《れいめい》であった。セイロン島まで約二百カイリ。位置は同島の南方だった。

五隻の空母から飛び立った艦戦、艦爆、艦攻の総数約百八十機。「赤城」の淵田中佐を総指揮官として、ハワイ空襲時とほとんど同じ編成であった。

進撃高度四千メートルに達し、速力百二十五ノットの経済巡航気速に移るころ、太陽が水面を離れ、それまで赤みがかっていた海面が、金色に変わった。これまで転戦してきた南方の諸海域の海面は、透きとおった青さであったが、インド洋もここまでくると濃緑に変わり、さらに黒をとかしたような色だった。

左前一番機の機長は龍六郎分隊士である。その後席に、二宮がニキビだらけの黒い顔をキュッと引き締めて、真剣な態度で電信機に向かっている。

進撃序列は、発艦順とは逆に艦攻がトップだった。艦攻の後上方千メートルに艦爆隊が占位し、その上方に零戦が掩護の位置についていた。まるで、一段ずつずらして、艦載機の模型を並べたようである。

零戦は、増槽を抱いているけれど、まだ駿足をもてあますかのように、ジグザグにコースをとっている。それは、まるで艦爆、艦攻に早く行けとうながしているかのようであった。なにしろ三機種の混成なので、性能が異なり、速力に差異がある。零戦は速力をセーブして、もっともおそい艦攻に歩調を合わせなければならないのだから、さぞかしもどかしいことであろう。

トリンコマリー空襲をおえて帰路につく「瑞鶴」艦攻隊

　艦攻隊指揮官機は、推測航法によって所期の地点まで全攻撃隊を誘導し、攻撃が終われば、ふたたびあらかじめ打ち合わせた予定地点から母艦まで、全機を先導して帰投する任務を帯びている。指揮官が斃《たお》れた場合は、次席中隊といったふうに、順にその任に当たるのである。そして艦攻が全滅すれば、艦爆が嚮導《きょうどう》の役を引き継ぐのだが、艦爆も全滅した場合は、戦闘機はみずから帰路を求めなければならない。

　その方法は、母艦直属の駆逐艦から電波の輻射《ふくしゃ》を請い、機上装備の無線方向探知機を作動して帰投コースに乗るのであるが、これは最後の手段である。なんとなれば、水上艦艇から電波を発射することは、その所在を明確にすることであり、敵潜に狙われる危険がある。そのため、飛行機が陸上に近い場合は、母艦機でありながら、陸上の基地に帰投することもあるのだ。

零戦にしてみれば、快足をかって敵地に躍り込み、空戦なり地上掃射なりを終わって、無線方位でさっさと引き揚げたいだろうが、以上のような理由で、攻撃後もいっしょに揃って帰らなければならないのだ。

「コロンボには、豪州方面に物資補給の目的で、かならず輸送船が停泊しているに違いない。蘭印を失った彼らは、コロンボから豪州へ直航しているはずだから、魚雷にすべきだ」

「いや、艦隊がインド洋に出てから、敵潜は、ずっと追躡《ついじょう》しているだろうから、無線連絡で、機動部隊の動きを逐一伝え、在泊艦船は、空襲を予知しているかもしれない。とすれば、魚雷での攻撃は一考を要するぞ。爆弾なら、陸上施設でも艦船攻撃でも通用するからな」

などと、自称迷参謀連が、昨夜、私が格納庫で風防を手入れしているとき、騒々しく激論していたが、それらの説を耳にしながら、じつは私も魚雷説に賛成だった。

ハワイ攻撃のとき、二階家から呆然と見まもっていた二人の男女、フォード島で飛行艇からあわてて飛び降りた敵兵、片翼の爆煙に呑まれながら旋回したあのスリル――それらが、私の血潮の中に新しくよみがえって、雷撃の味を反芻《はんすう》しているのだともいえようが、なんといっても、超低空での魚雷発射の訓練に重点をおいてきたことが、雷撃への魅力を強めているようであった。

なにしろ四千メートルからの爆撃は、下から高角砲に脅やかされ、上からは戦闘機に狙われる。その結果、やられでもしようものなら、なぶりものにされながら落ちなければならない。それに反し、雷撃の場合は、よしんば中途で敵弾に斃れるとも、あわよくば、敵艦に体当たりできるし、できなくとも、瞬時に海面へ突入できる点などを比較すると、雷撃に限るような気がするのだ。まして、一発轟沈の快味は、雷撃以外に容易に求め得べくもないのだ。その点、雷撃にはたまらぬ魅力があった。

そんなふうに考えていると、許されるものなら、単機でも引き返し、爆弾を魚雷にかえて来たい思いであった。

もともと商港であるとはいえ、今やその置かれている立場からして完全な軍事拠点である。しかも昨日、味方零戦によって撃墜された敵飛行艇が、撃墜される前に報告したことによって、敵は待ちかまえていることであろう。そうなると、わが機動部隊は逆襲される可能性もあり、私たちは、洋上不時着の覚悟もしなければならない。

コロンボ港に敵船がいれば、当然、水平爆撃を行なうのであるが、私たち列機は、先頭機にならって投下するだけなので、少々物足りない。当たるも当たらぬも先頭機しだいであることが、やはり雷撃への強い郷愁をます。同じ水平爆撃にしても、単機なら、たとえ命中弾を得ずともあきらめがつき、また、それはそれなりに興味があるけれど……。とにかく、海軍の伝統である団体行動の規制を守って、より効果的な戦果を挙げるように心がけるだけだ。

それにしても、敵戦闘機がいるとすれば、水冷のホーカー・ハリケーンであろう。ホーカー・ハリケーンは、当時、ドイツの新鋭戦闘機メッサーシュミットにくらべ、いささかの遜色もなく、米国のカーチスホークや、グラマンよりむしろ優秀とされていた。配布された敵機識別写真によると、主翼前縁から八門の銃身が刺《とげ》のようにのびている。空戦性能はいざ知らず、火器とスピードは零戦を凌駕《りようが》している。

——零戦、しっかり頼むぞ! 私は、そうも呼びかけたい思いで、掩護戦闘機の編隊を振り仰いだ。

対空砲火の中を

セイロン島の南端近いころから、行く手に大きな積乱雲があった。稲光りさえしている。雲の頂上は、五千メートル以上もあろうか。この大編隊で乗り越すには危険である。

編隊は、西の方へ迂回しだした。そのうち、雲の薄いところに突っ込んだ。やがて、セイロン島の連峰が、柔らかい起伏を波打たせているのが望まれた。近づくほどに、濡れたように光っている。さきほどの大スコールが通ったばかりなのだ。

高度七~八千メートルに、雪のような白い断雲がかなり残っているけれど、ちりもほこりもない清浄な天地である。

海岸線が明確になった。それに沿って舗装路が平行に走っている。

私たちは、すでに機銃の装備を終え、戦闘準備は万全である。艦攻隊は、ガッチリと緊縮編隊になった。爆弾を投下するまでは、どのようなことがあっても落ちるものか、といわんばかりの意気込みが各機に感じられる。

卵黄色の浜辺に白波が砕けて、その白く細長い紐が陸と海とを区切っている。紐は、波が打ち寄せると太くなり、引くと細くなって遊んでいる。

椰子林の緑したたる間に、赤、青、黄、白などの屋根や壁が点々と望まれる。まるで色紙細工の住宅であり、道路であり、並木であった。これもまた、夢の国か、お伽《とぎ》の国のそれである。ハワイを太平洋の楽園という。とすれば、コロンボは、インド洋の芸術品というべきであろうか。

だが、堤防の中に散らばった黒い色紙が現実を呼びもどした。予想していたように、無数ともいうべき船舶であった。停泊している姿は、まるで昼寝でもしているかのようにのどかな風景である。

子細に見たが、軍艦はいない。これでは火砲も敵機も、待ちかまえているようすでもない。果たして偸安《とうあん》の夢をむさぼっているのであろうか。

白日下に展開するこれらの光景から感じたのは、それであった。陥穽《かんせい》でなければよいが──と思った。心の隅に消しきれぬ不安があった。改めて上空を見直したけれど、やはり敵機の姿を求むべくもなかった。

突然、先頭編隊が上下の弾幕に挟まれた。予期していたことではあったが、半ば夢のような気持ちにひたっていたおりだったので、ハッとなった。炸裂する弾幕の中を、味方編隊は、悠々と翔《か》けている。

昼寝していたかのような敵は、じつは鳴りをひそめていたのだ。このような準備をしているからには、邀撃戦闘機《ようげき》が、上空に待機しているにちがいない。前後左右、上方を忙しく見回したが、それらしい機影はない。

前下方の岸壁が浅い弧を描いている。南北両端から、防波堤が腕のようにのびて港内を抱いている。その中には、小さいので七〜八千トン、大きいのは一万数千トンもあろうか、おびただしい船舶が、よりどり見どり、数えきれないほど停泊している。これなら、練習生でも命中させることができよう。あえて百戦錬磨の士をまつまでもない。

それにしても、魚雷ならば——。くどいようだが、相手が輸送船であることが、確実な雷撃効果をあげ得る。それは、機銃搭載が少なく、銃座を守る者は、軍歴のない者か、あっても予備役程度で、焼きの戻った連中が多いはずだ。したがって、銃を動かすのでなく、銃に動かされがちであり、いわゆる縦横無尽に駆使して、寸秒の間に接近してくる雷撃機を撃墜し得る腕前など、ほとんどないといっても妥当だからである。

このような場合、訓練の型どおり、艦攻、艦爆による同時攻撃を行なえば、総覆滅《そうふくめつ》に近い壮挙ともなろうに。

索敵機を放って、事前に敵情を偵察することは、敵に味方の接近を知らしめて、不利であることはうなずける。かといって、この敵情に対する判断はなんとしたことであろうか。いたずらに敵を攪乱、狼狽せしめることが勝利への途《みち》であろうか。長駆、インド洋まで遠征しながら、このような自慰的攻撃作戦が許されて然《しか》るべきであろうか。一電信員の私にも、そうした憤懣《ふんまん》と疑問が湧くのをいなむことはできなかった。

敵高角砲の弾煙は、薄れたあたりにつぎつぎと新しく炸裂した。そうした新旧の煙が、わが機翼を撫で掠《かす》めだした。と、その前方に、別の弾幕が待ち伏せている。これでは、弾幕のバリケードを突破しているにひとしい。

ヴォーッ！　ヴォーッ！　ヴォーッ！　聞こえるはずのない炸裂音が、耳を聾するかのような思いだった。前面、左右とも、弾煙の森にさまよい入ったかのようだった。

底蓋から、チラッと下方を見た。在泊船の船首、船尾の砲座から、パッ、パッと白橙色の閃光が眼を射たかと思うと、そのあとには砲煙が平たくつぶれて広がり、海面を這ってゆく。

各船の閃光は、連鎖反応を起こし、しかもその反応時間が短縮され、発射光は乱調子であった。敵はここを先途と必死なのだ。もはや恐怖も、憤懣もなかった。私は歯をくいしばって、下を見、上を見た。上に敵機影はない……。

前方編隊周辺は、黒煙の渦である。ものすごい対空砲火だ。機銃に片手をかけたまま、下を見た。丸い底蓋をとおして、猛煙を噴き上げている船が数隻あった。いずれも一万トン級である。先行編隊の二十五番をくらったのだ。

俯角から推定して、わが二中隊の爆弾投下は寸前に迫っていた。機銃握把に左胸部をつけたままの姿勢で、息をこらし、眼だけで前上方を、そして右から左を見た。

横向きの私のすぐ前に、二宮一憲が、上半身を銃把に密着させている。その前席に龍分隊士が、風防越しに左斜め前方を凝視している。心なしか、編隊は、既定間隔以上に圧縮しているようだった。わが機の左翼は、龍機の胴に触れんばかりに寄り添っていた。

後方を向くと、わが機の尾翼に、後続機の翼が重なっているかのようだった。このまま地上に停止しているものなら、翼から翼へ渡れる近さであった。

そのときだった。グワングワン！　ガリ、ガリッ！　かん高い衝撃音があった。

反射的に音の方を見た。機は上下に振られただけで、左右の動揺は軽かった。どこかに被弾したにちがいないが、致命傷を受けたらしくはない。真新しくはじけたばかりの黒煙の一団が、列機との間をさえぎっていた。わが編隊が一斉射を浴びたのだ。編隊は、依然として隊形をととのえている。二宮が私の方を振り向いて、チラッと笑った。私もこたえた。

――ひやひやさせやがるな、とでも呼びかけているかのような二宮の顔であった。黒っぽい顔が、緊張のためいっそう艶を増して、黒光りしているようだった。

味方編隊のトップは、すでに爆撃を終わって、集合点へ向かっているに違いない。無事にこの弾幕を突破したろうか。濛々たる爆煙である。そのため前後につづく編隊の姿さえ、ともすれば視界から掻き消されがちであった。

ハリケーンの襲撃

「用意……打《て》ッ」

しかし、私は、弾道を見送っていることができなかった。それは青空の一角――南方上方の断雲と、弾幕がすでに雲と化した間に、エメラルド色に冴《さ》え返った空があった。その青空に何かがあるようだった。

見つめても定かでない。飛行眼鏡の曇りであろうかと、素早く拭ってみたが、空の青さの中に傷があった。

重武装と高速を誇る英国戦闘機ホーカー・ハリケーン

――怪しい。疑惑が大きく広がった。しかし、きずは大きくもならず、小さくもならないのだ。そのうえ、移動しない。

ガァン、ガン！　散弾はしきりに炸裂しているらしく、そしてまた、わが機が被弾しているのが気になって、怪しいものから目を離しそうになる。だが、先ほどまで塵一つ認められなかった空なのだ。そこに、たとえば埃のような傷であろうとも、それがなんであるかを見きわめるまで、目を離すことはできない。

見つめるほどに、停止していた小さな点がフワッ――と落ち、豆粒ほどになった。と、その上方に、最初の位置に、また新しく黒点が浮かび出た。

――敵機だ！　そう思ったとたん、冷たいものが背筋を走った。私は機銃をかまえながら、なおも見つめた。

敵機は、深い角度でダイブしてくる。砲丸のような円になって……。正向肉薄突撃だ。このとき、味方は、もっとも撃墜されやすい態勢にあった。ダダダダダダッ！　私は、夢中で引き金を押した。的確な命中弾を得る距離だったからではない。編隊全機に危急を告げるための射撃であった。

そうだ、せめて命中しなくとも、曳痕弾が、敵機首の前方に流れれば、敵搭乗員に精神的な打撃をあたえるだけでも意義がある、と気がついた。気がついた以上、教育部隊で仕込まれたとおりの、機銃握把を握った右手の上に顎を置く基本姿勢にこだわってはいられない。

銃と体を離し、数発打ち方から、敵の接近にともない連続打ち方、弾幕打ち方にきりかえてみると、きわめて粗雑な撒布になったが、どうにか弾は敵前に流れ出した。これなら命中の可能性が強い。三番目の敵機が背を見せかけるのを、連続発射で待ち受けた。

散乱する撒布界に、ハリケーンが突っ込んできた。円だった敵機が、長くなり出した。わが機の弾は、敵機の前面に待ち伏せている。

ツツッと、敵機の風防にヒビが走った。同時に、グッとのけぞるものがあった。搭乗員だ。しめた！　わが機銃弾が、搭乗員の脳天を貫いたのだ。

敵機の速力が鈍った。右翼がグイッと浮き上がり、左翼が沈んだ。錐揉みに入る気配を残して降下し出したが、見届けている余裕はなかった。

墜落機を確認したいが、四番機が火箭《ひや》を吹きながら襲いかかってくる。まんまと自分の計画が図に当たった喜びに浸っていることもできない。ムズムズとした興奮があったけれど、それもほんの瞬間のことだ。

他機は、基本どおりの射撃をしているのであろう、どの曳痕弾も、敵機の尾部上方に流れている。

——零戦は何をしているのだろう。見回したが、上空に見当たらない。

爆撃開始前に、敵機が待ち伏せていないものと判断して、地上銃撃に向かったのだろうか。それとも、どこかで空戦しているのであろうか。敵機は、さか落としに迫りながら射ってくる。私はまたしても、さっきの手で狙った。

「あッ、しまった！」弾が出ない。全身からサーッと血が引いてゆく。あせって、引き金に力をこめるものの、やはり弾は出ない。とっさに弾倉を押すと、空転した。

——空じゃないか、耄碌《もうろく》野郎！　みずからを叱咤し、空弾倉を新しいのと交換した。こうして、計七機のハリケーンをかわしたときは、よくも命があったものだと思った。じつに長い時間のようであったが、二十五番を投下してから、数十秒のことであった。

右前方にくっきりと浮かんでいた峰々が、翼の下を通り抜けている。爆撃が終了し、旋回をしているのだと気がついた。

一難去ったとはいえ、まだ難関を突破し終えたとはいえない。ともすると、力が全身から抜けてゆきそうになるのを鞭打って、なおも見張りをつづけた。

右下方に、赤い布のようなものがヒラリと動いた。火だるまになった艦攻が、必死にもがいている。横滑りで消火しているところだった。火勢から判断して、誰の眼にも望みのない状態だった。

直線を描いていた炎が、左旋回してカーブを引いた。ふたたび直線になったときは、機首が敵船舶に向かっていた。体当たりを決意したようであった。

さっきのハリケーンは、急降下の加速を利用して、どのあたりに引き上げてくるかわからない。敵の機影を求めたけれど、見あたらない。それだけに、いっそう警戒心が強かった。

左右、上方をチラッと見張りしたが、それらしい影はない。そこで、ふたたび左下方を見ると、火だるまになった機は、黒トンボが尻から赤い糸を引いたようになって、ジャブンと海に突っ込んだ。敵船舶まで届かなかったのだ。力尽きたのは、防波堤外の海面であった。飛沫《しぶき》が上がった。その飛沫の中から炎の糸がのびていたが、それも急速に消え去り、あとには波紋だけがむなしく残った。

港内に眼をやると、幾十条となく爆煙が立ち上り、まるで太い糸をより合わせたようにもつれ合い、上ではいっしょにとけて空をおおっている。

それにしても、わが機の爆弾は命中したのであろうか。すっかり忘れていたので、機長に聞くと、それには答えず、

「油断するな、見張りをやれ」

すごい見幕で怒鳴った。私との間に、電信機と、これを支える緩衝ゴム紐がなければ、往復ビンタをまぬがれぬ勢いであった。後になって、

「じつは、おれは弾を投下するまでは、高角砲の炸裂にも無我夢中だった。投下把柄を引いてさっそくのぞいていると、曳痕弾がビュッと二十五番を追ったので、ハッとして立ち上が

ると、ほぼ等隔間に開いた敵三機の先頭が、編隊後方二十メートルぐらいのところを、まさに掠めるところだった。わァッぶち当たる！　と思って棒立ちになったまま、弾着を確かめなかった。それなのに、貴様が当たったかと聞いたんで、むかっ腹が立ち、この野郎、それどころじゃない、いつどこから食いつかれるかわからぬに、と思うと、ビンタをやりたかったぞ。戦場を退避して、やっと冷静になってから、左前方にいた味方艦攻が見えないのに気がついて、やられたんだと知ったくらいだ」と語る機長であった。

それはともかく、ものすごい機長の剣幕に、これはまずい、と思ったので、ひととおり見張りをしたあげく、機体の各部を点検した。

「機長、右尾翼機銃弾三発、右主翼日の……」といいかけたが、日の丸付近に二ヵ所、柘榴《ざくろ》のような口があいている、とまで言わせず、

「わかっちょる。見張りをせんか」押しかぶせるように言うのだった。よほどむかっ腹が立っていたのだ。

戦場では、どこに行っていたのか姿を見せなかった零戦が、ポツリポツリと集合しだした。文句を言ってやりたい気持ちもあったが、それより、零戦が私たちに近寄ってくれたことに安心した。

戦場退避後は、通常、機銃をおさめるのが例だが、今日はどの機も出しっ放しだ。とにかくハリケーンを落としたことは、私自身にとって、大きな意義があった。射撃法ならびに姿

勢の革命を示唆するものであった。

元来、空中射撃の要旨は、会敵交戦にあたり、沈着果敢、的確に射距離、的針的速、針路角、自速および修正量を判読し、精密迅速、平静沈着、堅実な姿勢を保持して、照準射撃するにある。かくして発射された弾丸も、重力の作用による弾道低下量、空気抵抗のために、偏倚を生じるのだ。

さらには、千変万化、位置の転移、遠心力、重力などによって命中率は低下する。これらをカバーするには、猛訓練によって、瞬時に正しい発射ができるように勘を養う以外にないのである。

技量の差をちぢめる唯一の近道は、肉薄攻撃であることはいうまでもないが、それは身軽な戦闘機の場合である。

私たち艦攻としては、常に受け身の立場にあるので、空戦中、みずから敵機に肉薄できないけれど、今日は、ハリケーンが肉薄してくれたので、結果においては、私たちが肉薄接近して射撃したのと同じことになったのだ。

空戦は、彼我ともに、立体的に、高速不規則な関係対勢の間に、射撃のチャンスは一瞬に去来する。だから、射距離の変化は疾風のごとく、それに加えて、射手は強い風圧と不測の荷重、銃架の振動を克服して、狭い座席で戦闘を展開しなければならないのだ。

もちろん、固定銃と旋回銃とでは、命中率も格段の差がある。高速の敵機に対し、間髪を入れず発射するには、銃から体を離し、敵機首前方進行方向をすばやく予測判断して、連続打ち方で弾幕をはって待ちかまえる。これが、私自身が体得した戦訓だった。

圧倒的な勝利

他機が風防を閉めだした。それに気がついて、私もあわてて銃身をつかんだ。と、尾翼前の胴体に、黒い泥のようなものが固着している。よく見ると、被弾による穴なのだ。

「機長、胴体後方に一ヵ所、機銃弾を受けています」と届けると、

「今ごろ気がついたのか」

「ハイ」

機長は、すでに知っていたらしい。情けないが、私は、そう答えるより仕方がなかった。

「呑気なヤツじゃなァ。しかし、ハリケーンは速かったな。あの八門の銃口が、いっせいに火を吐いたとき、おれはもう助からんと思って、見ているだけでゾッとしたよ」

母艦との予定会合時間になった。やがて数条の航跡が白くのび、その一本の先端に「飛龍」の姿があった。味方識別信号を送る。戦闘機が増速して、私たちの頭上を通過した。艦爆隊がつづいて前進。

着艦順番は零戦、艦爆、艦攻である。艦攻隊三小隊三番機などは、どん尻まで待たなければならないのでうんざりである。なにしろ訓練でさえ、六〜七時間も飛ぶと、座席のクッションがクッションでなくなる。上半身の重量を、左右交互にかかるようにするのだが、しょせん、一時しのぎにすぎない。母艦にしろ、基地にしろ、到着すると、一刻も早く降着した

くなる。訓練時でさえそうなのだから、空戦後の帰投は、なおさらその気持ちが強い。被弾五ヵ所を理由に、緊急着艦してはとも考えられるが、被弾は、他機といえども、大なり小なりあると思わなければならない。着艦後、笑い草にされるのは恥ずかしい。私たちは、早く降りたい気持ちを押さえ、旋回しながら順番を待った。

わが中隊の爆弾は、敵船船五隻に命中弾を得たと報告されたが、私は弾着を見なかったので、実感がともなわなかった。

報告が終わると、休んでいる暇などない。機銃の手入れが待っているのだ。おのおの手分けして、石油や混合油を用意した。私は、格納庫内の天井の電灯を敵機に見立てて、機銃をかまえてから狙ってみた。

「気分を出しているんですか」誰かに冷かされた。いつもだと、帰投直後の手入れは身が入らないのだが、ハリケーンを落としているので張り切っていた。

機銃の第一手入れとして、卿筒銲、瓦斯《ガス》筒、瓦斯室、調整螺に付着したガス汚滓《おさい》を入念に取りのぞいた。全員無事に帰還しての手入れなら、誰からともなく冗談が飛び出すのであるが、庫内の雰囲気は湿っぽい。

「ハリケーンの突入はすごかったな」ポツリと誰かがつぶやいたけれど、コックリとうなずいて相づちをうつだけで、口を開こうとする者がない。

簡単な塗油をすませて寝室へ行くと、一戸高や池田たちが、戦死者の遺品をベッドの上に並べていた。遺品といっても、本人が前日、整頓完了していたので、明細表を作成すればよかった。

その夜は、前部通路の一室に、英霊安置所を設けての通夜だった。急造の祭壇には、真新しい木箱をつつんだ白布が、痛々しく並んでいた。

私たちが、ハリケーンの攻撃を受けているとき、零戦は、どこへ行ったんだ、敵機がいないので地上掃射でもしているのか、と内心憤慨したことであったが、帰投してからの話だと、つぎのようだった。

私たちが、コロンボの直前で積乱雲に立ち塞がれ、それを迂回しているころ、先頭編隊のはるか下方に、敵の複葉機群を発見したという。それは雷撃機であったというが、敵もまた、雷雲に悩まされていたのだ。

わが総指揮官の命によって、掩護戦闘機隊がこれを攻撃し、一挙に撃滅。零戦隊は、ふたたび所定の位置に復した。そしてまた、私たちが攻撃されているとき、敵戦闘機が帰路に待ち受けていて、零戦はこの敵と交戦、多大な戦果を挙げたとのことであったが、雲にさえぎられ

抜群の旋回性能と航続距離を誇る零式艦上戦闘機

て、私たちからは見えなかったのだ。私たちを襲ったのは、敵の一部分だったのである。

ところが、もう一つ快報があった。それは私たちが発艦したあとで、索敵機から、「敵駆逐艦二隻見ゆ」の入電があった。位置は、機動部隊の南々西。おりから各母艦上には、コロンボ攻撃の第二波が、発進命令を待っていた。

報告は駆逐艦であるけれど、見逃すわけにいかない。さっそく、第二次攻撃隊の艦爆八十機が、この敵艦に向けられた。やがて、駆逐艦でなくて、重巡であることが判明した。

「敵見ユ」「突撃準備隊形ツクレ」「突撃セヨ」「一航戦ハ一番艦ヲヤレ」「二航戦ハ二番艦ヲヤレ」「一番艦停止、大傾斜」「二番艦火災」「一番艦沈没」「二番艦沈没」

櫛の歯を引くように、電報が届いたのだ。敵上空に駆けつけてから撃沈まで、約二十分ほどの間だった。圧倒的な勝利だった。攻撃参加者の話によると、トリック映画を見るようだったと。みごとな轟沈だったにちがいない。

かくして、インド洋に消え去った甲巡二隻は、英東洋艦隊のドーセットシャーとコンウォールであった。

柳の下に泥鰌《どじょう》

機動部隊は、セイロン島の哨戒圏をいったん南下し、大きく迂回しながら北上していた。コロンボを叩いても、わずか二隻の甲巡以外に敵艦隊を発見できないため、トリンコマリーを強襲することになったからだった。

トリンコマリーは、コロンボとともにセイロン島にあり、コロンボが南西端に位置しているのに対し、トリンコマリーは北東端にあり、しかも軍港である。軍港を空襲することは、まさに強襲であり、相当な犠牲を覚悟しなければならない。

四月八日の昼ごろから取舵に変針。

発表された搭乗割によると、私たちは第二次攻撃隊だった。これは案外、縁起がいい。なぜかといえば、去る五日の攻撃に、第二次攻撃隊が、苦もなく甲巡二隻を屠《ほふ》る幸運に恵まれたのだ。われわれとて、それにあやからぬとどうして断言できよう。その夜の攻撃準備は、うきうきとした気持ちであった。

例によって、黎明時、第一次攻撃隊約百八十機が発進した。今日もまた、天候良好、波静かである。

あとで聞いたことがあるが、第一次攻撃隊はトリンコマリー進入に先き立ち、ハリケーンの邀撃を受けた。零戦が、これらを蹴散らし、艦爆が飛行場を、艦攻は主として航空基地、工廠、火薬庫などに爆弾の雨を降らせ、在泊艦船を狙ったのは攻撃隊の一部だったという。艦爆は、所在飛行機のほとんどを炎上させ、艦攻のねらった火薬庫は誘爆をつづけ、地上の機能に大打撃をあたえた。

それはともかく、私たちが準備を終わり、発進命令を待っているときだった。

「敵空母一、駆逐艦一南下中」索敵機からの無電が入った。

その報を知らされて、待機中の私たちはいっせいにわき立った。どよめきの声さえあがった。何かよいことがありそうな、と思っていたのが、的中したのだ。柳の下にふたたび泥鰌《どじょう》がいたのだ。

敵空母を発見した以上、攻撃を急がなければならない。それには、艦爆は爆弾装備に手数がかからない。さっそく、二十五番徹甲弾を吊るして、それッ！　とばかりに発進した。

そのうち、索敵機からの音信がとだえた。撃墜されたのかあるいは燃料の関係からか。いずれにしても、音信がないからには、新しく敵情偵察の要がある。その命が、わが機に下令されたのだ。私たちは、艦爆隊のあとを追って、戦場に驀進《ばくしん》した。

速力は、九九艦爆の方が優っているので、追いつくどころか、距離を引き離されるだけであったが、はるか前方に、蜜蜂ほどの大きさで快翔する艦爆の編隊を、どうにか視界内に保ちながら、ただ一機、焦りながら追った。好都合なことに視界がよい。絶好の飛行日和であった。しかし、いかに焦っても、速力の差はいかんともしがたい。前行する艦爆隊の姿は、やがて見えなくなった。

——今ごろ、残った艦攻隊は、雷装準備にてんてこまいをしているだろう。そんなことが、ふいにほほえましく思われ、まだ後方に見えるはずもないのに、振り返ってみたりした。なにしろ雷装は、そう簡単に短時間にできないのだ。

ようやく予定地点に近づいた。敵の所在は、捜索するまでもなかった。味方艦爆隊が単縦陣になって旋回している。零戦がその付近を大きく護っている。いうまでもなく敵艦の上空なのだ。

ふた筋の細い白線が、チラチラッと反射し、躍っているのが望まれた。航跡は、ぐるぐる回り、緑の草原にのたうつ白蛇であった。それらの様子からして、艦爆隊は、すでに攻撃を開始しているのだ。

早く近寄りたい。近寄って、つぶさに攻撃を視認しなければならない。遠足の目的地を前にした小学生のように、心がはずんだ。

こんなときこそ油断しがちだ。元来、艦攻は戦闘機を苦手とする。危ないとすれば上空だ。コロンボ攻撃のときは、どうにか危機を切り抜けることができたけれど、このような視界のよい日、敵戦闘機が不意に高空からふってきて、捕捉されでもしようものなら、たまったものではない。逃げるにも、隠れるにも適当な雲さえないのだ。

塵一つ見逃してはならない。丹念に見回したけれど、それらしいものはなかった。

躍っているように見えていた白波の尾が、心なしか元気がなくなってゆくようだった。敵艦は、早くも損傷して、速力が鈍ったのであろうか。それならば、なおさら急がねばならない。

近づきながら、よく見ると、平べったい甲板から、細い白煙が、勢いよく斜めにピューッと吹き出している。しだいに、空母の輪郭が明らかになった。

敵機は、いち早く基地へ難を避けたのか、あるいは、たたき落とされてしまったのか、上空にあるのは味方機ばかりである。五日に見せた闘志から推測して、母艦を捨てて基地へ向かったとも思えないし、たたき落としたとしても、時間的に合点がいかない。

味方艦爆隊は、突撃隊形になって、一機ずつ、つぶてのように突っ込んでいた。投下した爆弾は、小気味よく命中する。まるで訓練を見るような光景だった。

突っ込んだ機が、キューンと機首を起こし、機体が海面と平行になったころ、投下した徹甲弾が吸い込まれるように命中する。そして、命中した二、三秒後に、ポッと白煙が湧き上がるのだ。

徹甲弾は周知のように、甲板を貫き、下部で炸裂するので、最初外部に吐き出される爆煙は派手でない。見た眼に派手ではないけれど、破裂した箇所の惨澹たる有様は、想像を絶するものがあるのだ。

白煙にまじって、黒煙も噴き出す。敵艦の速力が落ちているので、味方の一発一発が、面白いほど命中して、甲板のあっちにも、こっちにも、ブスリブスリと穴があいて、その一つ一つから出る煙を見ていると、どこかで見たことがある噴火口のようだった。

敵空母は底知れぬ海に

空母の艦橋は右舷にあった。そのあたりから、狂ったように撃ち上げているが、敵弾は、味方艦爆の降下を阻止する由もない。

駆逐艦もまた、火器を総動員して、あたり一面薄黒い花を咲かせている。そこへ味方艦爆が、蜜を吸う蜂のように近寄ったかと思うと、黒いものを落としてサッと飛び去ってゆく。

爆弾は、スポッと駆逐艦に命中したようだった。と、まもなく、チョロチョロッと白い煙が出だした。煙はみるみるふくれ上がり、赤い炎さえまじえている。

それも、ほんの瞬間だった。バアッと、ものすごい勢いではじけた。黒いものが、粉々になって吹き上がった。

右舷前部から、いきなり滝をさかさにしたような水の幕が高々と突き上がった。

パッ、パッと花火のようにはじけるものがあった。どうやら、弾薬庫に命中したか、誘爆を起こしたらしい、と思った瞬間、舳と艫が、バネ仕掛けの玩具をこわしたようにグィッと伸び、伸びた両端が跳ね上がって真二つに折れたのだ。

敵駆逐艦は、そのまま海底に吸い込まれていった。あっけない最後だった。しかし、考えようによっては、見事な往生ともいうべきであった。わが徹甲弾の威力を、まざまざと見る轟沈であった。

一方、往生ぎわの悪い航空母艦は、瀕死の重態であった。海水はしだいに、傾いた左舷側をおかしてゆく。おかされた水ぎわのあたりから、右舷いっぱいにかけて、無数の噴煙が靡《なび》いている。ことに艦橋後方の噴煙は、活火山のそれのようでさえあった。

同航針路で、艦橋のあたりを狙った艦爆があった。だが、この機の放った弾は、惜しくもはずれて水柱になった。

つづく機の爆弾が、前部に命中した。艦首が下がってゆく。速力はぐんと落ちた。落ちたというより、おそらく機関が停止し、惰性でのろく動いているだけである。

対空砲火が止んだ。海水が艦首に迫ろうとしている。左舷の傾斜がいちじるしくなった。

甲板を横切って、鼠のように艦橋へ走る兵員たち。これは、左舷ポケットに生き残っていた者たちが、今や、対空射撃も不可能になり、応戦のすべてを失って、配置の銃座を捨てる姿であった。やがて惰性も止まったらしく、微動もしなくなった。

左舷が、海面二メートル近くなった。左舷ポケットに姿を出した者があった。彼らは、浸水する艦内から脱出して来たらしく、外部に顔を出したとたん、海面が、すぐそこにあることにギョッとしたようであったが、つぎの瞬間には、坂道を登る恰好で、あわてて艦橋へ走り去った。まるでジャングルに逃げ込もうとする猿であった。

味方艦爆は、虎視眈々として降下の順を待っている。

沈没は、もはや時間の問題であった。つい今しがたまで、めらめらッと出ていた炎も消え出した。濁った煙も衰えてゆく。

発着艦誘導の三本の平行白線が、くっきりと白い。その白が、ひどくむなしい感じであった。艦は傾いたまま、のろのろとめり込んでゆく。

艦首が水面下に没し、左端の白線も、前半分近くが波に洗われ、艦尾がわずかに持ち上がっているだけになった。その艦尾から、数十名の乗員が、海へ飛び込みだした。ドボン、ドボンと飛沫をあげ、飛び込む音が聞こえそうな気さえした。

波は、甲板に這い上がり、艦橋を侵そうとしていた。艦橋真横のリフトが、やや降下した位置に止まって、甲板に口をあけていた。そこへ海水がはいり出した。と見るまに、奔流のようにドッと流れ込みだした。

左舷に大きく傾斜して沈没寸前の英空母ハーミス

この海水の流入が、敵空母の死期を早めたようだった。沈降度が、ぐぐッと早くなった。総員退却命令が出たらしい。右舷からも、艦尾からも、パラパラッと、海中へ飛び込む者が目立ってふえた。飛び込んだ者たちは、夢中になって泳ぐ。沈没時の渦流に巻き込まれないために、一メートルでも、二メートルでも、艦から遠ざかろうと必死なのだ。

攻撃のラストを承《うけたま》わる艦爆の番だった。高度約五千。さながら跳躍台から飛び込むかのように、両翼をピンと張って、機首を下げた。

空も海も、明るく静かであった。ラストの機は、美しい線を描いてダイブした。模範競技を見るかのようだった。

十度、二十度。降下角度が、しだいに深くなった。キューンと、加速を利用して、機速はまさに一潟千里であった。人も、機も、弾も一体になってさか落としである。

空母の艦尾は、まだほんの少しばかり、未練がましく浮いていた。

さか落としの艦爆が、浮いている艦尾に迫って行く……。思いきり降下したとき、パッと爆弾が機腹を離れた。機は、カーブを描いて水平になった。これが止めの一弾であった。

止めの一弾を受けて、空母の傾斜が急になった。と見る間に、ブクブクッと気泡がもり上がり、底知れぬ海に姿を没してゆく……。

沈むまではしぶとかったが、沈むとなると、あっけない沈没の仕方であった。沈没の波紋は、半径約五十メートルも広がったろうか、空母のそれにしては、むしろ物足りないものだった。

このことは、あまりに命中弾が多く、それぞれ艦内で炸裂したため、各区画ハッチも用をなさず、いたるところから浸水し、空気の存在を許さぬ状態になっての沈没だったからではないだろうか。

渦紋は、やがて消えてゆく。その中心付近に、空母の悲劇を見まもるかのように、薄い煙だけが取り残されていた。各種の油がひろがり、陽光を反射して美しかった。その中に、茶褐色に汚れた油の帯が目立っていた。

空母と駆逐艦のほかに、大型商船が一隻同行していた。私たちの機が戦場に到達したときには、かなり北方に離れていたが、これも相前後して、簡単に撃沈したのだ。

戦いは長い時間のようであったが、こうして敵艦船三隻を轟沈するのに要した時間は、ものの十五分前後でしかなかった。

敵戦闘機のいない戦場上空を旋回しながら、戦闘の経過を眺めているだけの私たちは、対空砲火がある間は、その圏外にいたので、まったく危険感がともなわなかった。

戦況は、艦爆隊指揮官から逐一打電されているので、私たちから届ける必要はない。重複送信はむしろ空間を輻輳《ふくそう》させ、混乱させるだけだからである。したがって私たちは、千載一遇の劇的シーンであり、一大パノラマを心ゆくまで観戦した。

しかし観戦の立場にあっても、撃沈するまでは、敵愾心に燃えていた。それでも、一方的な勝利に終わった後、漂流する敵兵を見るのは辛かった。助けるすべのない飛行機なのだ。せめて何かを――と思って、食べられるものを片っぽしから投下した。

味方零戦は、戦いの間、手出しする余地もなかったせいか、そして終始、観戦武官の立場にあったことが気に入らなかったのか、機動部隊との会合点近くなると急ぎだした。仲間との遊びが面白くなくなった子供が、わが家に近づくと勝手に駆け出すときのようにである。

着艦が終わり、搭乗員室に帰ると、

「うまくやりやがったな。おれたちは魚雷をつけて攻撃命令を待っていたんだぜ」「それが水の泡だったぞ」などと、艦攻隊の連中に愚痴られた。

好事魔多くして

轟沈したのは、英空母ハーミスおよび駆逐艦ヴァンパイアだった。ところが、ここでもまた、後日談ならぬ後刻談を述べなければならない。

トリンコマリー強襲の第一波が帰投して間もなくだった。ちょうど、私たちが戦場に到達するころだったらしい。突然、「利根」「筑摩」のあたりに爆弾が一個落ちた。上空には、味方戦闘機が警戒に当たっていたので、敵の空襲があろうなどと思いもしていなかった。

と、またしても、今度は機動部隊の旗艦「赤城」（南雲中将座乗）の艦首付近に、バラバラッと数個の爆弾が落ちた。弾着は相当精度が高かったが、旗艦は無事だった。折から艦隊上空には断雲があったので、最初は不思議に思っていたのだが、断雲の切れ目を通過するのを見れば、双発の重爆撃機の編隊だった。

この爆撃隊は、零戦によって全機撃墜したが、味方戦闘機中、わが「飛龍」分隊長能野大尉機が還らなかった。

一方、旗艦「赤城」の敵信班が、ハーミスの電話を傍受していると、

「ハリケーン出発せしや」「ハリケーン出発せしや」

と繰り返し戦闘機隊を呼んでいたという。それにもかかわらず、私たちが凱歌をあげて立ち去るまで、敵戦闘機が一機も現われなかったのはなぜだろうか。

トリンコマリーを強襲した攻撃隊が、まず飛行場に殺到し、そこにあった飛行機を破壊炎上し尽くした。この飛行機が、ハーミスの搭載機だったらしいのである。

そこで感じることは、戦いには運命がつきまとうということである。コロンボ攻撃といい、トリンコマリー強襲といい、いずれも戦いの神は、常にわが方に微笑《ほほえ》んでいたのではないだろうか。

そのことが、結局、日本の運命を決定することになったとはいえないだろうか。たとえば、

「赤城」を狙った敵弾の一発でも、もし命中していたとすれば、勝ち誇る日本将兵の褌を締め直させることになり、二ヵ月後に戦われたミッドウェー海戦の様相は、かなり違った結果を招くことになりはしなかったろうか。少なくとも「天佑神助われにあり」などという空言にもたれかかることは、なかったのではないだろうか。

南雲機動部隊のセイロン島攻撃と相呼応して、小沢艦隊がベンガル湾一帯を制圧していた。

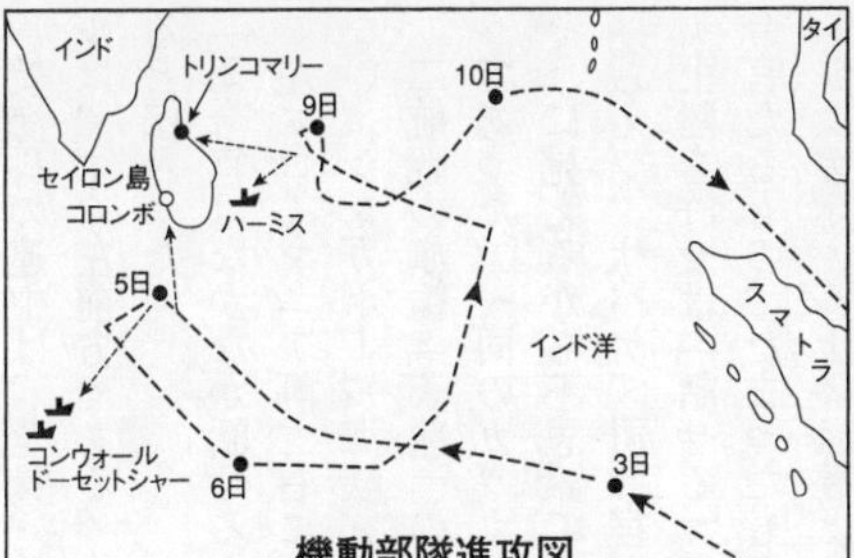

機動部隊進攻図

二隊の総合戦果は、航空母艦一隻撃沈、甲巡二隻轟沈をはじめとし、乙巡、駆逐艦三隻並びに船舶五十隻撃沈破、飛行機百数十機撃墜破——という輝やかしいものであった。

英東洋艦隊の主力は、いずれに立ち去ったのか、右戦果以外に捕捉することはできなかったが、敵にあたえた打撃は、かなり大きなものがあった。

ハーミス撃沈後、機動部隊は東に向かった。マラッカ海峡にさしかかったのは数日後であった。マラッカ海峡は「魔の海峡」ともいう。その理由は、気温の加減で体がたるみ、おまけに静かな海面を見つめていると、気が狂いそうになるというのだが、それは平時のお客様のこと。私たちにとっては、海峡の両端が、潜水艦にとって絶好の潜伏待機の場所であることで、「魔の海峡」というべきであった。

航海科の連中は、全員、神経をとがらせていたが、それでも無事に通過した。シンガポールは、すぐ左前方である。誰いうとなく、艦隊はシンガポールに寄港し、総員上陸が許されると伝わった。

「司令官はなかなか話せるからな」と、あらわに言葉にして、賞賛している者さえあった。

左にローマニア岬、右にビンタン島が近くなった。だが、艦首は、左に変針しようともしない。シンガポール海峡を素通りしようというのだ。

二航戦の旗艦「蒼龍」のマストにはためく少将旗が「われ関せず焉《えん》」といっているかのようであった。一同のガッカリすること。そうなると、高々と立っている椰子の木さえ、だるそうに見えるから不思議であった。

「ちえッ、サバケヌ司令官だ」

上陸を許せば「話せる」であり、許さねば「サバケヌ司令官」と評価されるのだから、司令官たるもの、たまったものではない。あげくの果てが「総員配置につけ！」であった。

シンガポール上陸は夢となったが、いつまでも嘆いてはいなかった。いさぎよくあきらめるのも、船乗りの特性である。輝かしい武勲をたてて、内地へ凱旋するのだ。誰もの顔が、晴れ晴れとしている。何度も指折り数える者がしきりだった。

ところが、好事魔多し、とでもいうのだろうか、台湾あたりにさしかかったとき、例の四月十八日——米機動部隊による本土空襲の報がはいった。そのためか、私たちは、パラオに向かった。

パラオに短期上陸。またしてもトラックに向かった。トラックでもいい、上陸できることがうれしかった。

艦隊泊地から夏島、秋島の間を通り、竹島陸上基地、夏島水上基地が、ランチの真横にやってくると、約三十分間、寿司詰めにされていた私たちは、いずれもソワソワ、ニヤニヤ、気もそぞろになった。

第三章　ミッドウェーの死闘

おらがおやじ分隊長

緑に濡れた平野と、うぶ毛のように柔らかい靄《もや》を頂上にまとった「桜島」に迎えられ、志《し》布志《ぶし》、宮崎市を左翼下に見て、私たち「飛龍」艦攻隊は富高へ到着した。

若々しい緑の麦が飛行場西側を埋め、わが世の春を賛美するひばりが、ひっきりなしにさえずって上下に乱舞している。

久かたぶりに、しかもインド洋で大戦果を挙げて内地の土を踏んだときの気分は、あたかもこのひばりのようだった。機から手回り品を宿舎へ運ぶ背に、四月末の暖かい日ざしが、飛行服をとおして、暑からず寒からず、温室を歩いているようだった。

かつて矢野偵察員がムクレて、ビール二ダースを砦にした場所も、埃で白くなっていた。主が去った跡の基地は、荒廃寸前の危殆《きたい》に瀕していた。屋内通路に雑草がヒョロヒョロと背たけほども伸び、天井はくもの天下、屋外は膝を没する若草。昨秋の台風に見舞われたらしく、数ヵ所の窓硝子が破損し、枠ぐるみ落ちているところさえある。飛行場周囲の柵も朽ち果てて倒れかかっている。しかし、二、三日もすると、見違えるほど体裁をととのえてきた。屋外の雑草も、飛行靴に踏みにじられ、自然に道がひらけていった。

数名の転出者と交代に、補充者が転入し、「飛龍」独特の気風に同化し、新旧両者は渾然一体となって、訓練にも順応の動作がとれるように意が用いられた。特に艦攻隊は、新着任の分隊長友永丈市大尉を迎えて心機一転した。

当時、艦攻隊はもちろんのこと、戦闘機隊、艦爆隊でも、野中五郎、友永丈市両大尉の名は艦攻隊の双璧とされて轟《とどろ》きわたっていただけに、私たちは、崇高な人物に接するように、畏敬の念すら抱いて私淑したのである。野中、友永両大尉ともに豪放磊落《らいらく》、大胆無比、上司に阿諛《あゆ》追従せず、部下を愛することまた格別で、「おらがおやじ」と慕われた。

このころ、私は胃腸に変調をきたし、食事は極力避けていた。胃袋になにか残っていると、訓練中に嘔吐を催し、悪気流に少しでもガブられると苦しくてたまらない。もっぱら作業の合い間に、宿舎に一斗は楽に入る化け物的やかんに常時ミルクがあったので、こればかり飲み、身体は衰弱するばかりであった。

加えて、もっとも飛行作業量の多い二機編制より成る触接隊に籍をおいていたので、朝四時起床、黎明索敵に富高を出て、近藤分隊士の機は、針路百三十度、進出距離三百カイリ、江頭機長の私たちは百二十度、三百カイリを索敵。コース上にどんな船でも発見し次第、これを敵空母に仮想し、お互いに先に発見した方へ協力触接をし、基地からは攻撃隊がただちに戦場へ急行する仕組みである。

したがって、船を見つけないときは、触接索敵の私たちは機上で朝食をすまし、帰着すると、待機中の攻撃隊とともに午前、午後の訓練を人なみに行ない、午後五時ごろ、夜間設備を他人にまかせて夕食をすます。

夜間設備は、夜間飛行作業の離着陸を安全に導くため、数個のランプによって長方形の滑走路が作られ、列線出入、着陸後の地上旋回などの指示するもので、一糸乱れぬ規則の遵守《じゅんしゅ》により、事故の発生を防止するだけに慎重を要する。

私たちが食事を終わって宿舎を出るころ、夜間設備をすました攻撃隊員とすれちがう。

二機の索敵機が、夕陽を銀翼に吸い込んで、洋上へ索敵の陣を張ると、佐世保を出港した「飛龍」が、都井岬沖を遊弋《ゆうよく》しているので、捕捉発見次第、触接を開始、攻撃隊が到着するまで状況の変化を逐一連絡通報、照明弾投下、攻撃隊の雷撃終了後、しんがりをうけたまわって基地へ帰る。私たちが着陸して列線へ帰ると、飛行場の夜設の光がいっせいに消え、作業は終わる。

このようにもっとも早く起床して、もっとも遅く就寝するのが任務だった。温かい毛布を掛けて夢路をたどるのは十一時過ぎが普通だった。

猛訓練で、月曜オンリーの基地にも福音が訪れることがあった。雨が降ると車輪がメリ込んで、離着陸が意のごとくならず、強いて使用すると土壌に食い入った跡が、天気回復の暁には凸凹に乾いて脚を傷つけ、パンクの原因となり、訓練に支障をきたすので、宿舎で戦訓や戦務演習が実施されることになる。

なにぶん座学となると、自然に上下のまぶたが仲よくなって、大半の者が船を漕ぐ。すると、菊池六郎分隊長、橋本敏男分隊士、近藤分隊士が「居眠りするな」と活を入れる。「ハッ」と最敬礼をしていた船頭さんたちが上体を起こす。それも束の間で、ふたたび船を漕ぐ。

こんなときも、友永大尉は顔色一つ変えず、文句も言わず、座学を早めに切りあげて解散する。と現金なもので、今までの居眠りはどこかへ吹き飛ぶ。

「隊長はサバケル、飛行作業はできんのじゃから、外泊の交渉をしろ」

「寝ぼけるな、金を持っちょる者はおらんとぞ。金持たんで外泊して面白うあるか」

「心配するな、連名で金を借りる手がある」

「トモさんも、そんなにたくさん持っちょるか」

トモさんとは友永大尉の敬称である。新転入の者は、艦隊ズレしていないせいか、古くからの者が、雨が降って作業ができないからとて外泊を願い、金がないから借りると言いだす始末には、いささか呆れているようだった。

気のきいた者が、電光石火、偵察バッグから紙と鉛筆を先任者の前につき出す。先任者は、おもむろにこれを取り上げると、金欠病の全員を見渡しながら、

「金を借りる者、手を挙げろ」

サッと威勢よく総員手を挙げる。

不心得者は手持ち金がありながら、人が借りるならおれも借りて大いに使ってこようとの魂胆である。出撃すれば金に用はないし、いつ戦死するか保証できない消耗品たる身だ。借りねば損と思っている。

「皆持たんのか、困ったやつらじゃ」と言う先任者自身も持たないのだから、世話はない。

「大体どのくらい欲しいのか」

「三十円」「二十円」

まちまちである。

「ぜいたく言うな。主計長に交渉せんとわからん。一人当たり三十円で話を進めてみるから、待っとれ」

外泊許可は、分隊長トモさんの性格上、かならず許可があるとみて、早くも資金調達の手回しのよさである。

「先任頼むぞ」

おどけた調子で声援する者もいる。

先任者は、まず分隊長の部屋をノックする。このような場合、神妙に懇請する外泊を、たいていの分隊長は、

「この前、外泊したばかりじゃないか」「外泊して飲むことばかり考えるな」などと叱責をこうむるのが落ちだ。

ところが、わがトモさんは、いつも快諾していた。

つぎは財布の紐を固く締めて、難攻不落顔の主計長である。なにしろ百戦錬磨の搭乗員ども、騎虎《きこ》の勢いで外泊しようとするのである。頭を横に振って貸さぬとなると、一騒動起こしかねない。

主計長のところへ押しかけて、相手かまわずの連中が喧嘩腰になる事態の収拾は、分隊長が保証人の恰好で出馬して、ようやく金策に成功したのであるが、二度目の借金からは、しごくスムーズに運んでいた。先任者が外泊と金策に奔走しているとき、一方では総員名簿を作成し、金額を空欄に記入するばかりに段取りしておくのである。

戦争はおれたちがやっとるのだぞ、明日の生命は誰が知ろう——の気風が、自然に搭乗員を驕慢《きょうまん》にして、下剋上の弊なきにしもあらず。特に他の科に対しては強かったようだ。

加来艦長の心情

富高で、五月も七日を過ぎたうららかな午後、指揮所前の草に腰をおろし、昭和十六年十二月十日、マレー沖の海底深く撃沈された英国の新鋭主力艦プリンス・オブ・ウエールズとレパルス攻撃の戦闘経過の説明があった。

この二艦は直前、極東防衛のためシンガポールに回航、わが海軍機の高々度隠密偵察による空中写真にキャッチされ、真珠湾攻撃に歩調を合わせて、シンガポール埠頭《ふとう》に破砕沈没せしめる計画だった。

だが、両艦は陸軍のマレー方面攻略部隊を乗せた輸送船団の南進を阻止すべく出撃したらしく、当局としてはとつぜん行方不明になった不沈艦の所在探知に躍起となり、シンガポールを基点に、行動可能半径を仮定し、各海域を文字どおりしらみつぶしに索敵した甲斐あって、十二月十日、マレー沖に白い尾を曳く敵艦を発見したのだ。

延べ百数十機にのぼる海軍中型陸上攻撃機を総動員し、水平爆撃、雷撃を敢行し、二艦はそれぞれ爆弾と魚雷を喫して沈没したのであった。

本海戦をつうじて得た戦訓によれば、中支、南支方面に水平爆撃の威力を発揚していた中攻隊のお株も、マレー沖では雷撃に奪われた恰好で、対艦船攻撃に対しては公算命中の水平爆撃より、一発必中の魚雷攻撃がより高く評価され、洋上海戦における戦術上に占める比重を増してきた。

加来止男艦長

一般概念としては高々度を利しての水平爆撃が、超低空で行動肉薄する雷撃より、搭乗員にあたえる心理的影響ならびに被害ははるかに過小であるように信じられていたにもかかわらず、じつに反対の現象を生んでいた。

同期生桃井敏光（佐賀市）は、本海戦において雷撃を行なった後、敵艦上通過後、無念にも散った。

マレー沖海戦の戦訓後、触接隊の照明方法に、雷撃隊各小隊の散開、無線連絡の円滑単純化などについて、各人の忌憚《きたん》ない意見の交換をなし、爾後の検討をしていると、基地電信員が一通の電報を持って疾走してきた。

「スワ、基地撤収、出撃」かと思って、紙片の上下を往復する友永分隊長の顔色をうかがう。開口一番、鬼が出るか蛇が出るか待ち遠しい。読了後、分隊長は読み上げる。

「珊瑚海において五航戦が敵空母を含む有力部隊を発見、目下攻撃中」

という俄然、血を湧かせるビックニュースだ。

翌八日になると、「翔鶴」が敵機に叩かれて被害を受けたらしいという軍極秘の情報が、半ば公然の秘密として流れた。

当時五航戦の「瑞鶴」「翔鶴」は、現役母艦中の最新鋭最駿足の優秀艦で、開戦以来、空母としては初の被害だった。受傷の度合いによっては、今度の作戦に影響するところ甚大である。

珊瑚海海戦が報ぜられて、射撃訓練に油が乗った。同航同速、同航異速、反航態勢の射撃に技が磨かれる。そして先に着陸している私たちは、曳的機《えいてきき》から落とす吹き流しに飛びついては、麻布地にくっついた色別によって、各人の成績が記入されてゆくのを待つ。中で群を抜いて命中率の悪い男がいた。その男こそ誰あろう、私であった。

私は一弾倉九十七発をいかに早く単位時間に発射するか、そして一弾倉撃ち尽くして、一発命中弾を得ることを念願して吹き流しを狙った。

例によって正規の射撃姿勢にしたがわず、普通弾、徹甲弾、焼夷弾、曳痕弾と配列された曳痕弾の弾道を見て、両腕の勘に頼り、曳痕弾が右上を行けば、手加減をして左下に銃身を指向して射撃していた。とうぜん乱射に陥るし、他機よりも発射弾数が多く、姿勢が怪しいので上司から乱視かと説教された。

私は、私なりに根拠があって行なっているのだと弁明したかったが、弁明してみても、私の説は通らぬのみか、輪をかけて文句が多くなるだけだ。幸い友永大尉は、一言半句もこのことについて口にしなかったので安心した。

しかし、「ユモシュ」のニックネームで通る湯本智美分隊士から、しつこく正規の姿勢で、保続照準のもとに数発打ち方を実施するよう注意され通しだったが、私も自己の信念をゆがめず、改める気はなかった。

湯本分隊士は一名ユモシュ、人となりは明朗快活、世話好きでお人好しの標本にしたいくらいだ。頭はでっかち、後頭部もバランスを保つためか、握り拳をくっつけたように突き出し、軍帽は特大で、帽子が歩いている見たいだった。そして操縦、偵察、通信各分野の作業に対してチャチャを入れるのみか、手まで出し、当事者は傍観を余儀なくさせられる始末で、自分の担当作業は、かならず自分でやり遂げる精神をつちかっている各員を困惑させることになる。親切が仇となり、ユモシュが来たぞと警告があると、議論や故障修理などは中止してしまう。でないと、ユモシュ特有の意見発表や、故障修理に手を出されるからだ。

分隊士自身は、善意の発露の命ずるままにすることで、なんの魂胆もあるわけではなかった。依頼された事柄は、なんでも親身に聞き入れる。この美点を利用して、外泊、金策の交渉を持ちかけたり、宴会で会費がオーバーしたときなどの尻拭い役に祭りあげたりした。

ある日、連日の訓練に機体整備の必要を認めた隊長友永大尉は、午後を休業したので、海岸へはまぐりを取りに行っての帰り、申しわけに張られた鉄条網に沿って、小学四年生ぐらいの女の子と母親が、どことなく落ちつかぬふうで、飛行機を横目で眺めては、眺めぬふりを装っている。一見、面会にでも来ているとしか思えない。

「面会にお出《い》でなのですか」と言葉をかけると、遠慮がちに、

「いいえ、じつはこの娘《こ》がどうしても飛行機を見ると申しまして、駄々をこねるものですから連れてまいりました」

姓は佐竹さん、延岡市の方だった。話によると外泊で延岡に基地員がドッと溢れる。尋ねて見ると、富高からだそうで、富高へ行けば飛行機が見物できると言った次第。軍国調華やかな時代だけに、遠路もなんのその、親娘連れで基地を訪れたのだ。

情においては、柵内に招いて心ゆくまで見学されることを望むも、軍規がそれを許さない。しようがないので、艦攻を指さしては簡単に、「あそこが電信席、いちばん前の方が操縦員といって、飛行機を運転する兵隊さんの乗るところですよ」などと説明しているうちに、仲よくなって、お嬢さんは質問を始めた。

「兵隊さん、どれくらい速く飛べるの」「鉄砲はどこに積んであるの」に、いささか閉口し

て返答にこまり、

「汽車よりもずっと速くて……」とお茶をにごした。

それでも嬉々として、今度外泊の際は、来訪を切にお待ちしていますから、ぜひお立ち寄りになってください、と再会を約して帰った。

その後、着艦訓練があり、佐世保へ入港し、補用品、予備品などを飛行科倉庫から受け出し、二、三日、艦内で息を抜いて、用件もないまま、搭乗員室にたむろして、軍規に抵触しないもっとも安全な馬鹿話に花を咲かせていると、気品高き異性が現われた。

誰かが、武士の身だしなみも忘れて奇声を発したまではよかったが、つづいて艦長が慈顔をほころばせて、われわれを眺めている。青くなった先任者があわてて、「起立、敬礼」を令した。

艦長は、そうかしこまらなくて結構、とでも申し渡すように応答し、

「ここが搭乗員の部屋で、そこの柵は飛行服を格納する……」

と懇意に説明している。

隣室に寝ていた連中が、裸足のままエチケットなどそちのけにして、通路からこっそりうかがっては姿を隠し、入れ替わり立ち替わり消える。ちょっとやそっとの用件や嘘には起きない者まで、女性というと、目の色を変えて飛び起きてくる。

後刻、艦攻隊私設情報部員の公表するところでは、「加来艦長の令嬢だ。どうだニュース・バリュー百パーセントだろう」といいたげに自慢顔をしたことであった。

「虫が知らせる」とは、巷間《こうかん》、人口に膾炙《かいしゃ》せられる諺であるが、次期ミッドウェー作戦出撃を前にしての、最後の対面だったのだ。

ハワイ以来、蘭印、豪州、インド洋と戦局の進展にともない、漸次、実力を発揮してきた連合軍。それに最近の珊瑚海海戦は何を示唆しているか。常に戦域の最尖端で陣頭指揮に当たってきた加来艦長は、深く期するところがあって、訣別を兼ねた面会をされたのではないだろうか。艦長の心情はいかばかりであったか、察するにあまりがあった。(後の話になるが、ミッドウェー海戦に刀折れ矢尽きるまで、勇戦敢闘、ついに艦と命運を共にした艦長に対し、われわれはまことにぶしつけなふるまいをしたものと、同海戦後、深く後悔したのである)。

基地最後の外泊が許され、延岡の佐竹さんの宅を訪問し、大いに歓待を受け、二階で夜のふけるのも忘れて雑談し、翌朝、「近いうちに富高を去りますが、防諜と部隊の性質上、出港すれば、便りは意のごとくなりません。半年も音沙汰ない場合は、戦死したものと思ってください。決して横着しているのではありません」と、事情を述べて帰隊した。

数日後、訓練を終え、午後二時ごろ食事をすまして一息ついていると、面会人があると教えてくれ、出て見ると佐竹さんだった。

「先日はどうもお世話になりました」

「もう富高をお立ちではないかと心配しましたが、間に合ってなによりでした。これはあの娘と二人で作った千人針です」

佐竹さんの家からほど遠からぬところに、市内を貫く大きな河があり、その橋に終日立ちん坊しての親娘の合作千人針であると聞いて、目がしらが熱くなった。ただありがたいだけで、ほかに言葉がなかった。私は、あとにも先にも千人針を手にしたのは、これが最初で最後だった。母も私には千人針を作らなかった。そんなものは迷信だと、軽く一蹴する私の性癖をのみ込んでいたからであった。

隠密行動もむなしく

カレンダーもあと四枚めくれば六月だ。機動部隊司令長官南雲忠一中将は、将旗を「赤城」の檣頭《しようとう》高く靡《なび》かせ、第一航空戦隊「赤城」「加賀」、そして麾下の第二航空戦隊「蒼龍」「飛龍」、支援部隊の第八戦隊「利根」「筑摩」、第三戦隊「榛名」「霧島」、警戒隊の各駆逐隊を掌握し、ミッドウェー作戦のスタートを切り、豊後水道を抜けて太平洋へと打って出るのである。

進撃隊形は、四つの空母が四辺形のコーナーにそれぞれ占位し、その外郭に「利根」「筑摩」「霧島」「榛名」、さらにこれをつつんで外側には警戒護衛の駆逐艦が配された輪型陣である。

わが機動部隊は、豊後水道に潜伏し、瀬戸内海出入の艦船を狙う敵潜の常套手段を煙に巻くべく、その追躡《ついじよう》を振り切って一路南下。緊迫感のうちにも、内地の風光に名残りを惜しんだ。

今回の作戦は規模構想とも、かつて見ざる雄大なもので、残存米太平洋艦隊を求めて雌雄を決せんとする積極作戦であった。機動部隊につづいて、柱島にみこしをドッカと据えていたマンモス的巨艦「大和」も出撃するのだ。

渺《びょう》として果てるところも知らぬ大海原に、しいて異変を求めれば、とつぜん急変した空から、急霰《きゅうさん》のごとく海面をたたくスコールと魚群の大集団くらいである。

東進する機動部隊からは、扇形索敵、航路前方の対潜警戒機が、当直母艦から舞い上がっている。一方、戦、爆、攻——各隊とも基地訓練は分散して行なうのが慣例となっていたので、出撃後は各隊の融和をはかるためと、転出者の代わりに、ニューフェイスを迎えているので、宴会によって新旧、上下のかみしもを取り除き、昼はベッドの抽選でジャク（若輩）は徐々に好位置をあたえられてゆく。

天上を這うファン（通風筒）は、一見通路から見ただけでは発見できない裏側にカラクリがあった。歴代の先輩が、相手が鉄であるのも意とせずに、自分勝手に鑚《たがね》や鑢《やすり》で、自家製通風孔をうがって転勤して、次代ベッドの主がさらに孜々《しし》として孔を拡張する。

かくして搭乗員寝室のファンは、あたかも破れホースの蛇管がところどころに水を噴き出し、そのため吐水口では水圧が降下し、消火の役を果たさないと同様で、ファンのモーターは唸っているのに、まったく風のこないことがあるのだ。すなわち、自家製通風孔の中にボール紙などを突っ込んで、風を横取りしている横着者がいるのだ。

五月二十九日、私は飛行機隊の拳銃を用意すべく戦、爆、攻から作業員二名ずつを連れて倉庫へ行き、拳銃を七十梃ばかり受け出し、番号をひかえて保管した。その中に、掌に入るくらいのスマートなブローニング小型が十梃混じっていた。

そもそも、この拳銃の使用目的は、対戦用のものではなく自殺用で、過ぐる開戦後三日、宇佐で共に訓練にいそしんだ福岡大尉が指揮官として台南空を発進し、比島クラークフィルド爆撃行のさい、被弾した列機が自爆の暇もあらばこそ不時着し、マニラ刑務所に監禁され、その後、わが陸軍部隊に救出されるという事件を惹起《じやつき》した。

部下の責は、わが統率の至らざる結果と心痛する福岡大尉は、昭和十七年二月二十日、クーパン敵対空陣地に一式陸攻の巨体をさらし、無謀にも低空で地上掃射を行なった。攻撃機の地上銃撃は変則で、効少なく害多きため、特命のないかぎり実施されなかったが、あえてこの挙を敢行した理由は、自爆を願う指揮官の部下の責を負った姿であった。

こんな事件は、極力他部隊に伝播せぬよう厳命されたのであるが、いつとはなしにわれわれの耳にも伝わっていた。

「洋上戦闘あるいは索敵において、被弾、燃料不足などのために不時着する場合は、暗号書の処理は海中投棄で文句ねえが、始末の悪いのが人間様だ。未練がましく生に執着するな。後刻、拳銃を渡すが、数が足りぬから、機長のみ配給を受けたところは、機長は部下の処理は責任をもって行なえ。いいか、ボインといさぎよく自決しろ」

クラークフィールドだけでなく、日華事変中にも自爆しきれなかった機があったが、その轍を踏ませぬ飛行隊長友永大尉の親心だった。

拳銃の配布は、沙汰するまで格納しておくように念を押された。それは、稚気の抜けぬ連中が多く、過早に手渡したりすると、「ヤイ、手を挙げろ」というようなことで誤発しないともかぎらない。事前に事故を防止するための配慮であった。それにしても、ブローニングは、自殺用にはもったいない気がした。実弾はキンツバを二つ合わせたほどの銀紙に、青色の英文字が外観を綺麗に飾っている。

皆が十梃のブローニングに魅せられて、配給予約を申し込んでくる。「嚮導機《きょうどうき》だから」とか、「中隊長機だから」とか、「貴様とおれの仲じゃないか」と、闇取り引きまがいの強談判を持ちかけられたが、私の配布リストには、先任順に拳銃番号を記入済みで、命令ありしだい、即座に分配できる準備ができていた。

この間、機動部隊は輪型陣も斉整《せいせい》と、二十八日には伊豆諸島を左に、小笠原群島を右に通過した後、東北東に転針、わずかに北上を開始、六月を迎えた。ここまでは、まことに平穏無聊《ぶりょう》の出撃であった。

ミッドウェー島は、東京、ハワイ、ウェーキと鼎立《ていりつ》する中心に位置し、ハワイとウェーキからおのおの千カイリ、東京から約二千カイリの、巨濤《きょとう》に押し流されそうな孤島である。同島守備として海兵隊一個大隊約七百五十名、イースタン島に陸上基地があり、サンド島に水上基地が設定され、太平洋西方海域に対する防衛の砦として、また哨戒基地としての戦略的価値に期待されている拠点である。それだけに、開戦以来、兵力増強、防備面の施設も、昼夜を分かたず補強されていることは予測に難くないところで、現在、陸上基地部隊には、練習教程を卒業直後のパイロットが、約三十機のグラマンに座して待機の姿勢にある。

以上がミッドウェー攻略に当たっての情報の全貌であった。実際には、戦闘機、急降下爆撃機、TBF哨戒飛行艇、B17、B26が増援されていたが。

私たち艦攻隊としては、いかに練習教程卒業程度とはいえ明白に敵戦闘機が配備されているのが、歴然としているだけに、犠牲者が出るのは必定であると、経験から類推した。

そうこうしているうちに、当直艦となった「飛龍」から敵機の索敵機が出され、任を全うした機が相前後して帰艦した。索敵コースは個々別々であり、したがって、風向風速に差異があり、進出距離は同一であっても、母艦帰投は多少の時間のズレはあるが、一機が水平線に浮かぶと、つぎつぎに姿を現わしてくる。

このことは簡単なようだが、他艦ではそうはいかなかった。たいていの場合、一機か二機が無線方位測定を要

日本機の爆撃により炎上するミッドウェー島の燃料タンク

求するので、放棄すれば見殺しになる。止むなく電波を発射する次第となって、電波戦闘管制を破っている始末だった。これは、単に氷山の一角に過ぎず、諸般にわたる作業において「飛龍」は他をしのいだ。

今しも索敵帰投し、報告終了解散するや、近藤中尉が、「ちょっと待て。索敵中に無線傍受をした者は、電文内容を言って見ろ」名乗り出る者は誰もいない。

「電信員は前に出ろ」ビタッ、ビタッ。ビンタの音が、ポケットにいた非番の私の耳に響いてきた。

索敵飛行中に、どこかの部隊で通信を行なったらしく、艦内通信室では傍受していたのに、索敵機は誰一人受信していなかった。まことにタルンどるというのがビンタの理由である。受信器の性能は、飛行機のそれと艦内のものとでは比較にならないのだが。その夜、ビンタを食った鬱憤を晴らすべく、大いに論じ、ほとんどの者がこれが最後の盃であるとは知る由もないふうだった。

六月三日は東北東のコースから、一路ミッドウェー指して変針する予定の日だ。

悪天候のため、飛行機隊には電波戦闘管制を強調していたことも忘れたかのように、変針命令が微勢力電波を使って指令された。旗旒、発光、警笛の視覚聴覚による伝達も、濃霧の前には無用の長物となり、止むを得ず、電波輻射の危険が冒されたのである。部隊の変針は終わった。

翌四日、日出後、占領部隊を乗せた攻略部隊司令官近藤信竹中将麾下《きか》の輸送船団が、敵哨戒機に発見された旨、護衛隊の田中部隊から入電があった。

同日、アリューシャン北方部隊では、第二機動部隊第四航空戦隊司令官角田覚治少将直率の「龍驤」「隼鷹」の戦爆攻の連合隊は、ウナラスカ島のダッチハーバーを果敢に攻撃し、敵の耳目を吸引し、主力部隊のミッドウェー攻撃を側面から援助牽制する役を買っていた。

わが第一機動部隊の空母甲板には、零戦が空を睨《にら》んで待機していた。断雲はあったが、ミストは拭われ、しかも敵哨戒圏であるため、発見された場合に対する処置であった。

小心翼々、敵哨戒機の発見もどうやらまぬがれ、水平線には、いましも没しゆく太陽が、空と海を朱色に塗りつぶしている。

「さあ、八十番搭載だ」飛行甲板から格納庫へ降りると、風に打たれていた肌に、ムッとした庫内のムレた空気が毛穴を全開させる。

八十番の弾体と、顔を合わせるのは久しぶりである。無心に爆弾装着中、突然、対空戦闘ラッパのけたたましい号音が庫壁に反響して、五臓六腑を愕然とさせた。

タカタカタンタンタン……「対空戦闘配置につけ」である。これはまさに青天の霹靂《へきれき》であった。敵機来襲なのだ。待機零戦が、エンジンをフルに回転させている。その騒音が天井から流れてきた。拡声器は鳴りをひそめ、ウンともスンともわめかないので、皆目、外界の状況が摑めない。加えて八十番を装備最中だ。襟もとから灼熱の熔岩を、いつ入れられるかわからない状態にある。

皆、作業を中止して、狭いラッタルを押し合いへし合い、われ先に甲板へ出ると、すでに母艦は風に立ち、整備員は、「発艦よろしい」の信号ありしだいチョークをはずそうと身がまえている。ペラの回転圏が、透明な朝顔の花を並べたようにあざやかだ。

太陽はまったく没し、余光が水平線上の断雲を赤紫に染めた下を、四発の九機（だったと記憶する）編隊が東方へ避退してゆくのが、肉眼で明確に確認された。

一刻も早く発艦、追撃しようと焦る零戦は、エンジンをジャンジャンふかしているが、発艦が令されない。ついに、敵は、暮色迫る夕雲のかなたに遁走してしまった。

なぜ、零戦で撃攘《げきじょう》しなかったのか。それは敵との高度、距離を短縮してゆくには時間を要し、昼間ならばいざ知らず、刻々と夜のとばりが下《お》りつつあったので、収容時には空母甲板は夜間着艦照明灯を点じなければならない。

とすると、敵潜の潜伏を予知される海域だけに、危険至極であり、そのうえ陸上機だったから、明日まとめて鉄槌を下《くだ》せばよいし、当然、敵はわが機動部隊発見電を打っているはずだ。以上を考慮のうえ、発進は下令されなかったのであった。

五月二十七日に内地を出撃以来、敵潜を煙に巻き、敵哨戒圏に入り、慎重隠密裡に攻撃を企図していた苦心も、わずか日没直後のアッという間に敵側に発見されたのだ。薄氷を踏む思いで、電波管制中タブーを犯して輻射して、六月三日には、霧中にもかかわらず、大変針したのも水泡に帰したというべきである。

「敵が、機動部隊の意図を察知したからには、明日の攻撃は容易でないぞ」

上層部の間でも、不吉な前兆の暗示を受けたかのようであった。攻撃を明日にひかえて、敵機の出現という急変の事態に、艦隊は重苦しい空気につつまれた。

反対に、敵部隊の動静は依然、深いベールに覆われたままで、いまだに不明ではあったが、ミッドウェー東方海面に散開している味方潜水艦も、まだ敵を発見したらしい兆候もない。会敵の公算はあるにせよ、それは数日後だ。だから明日は、基地からの来襲機を、直衛機で撃砕すれば、機動部隊は動揺だにしないんだと、高を括《くく》った一面があった。

艦攻、艦爆隊は、爆撃投下までは、卑屈なまでに隠密韜晦《とうかい》の行動を願う。攻撃も加えず、敵機の餌になって落ちるのは、泣いても泣ききれないからだ。したがって、敵機の在否に神経をとがらす。その意味で今日の敵機出現は、艦攻にとっては無言の威圧であった。ところが零戦隊は、会心の笑みを押さえ切れないのである。

敵機出現をめぐって、このように相反する二つの空気が、搭乗員室に充満していった。


攻撃隊発進！


爆弾搭載も終わった。私には攻撃前夜に拳銃をわたす仕事が残っていたが、戦闘機隊、艦爆隊には、それぞれ責任者に一括手交ずみで、艦攻隊には各機長に渡して、友永大尉に届ければ終わりだった。友永大尉の部屋をノックすると、

「おーい」

「拳銃を持って参りました」

静かにテーブルに置いた。ブローニングの薄い鋼膜が冷たい光を放っている。隊長は、無造作に鷲摑みに握ると、

「手前《てめえ》、どこを射って死ぬか」という。

元来、海軍では同僚ならびに部下に対して「貴様」と呼び、ぞんざいな言葉づかいで、それが一種の親しみを感じさせ、同時に、魅力でもあったが、特に野中五郎大尉、小野大尉、友永大尉らはヤクザ的口調だった。

「傷つけば体当たり、健在ならばしゃにむに帰艦、生か死か二つに一つで、拳銃を用うるほどのこともありません」と私が答えると、

「ウワッハッハッ……そうか」

隊長は、豪傑笑いして、いかにもわが意を得たりとばかり、喜色満面であった。

「明日の攻撃が終わったらいったん集めて、令あるまで保管しとけ」

隊長の部屋を辞して、搭乗員室を覗いてみると、他科は警戒配備を解いておらず、攻撃前夜祭の酒宴は遠慮してガランとしていた。

私は、遠足を前に、枕もとにリュックを置いて寝る小学生のように、自殺用ブローニングをベッドに持ち込むと、拳銃を握ってみた。

嬉しさは誰も同じと見えて、いずれも拳銃の紐を肩に通し、銃身を身近に置いて熟睡している。

敵を知り、己れを知らば百戦あやうからず――。古兵書を引用するまでもない。しかるに、

零式三座水偵。ミッドウェー島北東水域で米艦隊を発見

わが方は敵の所在を知らないまま猪突猛進しようとしているのではないだろうか。

宣戦布告以来、諜報収集には、もっぱら大和田通信隊の敵信傍受を最大の資料としていた。

だが、六月五日の払暁《ふつぎょう》になっても、南雲部隊にはなんらの敵情入電はなく、曖昧模糊としていた。そして念のため、第一次ミッドウェー島攻撃と同時に、同島を挟んで、「赤城」艦攻一機、「加賀」艦攻一機、「榛名」水偵一機、「利根」水偵二機、「筑摩」水偵二機、計七機の索敵機が、進出距離三百カイリ、横六十カイリで捜索を張ることになった。

見解の相違ではあるが、索敵を攻撃以上に重要視する者もいるくらいだが、ともすると等閑《とうかん》軽視されがちである。このときも攻撃隊と時を同じくして発艦した。「利根」はカタパルト故障、射出に貴重な時間を空費し、「筑摩」の一機はエンジン不調。それぞれ出発時限を切って任についた。

この二機の艦載機の発進遅延こそ、日米艦隊決戦の天王山ミッドウェー海戦に悔いを残すことになった。すなわち、当該二機の予定索敵コース上に、空母を基幹とする敵機動部隊が虎視眈々とわれに迫りつつあったのだ。

結果論ではあるが、索敵に対する認識と造詣が深かったなら、空母四隻を一朝にして喪失する失態も起こさず、技量卓絶の搭乗員を擁した攻撃に、敵機は完全に潰滅していたであろう。まさに九仞《きゅうじん》の功を一簣《いっき》にかいてしまい、各自の心底深く前途の戦局に対する不安のエレメントを植えつけたのである。

「搭乗員起こし」がかかった。拡声器が伝えるまでもなく、緊張しきった搭乗員は、後生大事に抱いて寝た拳銃を、ジャケットの紐で固く押さえて、なんとなく嬉しそうである。

私は富高でもらった千人針を腹に巻いてみたが、慣れないせいか、締めつけられて調子が悪い。そこで頭に巻いて飛行帽をかぶった。

試運転の轟音が、鈍く響いてくる。皆が私のブローニングに羨望の目を注ぐ。「おい、ちょっと見せよ」「さわるな、ケチがつく」と冗談にまぎらす。

航空食をバッグに入れ、オヤツも忘れず携行し、甲板へ出て試運転中の機へ乗り込んだ。夜光塗料に計器の目盛りが浮いている。

準備万端ととのった。いまは搭乗員整列を待つばかりである。搭乗員室に引き返しても暑いので、ポケットにいると、薄暗い闇が、海面から拭き取られてゆく。舷側を洗う白波のために。

高角砲、機銃台に、前夜から配備についたままの砲術科員が、鉄板の上に折り重なってゴロ寝している。極度に疲労しているのか、死んだように身動き一つしない。

艦橋付近に、四つの巨影と一つの小さな人影が突っ立った。艦爆の下田、艦攻の近藤、橋本分隊士に菊池大尉の四巨人と、戦闘機の重松中尉であることが一目でわかる。ペンシルスタイルの橋本分隊士に菊池分隊長の両人は顔面が白く、やや神経質で、細部に気をくばるタイプである。下田、近藤両分隊士はボリュームのある多血質の熱血漢で、いずれも五尺七〜八寸（一七三〜六センチ）はある。その点、警異的存在だった。

「おい、コロンボのヘマを繰り返すと、飯を食わせんぞ」と攻撃隊員が掩護隊員に言うと、

「心配するな、きょうは大丈夫だ」

母艦が風に立ったので、舷側の波はいっそう白く砕けだした。

「搭乗員整列！」

ラッタルを昇りながら、私は後ろにつづく戸高を振り返り、「頼むぞ」と声をかけると、飛行帽の下に日の丸の鉢巻きを締めた彼はニヤッとして、引き受けたと頭を振り振りほほえんだ。

搭乗員の敬礼に、加来艦長は頭を波打たせて、艦攻隊から戦闘機隊へ答礼する。

「諸子の健闘を固く信ずるとともに、生還を心より祈る」

生還を祈る——なんと慈愛のあふれた言葉ではないか。目頭がジーンとなる言葉であった。

黒板に記入されたもっとも新しい母艦位置の照合があり、電波戦闘管制と特に艦攻隊は索敵機の打電を傍受するように注意の喚起がある。

戦闘機の間をくぐって、座席に腰をおろしてから、しまったと思った。コンタックスを忘れているのに気がついた。拳銃と千人針に気を奪われて忘れたのだ。

余談だが、航空写真機は、そんじょそこいらのお兄いちゃんやオトッツァンが、皮サックに入れ、軽々と肩にかけ、ピクニックやハイキングに、思い出の一齣《ひとこま》をパチリとやる上品でスマートなものとは、似ても似つかぬ桁はずれの写真機なのである。

重量は二十キロに近く、体重は一斗入り石油缶よりやや小さく、漬物の押し石にでもしたい代物で、大の男が精神をこめて撮影するものである。振動のある機内に放置しても、着艦でジャンプしても、レンズに狂いを生じない堅牢無比のものだ。写真屋のオッサンが「こんな写真機、見たことない」と言ったとか言わなかったとか。

一葉の写真こそ百の弁舌に優り、主観を抜きにした正直な報告をする。劇的なシーンは、優秀なプレン・シャッターで、取り扱いの便利なカメラでないとミスをする。

このような見地から、佐世保の叔父がコンタックスを持っていて、私の刀となら交換してやるぞとの意向を濡らしていたので、佐世保入港時、叔父所望の迷刀を引っ提《さ》げて上陸すると、入院中とわかり、病院へ行った。叔父は、肝臓が悪いとかで、ゴム管を腔中から胃に垂らし込んでいた。治療が終わったので、さっそく話を切り出した。

「叔父さん、お気に入りのこの刀と写真機とかえてください」

「是非とも欲しいのか」

「はい、狭い機内では、小型の性能の良いのでないと不便でしょうがありません」

「刀を手放してよいと、誰から許しを得た」

しばらく沈黙が続いた。叔父は、床頭台のところで成り行きを見守っていた叔母に、カメラを取りに帰宅させた。叔父夫婦には子供が一人もなく、格別に私をかわいがって、小学校のころは、休み前になると叔母が迎えにきて、連れて行ってくれた。

叔父の家から佐世保海兵団を見下ろすと、複葉機が六機並んでいた。八幡へ帰って、「佐世保で本当の海軍の飛行機を見てきた」と、学友に鼻を高くしたものだった。

叔母が帰ってきた。母艦では刀も不要なので、無理に渡そうとすると、

「刀は武士の魂だ、他の物とは違う」と受け取らなかった。

私は鬼の首でも取ったように、カメラに三拝、叔父に九拝した。この浅ましいまでの姿を眺めて、叔母は満足気だった。

レンズシャッターでは、五百分の一秒以上の秒時や口径の大きいレンズに装備するのは困難で、したがって普通のカメラでは、スピードアップされた実戦場裡の撮影は、機の振動も加味して不可能であった。

千分の一秒以上の露光秒時が必要で、フィルムの直前につけたスリットを移動させて露光させる型式のフォーカル・プレン・シャッターを装備したものでないとものにならない。

発艦順序は戦闘機からである。カメラを取りに行く時間はないことはないが、搭乗員整列が終わったあとは、自分の体であって自分のものでない。指揮官の許可を受けなければならない。残念だが、コンタックスはあきらめた。

百雷一時に鳴動したかのように、発進の迫ったことを告げている。全機エンジンに異状はなく、レバーは絞られ、スロー回転となる。

いよいよ発艦である。最前列の戦闘機両翼の赤青の編隊灯が、日出前のほの白い空に舞い上がってゆく。

甲板両端の機は、順番が来ると左右の位置から中央白線に乗り出し、一挙にレバーを入れると、尾翼がピンと跳ね上がり、胴体は甲板に水平になって離陸する。編隊を組み終わった零戦隊が、艦攻と足並みをそろえて進撃すべく、ペースを落として迂回しながら空中待機している。

第一次攻撃隊指揮官友永丈市隊長の一中隊が離艦した。つづいて二中隊菊池六郎分隊長が車輪を切った。列機も遅れじと、前機が艦首をかわさぬうちにスタートしてゆく。

あまり間隔を短縮すると、乱れた渦流で後続機は揚力を得ず、前甲板を切って沈降し、海面に触れそうになることもあるが、悍馬《かんば》のごとき列機は、発進合図の信号などは度外視して編隊を組むのに夢中になった。

ついに私たちの番になった。ポケット、艦橋からの見送員が、前方から緩慢に接近する。レバーをグッと入れると、乱立して打ち振る手が、急速に翼端に迫ったと思うや、ヒユッと後方に流れ去る……。機は軽く浮かんで、機首は数機を従えた指揮官機前程に向けられる。

空中集合の遅速で、隊の練度が瞭然《りょうぜん》とするので、各艦暗黙裡に集合の競争となる。空中狭しと翔《か》けっていた編隊が、総指揮官機に吸い寄せられ、先陣は「飛龍」艦攻、つぎに「蒼龍」艦攻、「赤城」「加賀」の艦爆、しんがりが一、二航戦掩護戦闘機で、段丘状の布陣になって進撃した。

ジャケットに挟んだブローニングに眼を落とすと、なんだか急にオールマイティの武器を所持しているようで、敵戦、何者ぞと心ははやる。

太陽はまだ昇らないが、水平線付近は明るく、斜光を浴びた断雲が夕焼けのごとく輝いていた。高度三千メートル付近にある断雲の波も、航法の邪魔にはならず、意に介するまでもなかった。

前進するほどに、太陽は水平線から上半身を出し、攻撃隊に強烈な光線を投げ、風防に反射している。進撃高度四千メートル。機速百二十五ノット。

機動部隊の輪型陣が、はるか後方に小鳥のように見えていたが、それも束の間、縹渺《ひょうびょう》たる海面に判じがたくなってしまった。

同時発進の索敵機から、敵発見の打電がなされるかもしれないので、傍受を怠らなかった。接敵途上では、空気抵抗による速力低下を防止する目的で、見張りに支障のないかぎり風防を閉めるが、昨夕敵に発見された関係上、邀撃敵戦闘機の待ち伏せが予想されるので、後席風防は開け放たれ、機銃が用意された。

「敵のヤツ、どこらあたりにいやがるかな」と思い、姿なき敵と取り組んで見張りを厳重にする。もう三十分もすれば、目指すミッドウェーだ。いつしか断雲も散じ、傍受から見張りに重心が移っていった。

紅蓮の炎の帯

ている。艦攻隊よりずっと距離をおいて、艦爆隊の集団、さらに間をおいて零戦が枚《ばい》を銜《ふく》んで翔けている。艦攻隊としては、せめて零戦の半数が先頭に進出して直掩してくれればと願うのだが、零戦隊としては、勢力を二分することは指揮統率の点、集中攻撃などの点から不利なのだ。

シートを折り畳んで活動範囲を広くし、銃架の旋回を試み、はるか後方の零戦を見ると、その上空にキラッとしたような気配があった。だが、別に変化は認められなかった。視覚の錯乱かな、それにしてもなにか腑に落ちない。なおも見つめたが異状はない。おかしいが、何もいないのだ。ところが前上方に！

「アッ！　いけない」全身が凍った。

透明な碧空に、微粉がバラまかれている。いや、その一つ一つが敵機なのだ。雲霞《うんか》のごとく敵戦闘機が出現したのだ。

私は思わず引き金を引いた。ダダダダダダッ……。数条の曳痕弾が、後上方に飛び去った。爆音を破るあわただしい射撃音に、電信員が銃をかまえて、今しも消え行く曳痕弾の方向に気を奪われたが、「何もいないじゃないか」と私を見ている。

前上空を指し示し、やっと事態をのみ込ませたときは、反航態勢だっただけに、敵機の群れはつるべ落としに堰を切って、頭上から、一中隊に猛射を浴びせて切り込んできた。グラマンF４Fだ。凍っていた血がパッととけて、今度は熱湯に早変わりしたかのように全身が熱くなった。

一機また一機、翼をピンと張ったグラマンが、接触せんばかりに一撃浴びせては、つぎかららつぎへ、編隊下方へ潜降してゆく。そのたびごとにやられずにすんだか、やられずにすんだかと、強く感じた。いったん、降下した敵は、後上方へ引き起こし、上昇してくるのだ。

「もう切り上げてくるか、今か」と前方に目を向け、後方は気持ちだけを配っていたとき、ボワッ！　と編隊トップから、一瞬、真紅な炎が吐き出された。赤い毛布を頭からかぶせたように。

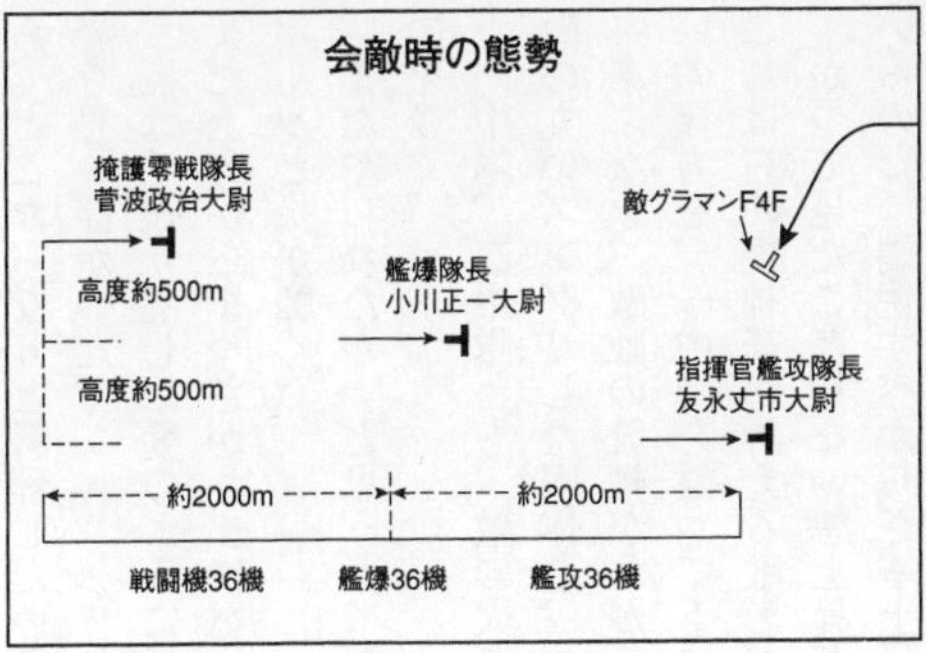

「アッ、指揮官機がやられた」

被弾と同時に流線型に流れた炎が、直線になった。流線型のふくらみがへちゃげて直線になったとき、乗員は無事であることがわかった。

指揮官トモさんは健在だ。ただそのことだけで、わが身に振りかかった災難を取り除かれたような気がした。上方の敵は、しだいに射撃角度が深くなった。そのため機首を押さえ切れず、二中隊を狙って垂直降下する。

豪胆な指揮官は、ひるみもせずトップを死守、烈火の勢いで猛突するではないか。つづく列機は、遅れをとるなとばかり、意気軒昂、編隊の闘志はまさに当たるべからざるものとなった。指揮官の気質を知悉《ちしつ》する隊員は、「てメエら、どこからなりと料理したいところからしろい」と、たけり立つ友永大尉の怒髪天をつく姿を思い浮かべた。

炎は、振り乱した髪のように靡《なび》いていたが、しだいに火勢は衰えた。しかし、グラマンはまだ上方からまっさかさまにパッパッと火箭《ひや》のひらめきを見せている。一中隊の編隊右翼にボーッと炎が靡く。

「またやられたか」と思うと、左翼にシュッと白煙が、エンジン・ベッドから機体を洗って尾をひく。

一中隊、二中隊とも、敵の火箭が猛烈に襲いかかる。前上方を見つめる私の左視神経は、敵の丸いズングリした胴体と、強靱な短翼の前縁を見逃さなかった。

「あぶない、敵戦の銃軸がわが二中隊を狙っている」そう意識したとき、二十メートルぐらいの後方を、一中隊を襲って下に潜ったグラマンが、キュンキュンと急上昇していた。これは右の視神経が訴える敵影だった。

かつて見たこともない急上昇だ。エンジンの力だけで、軽々と機体を引っ張って上昇しているのだ。端倪《たんげい》すべからざる上昇性能だ。

私の体は、前方に向くでもなく、かといって後方に向くでもない。横を向いた状態で膠着してまった。

悪魔のようなグラマンが、黒点から膨張しながら、曳痕弾を散乱させ垂直降下してゆく。

ガジッ、ガジッ、ガジガジッ！　鋭敏な音と同時に、わが機はエンジンからパッと白煙を吐き、視界がまっ白になった。が、それもホンの一瞬だった。白煙は止《や》んだ。止んだが、安堵の暇もなくわが機の左翼から真紅の舌を二十メートルくらいヒュンと出した。機内に靄のように、ほんのり煙が立ちこめ、じつに長い一秒が、そして二秒が過ぎた。と、ゴムがちぢむように炎の舌が、プツリと消えたではないか。

グラマンF4Fワイルドキャット。壮絶な空戦を繰りひろげた

「うわッ、よかった!」泣く暇も、わめく暇もない。被弾煙のため半不透明の機内から、右前の二中隊長菊池六郎機をすかして見たときだった。

バアッ!　と炎の塊りが流れ、中隊長機左翼の火炎が、わが機の今しがた消えたばかりの右翼をつつみ、燃え移ったようだ。全身に逆毛が立った。

菊池機は、消火処置としてレバーを入れ、増速したけれど、火勢はますます激しくなる。

いまや一中隊、二中隊ともに紅蓮の炎の帯であった。白煙の帯を引いて、編隊を崩すまいと必死にもがいている被弾機もあった。

前上方から一斉射浴びせ終わった敵が下へ潜り、垂直上昇を終わり、早くも切り返して、後上方追尾で猛射してきた。

艦攻隊全機の機銃が火を吐いて応じた。二中隊長機の炎が、息をついて波を打ち、風防内の菊池六郎分隊長、湯本智美分隊士、楢崎広典（六期）の顔が後方を振りかえって微笑した。と見る間に機首を沈めて、炎をまとったまま、突っ込みはじめた。

下方から浮かび上がる敵機、編隊左右の中間から突き抜けるグラマン。敵は軽業でもやるように前上方、後上方、上下左右と、変幻自在に浮き上がっては切り返し、激突せんばかりに降下射撃しては、噴水のごとく上昇してくる。

私たちは手当たりしだいに、撃ちまくった。すると左真横に、天から降ったか地から湧いたか、忽然と意表を衝いて、わが機に編隊を組まんばかりに位置した機があった。

消火に成功した一中隊の脱落機が追いついて来たのだなぐらいに思って、私は振り向きもしなかった。いや、振り向く余裕がなかったのだ。それほど敵の猛攻に平静を失っていた。

「敵だ！」すっとんきょうな工藤の金切り声に横を向いた。瞬間、身の毛もよだつほど仰天した。同航同速、編隊を組まんばかりに接近してきたくだんの機は、なんと敵グラマンだった。

胴に星のマークも鮮明に、われらを侮るように、大胆不敵にも意表をついた碧眼紅毛の敵は、ニタッと笑った。白のフチなしヘルメットをかぶった敵だった。まるで一休和尚のような風体である。私の心臓は、肋骨を叩くかのように、ドキンドキン音をたてていた。この間にも、他のグラマンは乱舞しながら躍りかかってくるのだ。

「なにをッ！」両腕に満身の力をこめて銃を旋回しようと焦ったが、風圧に抗し切れず、わずかに動いただけだ。私の動作を見た敵は、半ば開いた風防を全開して笑っている。嘲笑しているのだ。

「くそッ！」とっさにブローニングを掴むと発射した。パン！　かわいらしい気の抜けた音だった。

不意を打たれた敵は、どきもを抜かして、エンジンをふかし、キュンと斜め前上方に急上昇した。

敵がこの挙に出たのは、わが九七式艦上攻撃機の性能、兵器装備を百も承知しての仕業であろう。われは旋回銃を指向できず、敵も固定銃をわれらに向けられなかったのだ。

スポッ、スポッと、鱶か鮫のように、薄青い機腹を丸出しに、垂直上昇する敵だ。銃の旋回さえできれば、撃ち落とせるのに。距離は十メートルしかないのだ。それほど敵は勇敢に接近してくるのだ。

ガジッ！　奇妙な音がして左足がしびれた。ガタンと重量物の落ちる音がした。足首の感覚が遠のいてゆく……。

後上方から襲いかかったグラマンが、編隊の集中射撃を浴び、二機つづけて火を吐いた。血走った視野のかなたに、真紅や漆黒の被煙が、直線に、弧状に、あるいはだんごになって映った。零戦が来たのだ――直感がそう決めた。片方では、「何と遅かりし由良之助よ」と、ヒッパたいてやりたい衝動にかられる。

敵に翻弄されていた艦攻隊に、零戦の到来は地獄に仏以上の感激で、活気があふれた。

右足で全身を支え、チラッと編隊をぬすみ見た。白煙の帯、赤い炎の帯をなびかせて、あい変わらず敢然と直進している。

追尾中の敵、降下中の敵、上昇中の敵に、急遽来援の零戦が、忍び足に肉薄すると、この野郎とばかり挑戦してくれた。ロールを打つもの、上昇反転直前の機速の鈍ったところを、待ってましたと横殴りに撃ちまくる零戦に、まともに一撃食らって火を吐く敵、ともえに組んずほぐれつ撃ち合うもの。

その間を、真っ白いパラシュートが見る見るうちに一輪、二輪、フワフワと落ちてゆく。しかも空戦中のグラマン、そして零戦の翼端から、白い飛行雲が筋を引きはじめた。連射のたびに、弾道にも白糸をのばしたようにピンと筋が描かれる。視線をどこに転じても、映ずるものは地獄の死闘図だけであった。

前後左右、ところかまわず噴水のごとく上昇しては切り返しを反覆、攻撃に移る敵を追って、そうはさせじと、高度をとって優位に占位した零戦がつめ寄ると、二十ミリが白い筋を、カメレオンの舌のようにのばし、敵機に触れたと見るや小気味よく火を吐く。

と油断大敵、この零戦の背後に、忍び寄った第二の敵が食い下がってゆく。さらに、その後ろに零戦が切り込む。敵、味方、敵、味方の連続――。

左後ろ上方から、わが機に浅く突っ込んでくる敵を目茶撃ちしていると、後ろ上方に躍り込んだ零戦が追い打ち連射を浴びせた。白い舌が敵の背をなめたが落ちない。零戦は、これでもか、これでもかと躍起に肉薄する。私は味方撃ちになるので射撃を中止してかたずを呑む。

パッ！

やった！　無言の喝采を零戦に送る。

やられたグラマンは安定を失い、両翼をたこのように拡げたまま、大きく一回転した。回転する翼のあおりで、頭を殴られそうな気がしてハッとしたとき、よじれた屑紐ようのものがスルスルと機からほうり出された。つづいて凸凹鏡に写った人間みたいに、いやに細長くプレスされた感じの敵が、高速写真のように眼前を擦過したと思うと、傘がほぐれてパッと開いたときには、五十メートルぐらいの後下方に、提灯みたいに揺れていた。

搭乗員は気絶しているのか、首をうなだれて動かない。まさか死んだまねをしているのでもあるまいが。それとも、機銃掃射をまぬかれようとしているのだろうか。

無人機はきりもみ回転をつづけていった。零戦隊の縦横無尽の奮闘に、さしも凄絶をきわめた大空中戦も一段落を告げ、ここかしこに落ちてゆくパラシュート。その下には、撃墜された彼我機の波紋とパラシュートで、海面は紫陽花《あじさい》を投げたみたいに飾られた。

敗者の墓場

最初に火炎につつまれた指揮官友永機は、さっきの火災などどこ吹く風と、そ知らぬ顔で余裕綽々と飛んでいる。

わが二中隊は、中隊長機が一撃浴びて、炎と苦闘をつづけ、いったんレバーを入れたが、消火のメドもつかず、刻々と沈降して脱落、爆撃嚮導機《きょうどうき》が隊長機の穴を埋めていた。空前絶後の大空中戦に、百年の命をこの一戦に使い果たした思いであった。

息つく暇もなく、今度はミッドウェー島がわれわれを迎えた。敵機が一掃されたからには、

「地上砲火、何ものぞ」である。体を支えた右足に疲労を覚え、左足に重心が移った。

キリッと、激痛が起きたが、負傷個所はわからない。何気なく機底に眼を落とすと、左飛行靴が破れ、鮮血がはって、転がった弾倉を血塗っている。疲れたのでシートをおろして座した。ズキン、ズキンと重苦しかった痛みも止んだ。流血のわりに、傷は軽いようだ。

一中隊が爆煙に隠蔽された。地上砲火もかつて経験したことのない熾烈さで、中隊を包囲してきた。炸烈する爆風に、編隊はゴム紐のように伸縮上下する。編隊を組むのに精いっぱいである。油断すると、空中接触しそうだ。

バッ、バッ、ヴォッ、バッ！　なまなましい爆痕の表面が、渦を巻いて横転しながらふくれる……。

底蓋を除いて敵地をのぞくと、緑と褐色のサンド島から、水面に落ちた雨滴が弾《はじ》くように、対空火器が狂乱の花を咲かせている。風が靡く穂先が揺れるように、島一面に火花の穂がせり上がっていた。

「打《て》っ！」嚮導機にならって、偵察員が投下索を引いた。投下位置、針路、高度から判断して、陸上施設を照準して投弾したらしい。

ヨーシ！　投弾が終わったからには、残弾で地上を撃ちまくってやれ。銃を下に向けたが、俯角があまりかからない。ままよ、島のどこかに命中すれば本望だ。万一、敵兵の頭にでも当たればもうけものだ。ダダダダダッ……。

「どこだ」工藤がびっくりして、絶叫した。それには返答もせず、射撃をつづけた。

射ち尽くして弾倉を交換する私は、伝声管を引っ張られてよろめいた。姿勢がくずれて思わず左足に力が入り、焼きごてをつけられたような痛さだった。

「やめんな、弾をとっちょかんと、グラマンが来たときどうするな」

工藤が、喧嘩腰で怒鳴るように言った。なるほどそのとおりである。

写真撮影が終わり、右旋回が始まった。地上砲火を逃れ、海上へ出た。わが編隊の弾着が、地上施設を爆煙で埋めモクモクと拡大している。格納庫、それに付随した建物に八十番を落としたのだが、なぜかもったいない気がした。

右斜め前方から「蒼龍」艦攻隊が、弾幕をついて反航するのが望まれた。その四十五度うしろ上方から、一航戦艦爆の一群が点々と弾煙を突き破って、蜂の巣をつついたように撃ち上げる敵陣に急降下した。

あまり気を緩めてもいけない。やはり見張りは厳重にやらないと、隙をうかがって、残敵が強襲してこないともかぎらない。なんにしても油断大敵だ。

飛行服の上から膝下を止血バンドでくくり、靴を脱ごうとしたが、はれていて脱げない。仕方なく靴の破れから携帯用ガーゼを挿入して、靴の上から三角巾を巻いた。巻いていると、

「よくも助かったなあ」と、ひしひしと胸に迫るものがあった。

爆撃の主目的は、敵航空兵力を絶滅し、制空権を確保し、攻略部隊の上陸を容易ならしめるにあった。わが意図を察知した敵は、攻撃を回避し、第一目標に選んだ敵機は、同島から姿をくらましていたので、やむなく第二目標地上施設を爆撃したのである。

今やたけなわと、天に冲《ちゅう》する被煙を噴くミッドウェー島をあとに、海面に気を配り、逆コースをたどって、高度二千メートルに下げていた。

中隊長機を激戦中に見失ったが、降下加速をつけて消火に成功し、不時着水しているかもしれない。だとすると、水上機に救出を依頼するか、少なくとも明日はミッドウェーを攻略する予定である。したがって、救助は時間の問題である。どうか不時着していてくれと、淡い僥倖《ぎょうこう》に望みを託して、高度を下げたのであった。

やがて左前方に白いものが動いている。不時着機に相違ない。空気ゴムの筏の赤白も認められた。

盛んにマフラーを振っている。人員も三名と明瞭になった。編隊は緩降下で、筏に接近して旋回した。真ん中にいた長軀瘦身の菊池中隊長が、両手を振って感謝の意を表し、「母艦へ帰れ、おれたちはだいじょうぶ」の意味を含めて、片手で帰れ帰れと指示をつづける。

わが機は中隊長の列機だけに未練が残る。バンクをして二中隊から離れ、筏を中心に速力を落として旋回し、私はオルジス信号灯で、

「われ施設爆破、数条の爆煙天を摩《ま》す」と送信した。つぎに、

「負傷なきや」と尋ねると、湯本分隊士が中隊長と位置を代わり、中央に立って両手にマフラーを持ち、「命中を祝す。われら健在、帰艦されたし」と手旗信号を送ってきた。

私は垂下空中線をおろし、長波を輻射し、水偵を誘導、救助するのが最良の策だと思い、準備しようとした矢先だったのに、「帰艦されたし」だった。

それでは、明日の攻略までの糧食を投下しようと、ビタミン、缶詰――まだある、応急食があった。応急食は各機に一個ずつ備品として、不慮の事故に当該機のみの用達を建て前に搭載され、コニャック、チューブ入りチョコレート、上質小型のクラッカー、煎餅に似た味付け乾パンなどが詰め合わせてあった。

この応急食も、格納筐から出したまではよかったが、問題は包装と、相手が海だけに投下しても浮かばなければなにもならない。沈めば水泡でなくて、海泡に帰する。やむを得ん、場合が場合だ。ハワイ以来の思い出深いマフラーを脱いだ。

大幅の富士絹で、色は若桜にあやかって薄緑を求めたもので、昭和十六年十二月八日、ハワイ奇襲参加を筆頭に、各攻撃参加期日と地名、作戦名を記した、私にとっては記念の品である。愛情すら感じて、手離すとなると、なんとなくセンチになったが、食糧をつつんでしまうと、そんな感傷は吹っ飛んだ。つぎに、ジャケットでくくって投下すれば、楽々と浮くじゃないか。ジャケットを用うるまでもなく妙案が浮かんだ。クッションだ。

「おい、クッションを二枚敷いていたら一枚よこせ」

偵察席からクッションが来たので、私の分との間に、サンドイッチ式に食糧を挟んだ。「準備できたぞ、八ちゃん」操縦席の杉本に知らせて、低空で筏の横に来た。約一尺三寸（約三十三センチ）の立方体となったサンドイッチが、急激に小さくなって海面にかわいらしい飛沫を上げた。

筏の上の三人は手を振っていた。思えば、これが永遠の別れになろうとも知らず……。わが機はしだいに上昇し、オルジスで「サヨウナラ」を送った。

ひとりが筏から飛び込んで、食糧を取りに泳いでいる。私たちの心は三人の上に残しつつ、お互いに一刻一刻隔たってゆく。「明日まで元気でいてくれ」と安泰を祈った。

前方に、あくまで清澄《せいちょう》な海面によごれた個所が見える。敗者の墓場なのだ。広がった油膜が光を反射して紫色を呈し、外郭に灰白色の細いよじれたかすの濁りが浮かび、風をはらんだスカートのように、フンワリ落ちた傘体も、しぼんで半分没し、さっきまでの絢爛多彩な決死の大格闘を如実に物語っている。

高度三千メートル、ピッチをあげて編隊を追い、やっと気分も落ちつき、ヤレヤレと思うと、痛みが心憎いまでにズキンズキンする。

機の被弾個所を調べる余裕が出た。左翼前縁二発、右主翼末端一発、メインタンクの横一発、フラップ二発、風防を抜き、電信器横を斜めに酸素の瓶の脇を通って機外へ貫通弾一発、折り畳みシートの足一発、尾部二発。火を発したのは、メインタンク横の被弾によるものだった。エンジンを入れて計十数発、上昇中の敵の一弾が、シート付近から私の左足土踏まずを抜いて、ほとんど体と平行に上方へ飛び出していたのだった。

また、わずか酸素瓶から二センチほどのところにある弾痕を見たときは慄然とした。酸素瓶に命中していれば大変だったのだ。止血帯は、三十分以上連続結締すると感覚を失い、組織を破壊するので、合い間に暫時ゆるめた。そのつど、圧痛と圧迫感が起こった。

はるか前方断雲下に、帰投中の艦攻編隊も心なしか満身創痍らしく、あえいでいる。三小隊ははなはだしく間隔を開き、隊形すら崩して、さんざんの体である。精魂を打ち込んでの空戦に、爆撃に、皆が人間わざ以上の行動を果たしたのだ。

水平線の少し手前、しわ一つない海面に、輪型各艦の描いた鮮やかな航跡を望見すると、緊迫感から解放され、「さあ傷の手当をしてもらえるぞ」と思えば、多量に付着した風防の潤滑油と機体の振動が妙に気になりだした。

帰投コース上空に、高度三千五百メートル、雲量七程度の断雲があい変わらず連なっている。その断雲を貫いて漏れる陽光が、雲下の視界をきわめて良好にしていた。

狙われた味方機動部隊

パッ！　と輪型陣外郭の駆逐艦から、黒煙の塊りが盛り上がった。

「敵機発見！」と緊急信号である。

列をととのえていた輪型陣が、一瞬ゆらいで乱れた。満を持して火蓋を切った味方艦隊の対空火器に、たるんでいた精神がピンととがり、機銃をかまえて見張りをしたが、何も見つけることができなかった。

エンジンの振動が、眼に見えて激しくなった。この分では着艦できないかもしれない。だが、気持ちは割合、平静であった。

最短距離に「蒼龍」が取舵に、やや離れて右前に「飛龍」も同じく取舵に転舵している。事ここにいたれば、風のことなどどうでもよい。どの母艦でもいいから、一応着艦しなければ、海上に不時着しそうだ。

「蒼龍」に着艦しようと近寄ったときだった。

わが「飛龍」の左舷七十メートルくらいに数十本、右舷中央から三十メートルくらいの海面に水柱が蜂起し、鷲鼻状に垂れ下がった煙突からも、命中弾の白煙が吹き出ては消えた。

敵編隊の水平爆撃なのだ。

私は、断雲のすきまを通して敵を探した。と、おお、攻撃終了したらしい大型四発機――俗称、空の要塞が見え隠れしている。

高度約四千五百メートルもあろうか、断雲が爆撃を困難にし、三十ノットに近い高速で回頭中の「飛龍」に対し、右舷三十メートル、左舷七十メートル、煙突に直撃弾を浴びせた技量は、公平に評して優秀なものだと思った。内容を検討すれば、果たして腕が冴えているのか、照準器の精度がすぐれているのか？

ともあれ「飛龍」の煙突は舷側から横に張り出して、飛行甲板下方に垂れ下がっており、煤煙により離着艦に障害を及ぼさないよう設計されてある。

もし風で排煙が甲板に流れるときは、煙突の周囲から海水の幕を作って落とす。こうすることで、敵から発見される率も低減する。

敵編隊が来襲している以上、母艦付近を飛行しているのはもっとも危険だ。敵の盲弾に斃《たお》れないともかぎらない。

急いで「飛龍」の後方から左旋回しながら見張りをしたが、敵機影を認めることはできなかった。散乱した艦も、それぞれ定位置に復しはじめたので、緊急バンクをして「蒼龍」へしゃにむに着艦すべく、誘導コースなど無視してただちに乗った。

横一線にあるべき赤灯と青灯が、かけ離れて見える。つまりわが機は、容易ならぬ姿勢で飛行甲板に降着しかけているのだ。

味方識別の波状運動を行なって、もうひと息のところへ来たとき、爆音が急激に変わって回転が落ちた。前席風防は潤滑油で透視がきかず、八ちゃんは座席を上げると、着艦時、パス指導灯をのぞくように体を乗り出して操縦を始めた。

第一次攻撃からの帰投時、B17の飛龍投弾弾着図

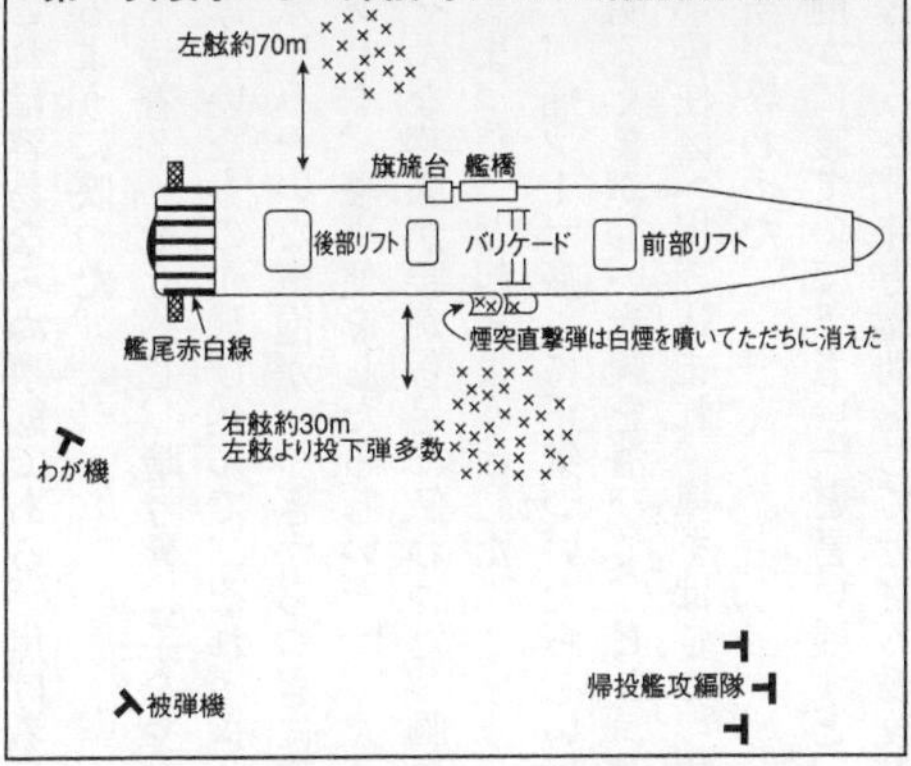

これは容易ならぬ事態である。焦げる臭いがして、ペラの筋が見え、海面が肩先に押しあがるように映った。

不時着? そう感じ、暗号書に手をやって触れた途端、眼と脳味噌の中いっぱいに、黒い幕みたいなものが飛び込んで、それっきりであった。

水玉みたいな気泡が、つぎからつぎに浮かび出てくると、体がしびれてゆくようだった。

「ありゃ、寝小便をしたらしいぞ」

そんな感触が腰から足に伝わった。胸にも来る。

「しまった」と起きようとした。

「ア、痛ッ!」痛さに正気づいたらしい。

明るくまぶしい光線を浴びて、ビショ濡れで駆逐艦に引き揚げられているところだった。

後部居住区へ担ぎ込まれ、褌をはじめ、防暑服に着がえ、手足顔の擦りきずと、左足の消毒手当が終わった。

「静かに寝ていて下さい」と言い残すと、そそくさと出て行こうとするので、同乗者の安否を尋ねると、味方識別をして近寄る艦攻が、モンドリ打って飛沫を揚げたので、現場へ急派した駆逐艦によって私は当艦に、二人は他の駆逐艦に救助されたのではないかとのことであった。

二十八ノットぐらいで突っ走っているのであろう。振動が凄い。歯の根はガクガクするし、左足の患部が焼けるように痛む。機関部の騒音が、シャフトを伝わって居住区に広がり、痛みが倍加する。

ベッドを離れて甲板へ出た。特急の窓から海を眺めるように、波がズンズン縞になって去ってゆく。強い風圧である。

それを後部マストに避けて、機銃台を見ると、銃座についた射手の頬に、顎紐が深く食い入っている。配置を持たないのはおれだけか、と感じると、無性に駆逐艦にいる自分が腹立たしくなってきた。

之の字運動をつづけていた艦が転舵し、左舷に隠れていた「飛龍」が、私の立っている右舷真横千メートル付近にずれてきて雁行《がんこう》している（救助された駆逐艦は「風」クラスだったと思うが、どうしても艦名を思い出せない。この不時着に鉢巻きにしていた千人針と飛行帽を流失した）。

敵の攻撃は小休止したのか、辺りは静かになった。正面に見える「飛龍」艦橋の斜め下が、懐かしいわが古巣である。舷窓が並んでいる。あそこが搭乗員室だ……。

私は「飛龍」に戦果を通報し、爾後作戦の資に供さなければならない。そう考えて艦橋へ行こうとした。発射管上に装備された魚雷が不気味に沈黙している横を通りかかったときだった。いきなり、ダダダダ、ダダダダッ……。ビクッとした。機銃がいっせいに火蓋を切ったのだ。敵機が来たのだ。

魚雷のそばから一歩でも離れたい気持ちが、足の痛みを忘れさせた。必死に前部檣を昇るころ、敵機は立ち去った。戦艦を狙ったもののようであった。

あとで知ったのだが、第二次攻撃に出撃した「飛龍」艦爆隊二個中隊と零戦隊は、進撃途上にわが空母を襲ったばかりの敵艦爆隊を発見して、これを追撃したが、到達地点寸前で網を張っていたグラマンに犠牲を払い、なおもひるまず突進して敵艦上にたどり着いた。そこで、篠つく防御砲火に急降下で飛び込み、二十五番を叩き込んだ。しかし、指揮官小林大尉機は空母に体当たりして還らなかったという。

帰還機は艦爆五機、零戦三機、戦闘の熾烈さをうかがえるものがあった。この間、「飛龍」はただ一隻となりながら、敵空母に止めをさすために最後の攻撃をかけようとしていた。以下は、辛うじて生還した攻撃隊員の証言である。

先に触接索敵に出た「蒼龍」偵察機が帰還し、

「敵空母は三隻」

と報告があったので、俄然色めき立ち、戦機は今やクライマックスに達した。僚艦の被災を眼前にして、逆上したかに見える艦攻搭乗員の士気はますます旺盛となった。

ミッドウェー攻撃でグラマンに叩かれた艦攻隊は、どの機を見ても、平時の常識では使用可能なのは一機もない。訓練だったら、こんな飛行機に乗るのは断わるだろうし、整備員も乗せなかったろう。

しかし、あらゆる常識を突破してゆくのが戦闘の現実であった。

だれ一人、口実や文句を投げる搭乗員はいない。まして、指揮官友永大尉の左翼メイン・タンクの穴は大きく、片道攻撃分の燃料しか補給できないのではないか、と思われた。整備員から注進もあり、搭乗員からも、

「隊長、どうか私の飛行機を使って下さい」と懇願する者があったけれど、無駄だった。

「往きだけありゃァたくさんだ」

明鏡止水の心境だ。唯々諾々、第三次攻撃の指揮をとろうとしている。

かつて日華事変中、大陸にあってまる裸にひとしい艦攻で、数多い戦闘機の邀撃を予期される敵地爆撃行を命ぜられるような場合、そしてそれが、だれの目にもその地が、作戦上重大な影響を及ぼすものでもなく、慢性的な爆撃を反復していると思われるようなとき、列機を連れて勇ましく離陸はするが、途中から引き返し、「天候不良のため引き返しました」とか、「エンジン不調のため引き返しました」などと報告する腹芸の持ち主であった。そうした命令は、当時の司令官には、ほとんど航空作戦の体験がなかったからである。

友永丈市大尉

搭乗員たる友永大尉は、つねに「われは消耗品なり」と考えているふうであった。もちろん毫《ごう》も生命に未練を持ってのことではなかったが、有能な部下を、効なき死地に投ずることを惜しんで、

「天候不良戦術」のレジスタンスで対決していたのだった。

富高基地での友永大尉は、

「隊員は少々疲労しているようです。あすあたり二十四時間外出を許していただけませんか」と申し出ると、

「なに、あすから？　今晩から出て失せろ」

そんなふうに言って、部下を喜ばすのだ。

これは部下の歓心を買うために許すのではなかった。そんな度量の狭い人物ではなかった。寡黙《かもく》、小事に拘泥《こうでい》せず、黒白の決断はキッパリしていた。こうした風格に、私たちは僅々一ヵ月半足らずの富高基地訓練に、上下ガッチリとスクラムを組むのに成功していた。

敵空母三隻の報に、第三次攻撃が決定した。満身創痍の艦攻で雷撃を決行するのだ。

チャンチャンチャンチャン……。軽ろやかなリフトの警鈴が流れて、魚雷を抱いた艦攻がつぎつぎに甲板に浮かび出て、後部へと運ばれる。

尾部を黄一色で塗りつぶし、赤三線を巻いた指揮官機、これこそ友永大尉の決意を端的に表示した標識で、印象的なものだった。敵グラマンは、この標識に集中攻撃をするだろうし、列機も突撃隊形に開いたあとは、指揮官の所在を知るに便だし、行動もわかりやすい。

広い甲板に、今はたった十機の雷撃機と六機の零戦が、味方機動部隊全員の輿望《よぼう》を担って暖機運転を始めた。

ここで一悶着起こった。攻撃の選に漏れた連中が、おれも行く、われも行くと、上司に詰め寄りだしたからだ。

「死にてえなら、いつでも死ねるじゃねえか、アワテルな。おれたちは消耗品だ。難局はこれからだ、後を頼むぞ」

友永大尉の鶴の一声に、しぶしぶ引き下がった。

第三次攻撃隊は、精鋭中の精鋭をもって鳴る「飛龍」艦攻隊員の中からピックアップされたメンバーであった。このメンバーの中に、他艦から艦攻一機のペアと、戦闘機二機の搭乗員が臨時編入された。

かれら攻撃隊員は、艦長と膝をつき合わせるようにして整列した。

「すでに諸子は熟知のことであるが、敵は三隻の空母を主体に強力に戦闘を続行せんと企図している。戦勢挽回は、諸子の双肩にあるを銘じて、必殺の雷撃を敢行されんことを切に祈ります。本官『飛龍』奉職以来、大過なく今日に到るは、ひとえに諸子が誠実をもって任務遂行に邁進されたたまものであります。長い間、じつにご苦労でした。では、さようなら」

出発に際しての加来艦長の訓示は、すでに訓示ではなかった。切々胸をうつ訣別の辞であった。普通ならば、「成功を祈る」と結ばれるのが「さようなら」であった。字義どおり、生還を期さぬ出撃なのだ。そして艦長自身もまた、死を期しているのだ——言外に含まれた艦長の意を汲みとって、第三次攻撃隊員はいっせいに敬礼をした。

加来大佐は、各人に上体を屈め、最後の挨拶をした。その目はうるんでいる。異例の搭乗員整列となった。

つぎに指揮官友永大尉は、

「突撃準備隊形を作るまでは、てめえら、死んでも編隊をくずすんじゃねえぞ」と訓示し、敵位置の照合が終わって解散になった。

「しっかりやって下さい」

「ど真ん中にブチ込んで下さい」

「僚艦の仇をとってくれ」

激励の渦が巻き起こるなかに、片道しか燃料を持たぬ指揮官機をはじめ、エンジンをうち抜かれている機、パイプをやられている機が並んでいるのだ。したがって、いくたり還り得る搭乗員があろうか。だが、全員淡々としていた。

炎の中の指揮官機

攻撃隊は、敵戦闘機との遭遇に最大の注意を払いながら前進していく。しかし対空火器圏内で、味方撃ちされるのを避けるためか、敵戦闘機はいない。攻撃機は、左舷艦首方向に占位した。射角は浅くもなく深くもない。最良の位置について這って行く。

いったん、扇状に開いた雷撃隊は、弧をすぼめながら空母に殺到する。散開線右辺りに、ワアッと水煙が立った。しかも二度。機雷が海中で爆発したときのような噴き上げ方だった。

「やられた!」誰かが落とされたのだ。だが、確認している余裕はない。目前に狂い咲く敵砲火は、まるで豪雨のようだ。その激しさが、ただひと筋に、目標をにらむ以外のことを許さない。いや、目標なら目を離したとたん、見失いそうな激しい豪雨のごとき弾煙だった。

超低空、超スピードである。

敵空母が、前面にはだかった。「用意！」もはや無我の境地だ。

「打《て》ッ！」身軽くなったようだ。魚雷が離れたのだ。

絶好の機位だった。これなら、ど真ん中に命中すると思った。それは予感であり、確信であった。もう、どうなってもいい。

死角に入ったのか、敵弾を感じない。と、そのとき、編隊中央を真一文字に突進する機の黄色い尾部が、海面に接しそうになった。すでに魚雷投下を終わった指揮官機だ。

ビュッ！火の粉さえまじえた紅の炎を、強風になびく黒髪のように引いた。はためく炎が尾翼をつつんだ。指揮官機は、よたよたとよろめいた。尾部が溶けるように、もげ落ちたのだ。折から、甲板を越えて避退すべく、やや高度を上げた攻撃機と舷側でクロスし、その機が甲板をまたぎかけたときだった。

ボイン、ボワッ！　赤い橙色の炎が、一瞬、艦橋の裾から盛り上がった。指揮官機は、その炎に呑み込まれて影もない。ガソリンの飛沫であろう、人魂のように燃えて四散したという。これこそ指揮官友永丈市大尉機の凄絶きわまる体当たりだったのである。

空母「飛龍」の最後

三戦隊「榛名」「霧島」、八戦隊「利根」「筑摩」、その他各駆逐艦が陣容も新たにして「飛龍」を取り巻き、一方、水平線には三本の煙柱がまだ立ち昇っていた。艦が停止しているのと無風のために、煙柱の形は崩れずにいる……。

敵空母は三隻、そのうち二次攻撃の艦爆隊が一艦を屠《ほふ》り、第三次攻撃の「飛龍」の雷撃隊が別の一空母を血祭りに上げたのだ。

したがって、残る彼我の空母は一対一。残存機数の使用可能数のバランスはいざ知らず、質においてはわが方が断然光っていると過信していた。しかも陽は西に傾きつつある。薄暮攻撃、夜間帰投はいやというほど修練ずみの私たちである。

空母さえ叩けば勝敗は決するのだ！　是が非でも攻撃をかけるべきではなかろうか。果してこのとき「飛龍」では戦闘機六、艦爆六、艦攻四を整備、第四次の薄暮攻撃準備に大わらわになっていたのだ。

その真っ最中だった。

ドンドンドン、ダダダッ、ドンダダ……。耳をつんざく対空火器の音。白い雲の中へ曳痕弾が突き上がってゆく。高角砲の炸裂煙がボケてゆく中を、敵機がダイブして来た。その敵機を、機銃が気ぜわしく追う。

「利根」を狙った艦爆が、右舷前方から「飛龍」を越えて、低空を這いながらこちらへ来た。強靭な両翼が、刃物のように鋭い。敵機は海面をささくれ立てながら機銃を乱射、前檣に挑んで掃射してくる。息つく間もない関係位置の変化に、前部機銃は応戦しきれず、弾はあさ

って の方向に、気違いじみて発射される。

ガアッ！　敵機が頭上を、光線のようなスピードで過ぎると、グオーンという爆音を残して小さくなった。

機銃台がざわめいている。二連装左銃座射手が、敵弾を浴びたからだった。

敵が八ツ手の葉を延ばしたように逃げて行くのを、直衛機が躍起になって追撃してゆく。残存の零戦をフルに回転させての上空直衛である。防戦の甲斐もなく、刻々、「飛龍」の上にも悲運が訪れていたが、それは神ならぬ身の知る由もなかった。

日の長いことがもどかしい。真近に迫る日没に希望を託し、第四次攻撃隊は手ぐすね引いて、発進の命を待ちかまえていたという。さらに水雷戦隊は得意の夜戦によって、一挙に勝ち名乗りを挙げようとしているのだ。

水平線に近寄る太陽の遅さに、全将兵は幾度となく空を仰いで長嘆息を漏らした。

朝からのしのぎを削るような攻防戦に、疲労困憊の色が濃くなった。

加えて、日没近いという外的条件に、と

急降下爆撃により被弾炎上する「飛龍」

もするると気分もたるみがちだった。

ふと振り仰ぐ「飛龍」真上の雲に、拳大の穴があった。その穴から、薄水色の澄み切った空がのぞかれた。そこにキラリと閃めくものがあった。閃めきは、垂れ下がる雲のように、ほとんど垂直の角度で急降下する。

敵機であった。アッ、あぶないッ！　ハッとしてかたずを呑んだ。身体全体がしびれたようにズーンとする……。

「飛龍」は直進していた。舵はまだ効いていない。――艦首前方に、高々と水柱が上がった。敵機が機首を引き起こそうとしている。キューンと澄んだ音、グォーッとレバーを入れる音がして、全速で避退してゆく。

と、またもや艦首と前甲板付近に水柱が奔騰《ほんとう》した。その水柱が消え去らぬ前に、ピカッとただれるような真紅の火炎があった。つづいてムクムクと噴き上がるエネルギッシュな漆黒の煙。煙は飛行甲板を覆い尽くし、艦尾から流れてゆく。時に五日午後二時三十分。

艦橋が炎と黒煙の海原に孤立している。炎の舌が橋壁をベロベロなめている。ああ、わが「飛龍」もまた、やられたのだ！　シュンとしょげているとき、黒い影が頭上をかすめた。

「おや？」考える暇もなかった。

ドカン！　瞬間、伸び上がった水柱がみごとに繋ったポプラのようだった。その震動で足をさらわれ、よろめいた拍子に、体を前檣に叩きつけた。

私の乗っている駆逐艦は、艦爆四機に狙われたけれど、好運にも敵弾は二弾ずつの夾叉であった。鼓膜がジーンと鳴って痛い。

「飛龍」とわが艦との間に、降下避退中の敵があった。これに横から飛鳥のごとく躍りかかった零戦が、あっさり一撃で落として切り上げ、つづく敵機も簡単に撃墜した。まったくみごとな早わざだった。この零戦も、「飛龍」が被弾したからには、甲板を持たないのだ。最後の一滴まで燃料を使い果たせば、着水しなければならないのだ。

グワーングワーンと、「飛龍」格納庫から不規則な誘爆音がしきりだった。爆発音のたびに新しい煙を噴き、速力が低下してゆく。大火災に対しては消火器も役立たないらしく、誘爆は火災を生み、火災は新たな誘爆を招いているようであった。

　火勢に追い立てられた乗員が、後部短艇甲板を埋めているのが煙の中に隠見していたが、煙にむされる苦しさに、集団飛び込みが始まった。艦内から脱出して舷外通路にたどりついたものの、前部へも後部へも行けず、中央部にためらっているのが望まれる。さらに舷側には、塗装時の手足がかりに指ほどの鉄棒が取りつけてあった。それにもしがみついている者があった。だが、伝わる火勢に抗し難く、ポトリポトリと脱落してゆく。

　駆逐艦は、海上に漂う乗員たちを拾い上げているが、敵機の襲い来るたびに、遭難者を見送って応戦している。艦上にさまよう者といい、海中に漂う者といい、正視に耐えぬ……。

　この敵機のため、「飛龍」の四次攻撃隊は画餅《がべい》に帰した。なびく火炎の中に、「飛龍」艦橋前に、屏風のように突っ立った異様な物体があった。爆弾と爆風に吹き上げられた前部リフトであった。

いよいよ日没は近い。直衛零戦が水鳥のように滑り降り、飛沫をあげて着水しだした。脚を引っ込めて海面と平行に滑空して、一メートルほどになると機首を起こす。と尾部が海面に触れ、ガクンと機首を没し、尾部がピンと海中から突き出る。それも束の間、機体は波間に没してしまう。最寄りの駆逐艦がすばやく救助に向かう。

これでわが空母航空兵力は完全に零になったのだ。私は、わけもなくセンチメンタルになり、その場にヘタヘタと座りたかった。「おれはどうすればいいのだ」と、自問自答した。「そうだ、電信室へ行って見よう」力を失った肉体と精神を励まして、艦橋下の電信室入口に立った。電信室は艦の中枢神経である。そのため部外者は入室禁止であることは百も承知であったが、かくなる以上は、躊躇する気も失せていた。

電信員がただ一人、受信しては翻訳《ほんやく》し、翻訳しては受信している。忙しそうな中に、黙って私に椅子をあたえてくれた。

間もなく、旗艦「大和」から麾下全艦隊に、「ミッドウェー島東方海面の敵機動部隊を捕捉撃滅すべし」の電命があった。

この電命によって、おりから「飛龍」を取り巻くように北西方に避退中のわが艦隊は、ふたたび反転、夜戦に突入しなければならなくなった。空母を失った今では、追撃戦はやぶれかぶれの戦法である。おそらく「大和」では、洋上決戦の鍵を握るものは、あくまで戦艦であるとの信念だったのではないだろうか。

それはともかく、第三次攻撃後、「飛龍」を襲った急降下群は、ミッドウェーからのものか敵空母からのものか、断定は難しいけれど、時間的に見て空母からのものと判ずるのが妥当であろう。とすれば、夜陰を縫って急迫、夜戦を決行するとも、空母を打ち漏らした場合に、艦載機と基地攻撃機に帰路を襲われることは必定である。わが方は、これを阻む手持ち一機もないのだ。また、駆逐艦にしてからが、燃料はいくらも残っていないはずだ。高速突入すれば、明朝にはタンクは空《から》になる。

巨岩を据えた感じの飛龍前部リフトは急降下敵弾命中爆圧か
あるいは誘爆により吹き上がった

だが、「敵捕捉撃滅」の命は下されたのだ。私は思わず電信室を飛び出て「飛龍」を見た。

吹き上げられたリフトは、依然として菱形に突っ立っていた。陽はすでに没し、余光が水平線をほの赤く染めている。「赤城」「加賀」「蒼龍」の煙が、微かに薄れ漂よっている。手のつけられぬほど燃えさかっていた甲板も、今は余燼《よじん》がくすぶっているだけである。被害は中破程度であろう。ドックで修理すれば、再就役も可能と思われる姿であった。

「飛龍」艦橋下に横づけした駆逐艦（第十駆逐隊司令艦「風雲」）の三本のホースがさかんに舷側を洗って、消火に協力しているのが心強い。「飛龍」でも、各所で消火作業が始まっている。私と「飛龍」との距離は千メートルたらずだ。

「突撃命令が出たのに、おれは配置のないまま駆逐艦とともに突入するのか。自分の艦か艦攻と諸共《もろとも》ならば、死に甲斐もあろうが……」

そう思うと、なんとかして「飛龍」に戻りたい。泳いでも戻りたい。関係位置が、「飛龍」の艦首前方に進出すれば、飛び込んで流され、消火作業中の駆逐艦にたどりつけるだろう。ただ足の傷が耐えうるかどうか。

ところが「飛龍」の前方へ進出しない。これ以上、逡巡していて反転でもされたらことだ。褌一つになって右舷中央に佇《たたず》んでいると、

「なにしとるんですか」

いきなり引っぱった者があった。

「『飛龍』の者だが泳いで帰ろうと思うのだ」

「無茶なことはしなさんな」と傍らから離れない。彼は、まだ新しい作戦命令を知らないのだ。

海面はようやく黒味を増し、水平線の空も赤味があせていた。泳ぐのは無謀かもしれない。もし飛び込んで泳ぎつかなければ、闇の洋上に置いてけぼりだ。

「負傷しているんだ、冷静になれ、冷静に」私は、私自分に言いきかせた。

「よし、あきらめよう」決心して防暑服を着た。すると急に空腹を感じた。日ごろ見向きもしなかった乾麺麭をかじった。じつにうまかった。

どのくらい時間が経過したろうか。軍機電報が入電した。最上級の機密度を要するものだった。

「陛下の股肱《ここう》たる数多の乗員を失い、艦を傷つけ申しわけなし。ここに味方駆逐艦の雷撃に

より自沈せんとす。至急御勅裁仰ぎたく」

これは海軍最大の悲壮な電文である。「赤城」艦長青木泰二郎大佐からのものだった。翻訳を終わった電信員は、暗然として艦長へ届けるのも忘れている。私もまぶたを潤《うる》ませたまま、電信員の横顔を見つめるだけだった。

第三次攻撃の帰投時に望見したときは、三艦とも吃水が深くなった様子もなかったし、火災さえ鎮火すれば、内地に曳航可能と一人ぎめしていたのに、電文から想像すれば危殆に瀕しているのだ（その夜、「赤城」は確か四本の味方魚雷で艦命を閉じた）。

「大和」から反転突撃を命ぜられた残存部隊に対し、さらに攻略部隊司令官近藤中将から、「攻略部隊と共に夜戦を決行すべし」と電命があり、ふたたび電信室にいて、それを知った私は「『飛龍』は？」と思って外へ出た。

月齢はいくつぐらいだったろうか。煌々と照る月光を浴びて層雲が漂っていた。「飛龍」も、それを取り囲む艦も、雲間から漏れる月の光に浮かび出て、動くでもなく漂っている。

「全力を尽くして復旧に努められんことを切望す」――激励の発光信号が送られている。

「掩護かたじけなし、わが士気きわめて旺盛、粉骨砕身最後まで戦わん」――「飛龍」後部の短艇甲板から、懐中電灯で応答している……。

洋上の別れ

「ミッドウェー作戦中止」――「大和」の山本連合艦隊司令長官から、全軍に下令された。

四隻の貴重な正規空母を失って、ミッドウェー海戦の幕は閉じられたのだ。必勝を期した作戦は、遂に終わったのだ。

四空母の乗員は、方々の基地へ分散隔離され、外部との接触を絶たれた。中でも鹿屋基地に収容された者が多かった。私もまた、鹿屋で数日を送るはめになった（収容者は間もなく南方基地部隊へ、あるいは新編成の部隊へと、それぞれ転勤を命ぜられた）。

鹿屋で「飛龍」搭乗員から聞いた話によると、つぎのようであった。

艦長加来止男大佐は、前部甲板被弾と同時に、燃えさかる炎と煙の中にあって艦橋を守り、乗員を督励、火災鎮火に全力を傾注したが、そのうち下部機械室との連絡が杜絶した。

海水は吐水口から出ず、次第に艦脚《ふなあし》を減じただけでなく、徐々に艦の平衡を失い、傾斜の度を加えていった。しかも操舵は不能となり、復旧の見通しはまったく立たなくなった。そこで司令官山口多聞少将に現状を報告、ここに「総員集合」が令されたのだ。

山口司令官は、つぎのように訓示した。

「本職、第二航空戦隊司令官として着任以来、機動部隊は開戦戦以来驚異の武勲を立てたが、これ諸子の熱誠あふるる職責遂行の結果にほかならぬ。しかるに今回武運つたなく敗れ、『蒼龍』を失い、本艦また復旧を断念せざるを得ぬ事態に立ちいたった。二艦の責に関しては、本職これを負うものである。戦局の前途なお多事多端なるおりから、諸子はただ今より『飛龍』を退去、戦勢の挽回に尽くされんことを切望して止まぬ次第である」

つづいて加来艦長は、噛んで含めるように言う。

「艦長は艦と運命をともにするが、ただ今も司令官より御訓示のあったとおり、諸子はよくその主旨を奉じ、多難の戦局に処して行かれんことを期す次第です。最後に諸子の再奮奉公を祈って訣別の辞とします」

副長鹿江中佐をはじめ、並みいる者たちが再三再四、退艦を要請したが、司令官、艦長の翻意をみることはできなかった。特にわれわれ搭乗員にとって感銘深いのは、

「本職は第三次攻撃隊の発艦に際し、生還の算なき死地に出撃させ、体当たり決行をほのめかし、生還を期せざるよう激励したにもかかわらず、以心伝心よく命令を甘受、欣然《きんぜん》として発進して行きました。されば本職は、いまさら艦を去ることなど毛頭念頭に置いていません。なにとぞ後事についてはよろしく」

と述べたという一事だ。やはり艦長の心事は「さようなら」と結んだあのとき、すでに決定していたのだ。今でも私は、あの洋上の別れを思い浮かべると、まぶたが熱くなる。

「飛龍」は、山口少将の指示により、駆逐艦「風雲」「夕雲」の魚雷によって沈めたという。艦影をまったく没したのは六月六日午前五時二十分、日出直前であった。

昭和17年6月5日

「飛龍」ミッドウェー攻撃隊編制表(軍機・飛龍戦闘詳報第十号)

制空隊(零戦)

飛行機隊指揮官	中隊長	小隊長	操縦員	記事
海軍大尉(蒼龍) 菅波政治	海軍大尉 重松康弘	海軍大尉 重松 康弘	海軍大尉 重松 康弘	
			一飛曹 村中 一夫	
			二飛曹 新田 春雄	
		飛曹長 峯岸義次郎	飛曹長 峯岸義次郎	
			一飛曹 佐藤 隆亮	
			三飛曹 千代島 豊	
		一飛曹 徳田 道助	一飛曹 徳田 道助	
			二飛曹 原田 敏堯	
			一飛 林 茂	

攻撃隊(九七艦攻)

飛行機隊指揮官	中隊長	小隊長	操縦員	偵察員	電信員	記事
海軍大尉 友永丈市	第一中隊長 友永丈市	海軍大尉 橋本 敏男	海軍大尉 友永 丈市	海軍大尉 橋本 敏男	一飛曹 村井 定	
			一飛曹 鵜飼 美弘	一飛曹 梅沢 幸男	一飛曹 仲野 開市	
		飛特少尉 赤松 作	一飛曹 高橋 利男	飛特少尉 赤松 作	三飛曹 小山 豊雄	エンジン故障途中ヨリ引帰ス
			一飛曹 杉本 八郎	一飛曹 肱黒 定美	三飛曹 谷口 一也	
		一飛曹 鳥羽 重信	二飛曹 於久保 己	一飛曹 鳥羽 重信	一飛曹 森田 實	敵戦闘機ト空戦自爆
			二飛曹 宮内 政治	二飛曹 山田貞次郎	二飛曹 宮川 次宗	敵戦闘機ト空戦自爆
	第二中隊長 菊池六郎	飛曹長 湯本 智美	海軍大尉 菊池 六郎	飛曹長 湯本 智美	一飛曹 楢崎 廣典	高角砲弾ヲ受ケ帰途海上ニ不時着
			一飛曹 新谷 渫	一飛曹 坂門 行雄	一飛曹 久原 滋	
		飛曹長 龍 六郎	一飛曹 坂本 憲司	飛曹長 龍 六郎	二飛曹 二宮 一憲	高角砲弾ヲ受ケ自爆
			一飛 中尾 春水	一飛曹 丸山 泰輔	一飛 浜田 義一	
		飛曹長 大林 行雄	飛曹長 大林 行雄	一飛曹 工藤 博三	一飛 田村 満	
			一飛 木村 甚一	二飛曹 吉村 武夫	二飛曹 森口 五男	
	第三中隊長 角野博司	飛曹長 稲田 政司	海軍大尉 角野 博司	飛曹長 稲田 政司	三飛曹 文宮 府知	
			一飛曹 石井 善吉	一飛曹 小松 正松	三飛曹 島田 直	
		飛曹長 野中 覚	飛曹長 野中 覚	一飛曹 中島 政時	二飛曹 金沢 秀利	帰投後母艦付近ニ不時着
			一飛 鈴木 武	一飛曹 斉藤 清酉	二飛曹 鈴木 睦男	
		一飛曹 衛藤 親思	二飛曹 柳本 拓郎	一飛曹 衛藤 親思	二飛曹 笠井 清	
			三飛曹 永山 義光	一飛曹 中村 豊弘	一飛 小浜 春雄	

昭和17年６月５日

「飛龍」第二次敵空母「ヨークタウン」攻撃隊編制表(軍機・飛龍戦闘詳報第十号)

制空隊（零戦）

飛行機隊指揮官	中隊長	小隊長	操縦員	記事
海軍大尉 森 茂	海軍大尉 森 茂	海軍大尉 森 茂	海軍大尉 森 茂	敵上空ニテ自爆
			二飛曹 山本 享	仝 上
		飛曹長 峯岸義次郎	飛曹長 峯岸義次郎	
			一飛 小谷 賢次	
		一飛曹 山本 昇	一飛曹 山本 昇	敵上空ニテ自爆
			三飛曹 坂東 誠	

攻撃隊（九七艦攻）

飛行機隊指揮官	中隊長	小隊長	操縦員	偵察員	電信員	記事
海軍大尉 友永 丈市	第一中隊長 友永 丈市	飛特少尉 赤松 作	海軍大尉 友永 丈市	飛特少尉 赤松 作	一飛曹 村井 定	敵上空ニテ自爆
			一飛曹 石井 善吉	一飛曹 小林 正松	三飛曹 島田 直	仝 上
			一飛曹 杉本 八郎	一飛曹 肱黒 定美	三飛曹 谷口 一也	仝 上
		飛曹長 大林 行雄	飛曹長 大林 行雄	一飛曹 工藤 博三	一飛曹 田村 満	仝 上
			一飛 鈴木 武	一飛曹 斉藤 清酉	二飛曹 鈴木 睦男	仝 上
	第二中隊長 橋本 敏男	一飛曹 高橋 利男	一飛曹 高橋 利男	海軍大尉 橋本 敏男	三飛曹 小山 富雄	
			二飛曹 柳本 拓郎	一飛曹 衛藤 親思	二飛曹 笠井 清	
			三飛曹 永山 義光	一飛曹 中村 豊弘	一飛 小浜 春雄	
		飛曹長（赤城） 西森 進	飛曹長（赤城） 鈴木 重雄	飛曹長（赤城） 西森 進	一飛曹 堀井 孝行	魚雷発射セズ
			一飛 中尾 春水	一飛曹 丸山 泰輔	一飛 浜田 義一	

昭和17年６月５日 **「飛龍」飛行機隊行動摘要**

1．ミッドウェー攻撃(九七艦攻)

0128　発　艦

0317～0332　空　戦

0339　爆　撃

0605　着　艦

2．第一次敵空母攻撃（九九艦爆）

0757　発　艦

0855　敵空母発見

0908～0912　爆　撃

1038　着　艦

3．第二次敵空母攻撃（九七艦攻）

1030　発　艦

1130　敵発見

1141～1146　空　戦

1144～1146　魚雷発射

1240　着　艦

第四章　南太平洋の波濤

空母部隊再建

ミッドウェー海戦で不時着水し、駆逐艦に拾われた私は、桜島の麓の垂水で送りのランチに別れ、迎えのトラックで鹿屋基地に向かった。鹿屋基地の隊門を素通りして、白ズボンに防暑服の上衣、冬服の上衣に半ズボン、夏と冬をチャンポンにした、一見それとわかる落人の屯《たむろ》している兵舎の前で、戦傷の左足をいたわりながら車から降りると、彼らは首も動かすのものうそうに視線を投げてきた。

「病室はどこだろう。当直将校にも届けねばならぬ」と思っていると、「おお、生きとったのか」と目をまるくして、しげしげと見つめ、信じられぬ、まさか幽霊じゃあるまいなといった顔つきで、「飛龍」生存者が寄ってきた。

「貴様、悪運の強いやつじゃな。お陰で戦死者名簿を訂正せにゃならんわい」自分の助かっているのは棚にあげて、やたらに感嘆していた。

いくら「ペアはどうした」の矢つぎばやの質問には面食らった。それは、このおれが尋ねたいくらいだ。では、私のペアはまだ来ていなかったのか……。助かっていてくれればよいが……と心に祈った。

戦死者名簿から抹消された私は、名実ともに生き残りの仲間入りをした。だれかが「一度死にそこなったヤツは、絶対に死なんぞ」と縁起のよいことをいってくれた。

鹿屋で残務整理がすむと、「飛龍」の乗組員はラバウルに、ジャワに、新編成部隊にと転属していった。

「長い間お世話になったな」「お互いにがんばろう。さようなら。元気で」

毎日転勤者が出て行くので、次第にテーブルがさびしくなる。

私はいったいどこへ転勤させられるか、まるでくじでも引くような思いで発令を待った。

私の左足は受傷直後、一針縫っておけばよかったのだが、混戦乱戦最中のことで、治療の時機を逸し、口が塞がらず、医務室では休養をかねて、陸上部隊へ転勤してはどうかと勧められた。

実施部隊には、かみしもを脱いだ上下の親睦、自分の持ち場は自分でやる、自主独立の行動が多分にとれるよさがある。型に縛られ、一定の枠内で起居する教育部隊とちがって、千変万化する情勢に即した臨機応変の実務等々の魅力があり、それに未練が残った。ここでせっかく一年有余、腕を磨いてきたのに、これから陸へ上がるなら、技量の低下は明らかだ。同期生、後輩にも大いに差をつけられる。

蛙の子は蛙、私は母艦乗組を希望した。東京開催予定のオリンピックを当てこんで起工された豪華客船出雲丸を、空母に改造した「飛鷹」に乗り組むことになった。「飛鷹」はディーゼル機関を装備し、ために最高速力は二十五・五ノットに止まったが、巡航速力、航続力などにひいで、艦本式機関を採用していた他艦より見れば、新企画として注目の的となっていた。

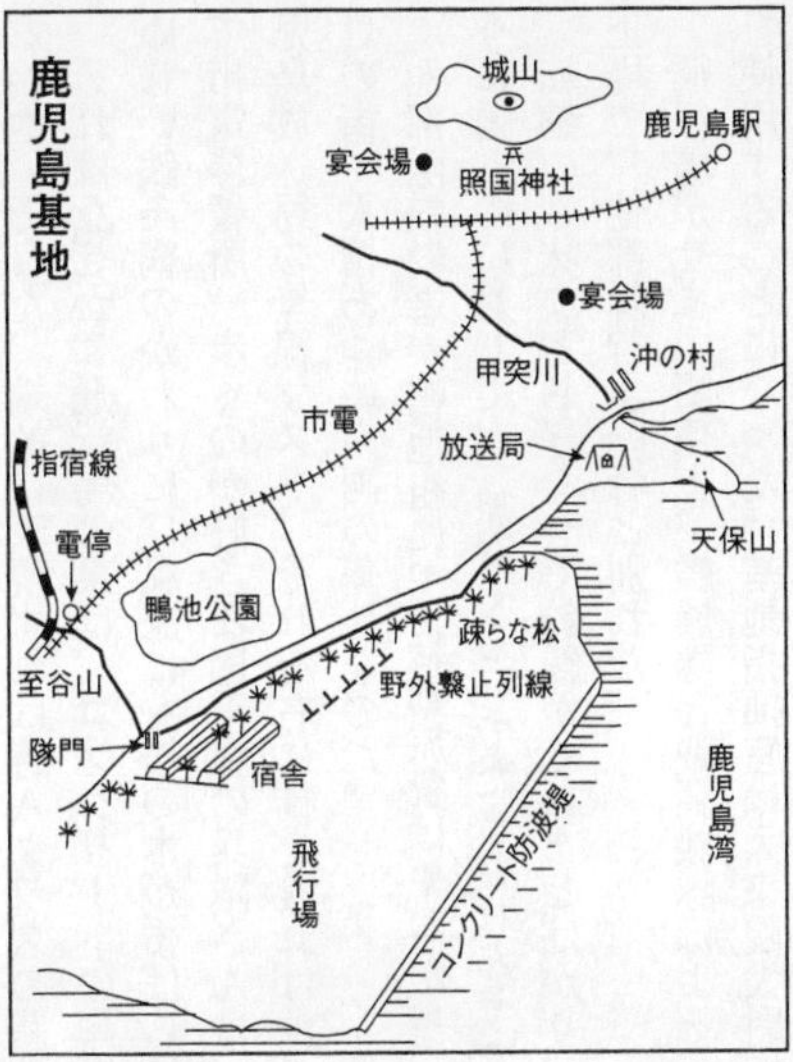

おりから、「飛鷹」艦攻隊は、鹿屋基地の鼻先、鴨池に基地を設営し、訓練を開始していた。

転勤といえば、ガッタンゴットン、国鉄の車に揺られて、娑婆の風を胸いっぱい吸って、よも山話に打ち興じ、任地に向かうのも大きな妙味だった。

鹿児島湾を隔てたきりの鹿屋、鴨池ではこの妙味は失われたが、鴨池と聞いてニンマリほくそ笑んだのは「飛鷹」転勤者だった。およそ基地訓練をするほどの者なら、だれもがあこがれる鴨池。そうだ、端的に表現すれば特Aクラスの基地。番付で発表すれば横綱格が鴨池。
それはなぜか。飛行場の東は、コンクリートの岸壁で海と仕切られ、飛行場周囲にはいかめしい鉄条網のかわりに、風流にも松の木がまばらに並び、道路を隔てて鴨池公園、つづいて市電停留所。歩くのが好きな国策型の兵隊さんは、市電に乗らずも、右の方へ行けば、鹿児島放送局の無線マスト、それを右に橋を渡れば沖の村、名は村でも実質は町で、しかも紅《こう》灯《とう》の街、人情あつい南国の基地なのだ。

他部隊転勤者が鴨池組に、「転勤旅費はやるから、代わってくれんか」と、うらやましそうに言うのに対して、「旅費ぐらいでだまされんぞ」などと応酬している。

転勤の妙味などおぎなって釣銭がくらァとばかり、垂水でランチに乗る。そして鹿児島波止場で、他部隊行きの者と別れた。

飛行場がせまい関係上、艦爆隊と戦闘機隊はよそで訓練を実施し、艦攻隊だけが鴨池基地を使用することになった。基地指揮官は入来《いりき》院《いん》大尉で、分隊長を兼ねていた大尉は、長身の偉丈夫、口数の少ない控えめの性質であった。

「飛龍」転勤者を加えて、やって「飛鷹」艦攻隊の陣容はととのったが、飛行機の方はまだ序の口で、機数不足。したがって、訓練も油が乗らず閑散であった。数機をフルに動かして交代交代、まず定着訓練から始めるかたわら、飛行機受領に呉へ行ったり、名古屋へ行ったりして掻き集めに狂奔した。受領機さえ完備していれば、朝、鴨池を離陸して夕刻までには持ってこられるが、現地へ行ってテストすると、満足に整備されたのはなかなかなく、その日に帰れない。

「飛龍」から転勤してきた者は一応技量は水準以上だったので、もっぱら空輸に従事した。朝は鴨池、夕べは呉、東奔西走、名古屋へ行ったときは二泊もした。

名古屋中村の三菱航空株式会社の応接室で整備を待っていたわれわれは、接待用に木箱のケースに四十本ばかり備えてあった煙草が、ほとんど煙になっても整備は完了せず、テストができない。煙草を吸わない私は手持ちぶさたで、こんな現状でどうなるんだ、戦闘遂行はおぼつかない、心細いと思った。会社首脳部に、

「なぜこんなに在庫予備機が少なく、また私たちから申すと、半製品みたいな飛行機が多いのはどうしたわけですか」と聞くと、

「なにしろ資材不足のうえ、つぎからつぎと需要が舞い込むでしょう。会社では昼夜兼行で努力しても、現状維持がやっとです」とのことだった。

訓練による破損、実戦における被害で、消耗が急角度に増大しているので、需要と供給のバランスがとれていないのだ。技量未熟や不注意で、脚を折ったり、鼻をついてペラを曲げたりしている現地のぶざまなところを、銃後の、いや会社の人たちが眺めたら、どんな感じを抱くだろう。

「機材は不足している」――これが会社に行って教えられたものだったのである。

かくして集められた飛行機は、先任者順に選択を終わり、専用機が決定し、本格的訓練にかかるのに約一ヵ月を要した。そして鹿児島湾内の漁船に対して、昼間雷撃訓練が繰り返さ

れた。

夜間も定着がポッポツ行なわれる程度で、「飛龍」時代の富高の訓練とは比較にならなかった。いわんや練度においてをやで、はなはだ心もとない次第であった。練度が低いので、ただちに夜間訓練を実施するわけにいかないのである。過半数以上が実戦未経験者、うち数人が日華事変に従軍、それに「飛龍」搭乗員を加えたものが「飛鷹」艦攻隊の人的内容であった。

雷撃経験の肩書

定着に雷撃に技は熟して、正式ペアの編制決定も、今日か明日かということになっていた。そうしたころ、いよいよペアが発表された。

「飛龍」からの転勤者は、分不相応なまでに、よいポジションがあたえられている。これは実戦の経験と技量とを買われての当然すぎる処置とも考えられた。

受信してあたりまえ、空間状況の悪いときは、精神を満月のように張って、最善を尽くしてダイヤルと取り組んでも、ついミスをする。と電信員は、くそみそ扱いにされる。そういう電信配置にサヨナラして、偵察に鞍がえし、狭いながらも楽しいわが機を、雷撃に索敵に縦横無尽、意のままに飛ばせたい。第一、早く偵察配置になっていないと、同期生に顔合わせした際、引け目を感じる。多座機では、なんといっても偵察員がリーダーシップを握っているのだ。

空母「飛鷹」。ミッドウェーで失った四空母を補って第一線級として活躍

入来院大尉に、三小隊三番機の偵察員で結構だからと、内々話を持ち出そうとしていた矢先に、指揮官機電信員の内命だ。抜擢だが、私は即座に、「三小隊三番機の偵察を希望します」とキッパリ辞退した。

それは荷の勝ちすぎた役であり、先輩もいる。まだ自分は若輩だ。これらの人々の手前もある。調子に乗って指揮官機あたりに乗ろうものなら、お互いに気まずい思いをする。

固辞する私に、指揮官は、困ったヤツじゃといわぬばかりの顔だった。入来院大尉とのペアはまぬかれたが、偵察配置は許されなかった。

「どこのペアになるつもりか」と問われて私の胸に、誘導コースを回って第四旋回から常にパスを高目高目に持って来る山下の操縦振りがチラッとかすめて消えた。

「山下とペアになります」

「脱常習の山下に、呑ん兵衛の山崎、それにあまのじゃくの貴様か。こりゃ珍しい、傑作じゃわい。類をもって集まるというが、貴様たち三人、どえらいことをやらかさぬように、飛行作業中は監視機を付けんとならんのう。ハッハハハ……」

入来院大尉は呵々大笑した。

新編制が発表されると、慣例の宴会が沖の村と、繁華街の天文館通りの中間地帯にあるひらき屋とかの料亭で催された。

「ひらきは開くに通じ、末広がりじゃないか」「こりゃ二航戦『飛鷹』艦攻隊の前途は洋々としてひらけゆくぞ、縁起がいいぞ」てなことで、宴はますます盛大となった。

酔うほどに、「飛龍」の連中を厚遇した編制だ、とばかり配置問題がこじれ出し、

「おれたちはなにも貴様らをコミヤって、よい配置をもらったのでもなんでもない。編制割に従ったまでだ。文句があるなら分隊長に交渉しろ。おれたちは三番機で、貴様たちのお手並みを拝見してみようじゃないか」

言外には、なんだ貴様らの訓練を見とると、まるでナッチョラン、おれたちの足もとにも及ばんくせに生意気ぬかす、と辛辣な皮肉が含まれているのだ。

「なにをッ、ミッドウェーのざまはなんだ。敗残兵のくせしやがって太えつらするな」

「なんだと。もう一度ヌカしてみろ、弾の下も潜らぬくせしやがって。この野郎」

文句の応酬ぐらいではヘヌルイ。激昂した感情を押さえるすべもなく、摑み合いとなる。

正気の連中が割ってはいる。

山下、山崎、私の三人はペアとして、互いに盃を交わし、私はまず二人に、

「おれ、貴様で仲よくやっていこうじゃないか。おれは技量未熟で、満足のゆく作業はできず、期待を裏切るかもしれないが、一生懸命やるからよろしく頼む」

「いや、おれたちこそ腕は悪いし、二航戦の『飛龍』あたりから見たら、それこそ幼稚だろうが、まあ辛抱してくれ」と親睦の度を深めていた。

私はいかに低空を這い、いかに横滑りし、避退するかが艦攻雷撃時における重要な課題と思うので、明日からの訓練に、雷撃終了後は漫然と低空飛行をつづけず、ギリギリいっぱい高度を下げて、方向変換、緩旋回などの運動も訓練しよう、と相談的に話を進め、賛意を求めてみた。

ハワイ、ミッドウェー二度の雷撃経験の肩書がものを言ったのか、二人は終始、耳を傾け、いろいろと質問してくれたのでホッとした。相談的にせよ、自分の戦歴を鼻にかけて、低空飛行の、横滑りの、と切り出したように誤解されてはとの憶測も、これできれいに吹っ飛んでしまった。

公用の余徳

基地と沖の村の中間に、天保山なる景勝の地があり、鹿児島放送局のアンテナを支える鉄柱が、金属回収献納などの折柄にもかかわらず、天下御免と高々と聳《そび》えていた。低空飛行には、大いに障害となった。

昼間雷撃訓練では、好んで空中集合を湾内ですまし、薩摩半島と平行に南下、指宿、開聞岳、枕崎、串木野と迂回、「突撃準備隊形作れ」で小隊ごとの順列となり、城山から鹿児島市街に殺到するころは、超低空寸前となる。

隊員はたびたびの外泊で、市内に顔なじみもできている。調子に乗って高度を下げた訓練は、沖の村上空で最高潮に達する。放送局の鉄塔が倒れるように機尾に流れて、漁船に対する雷撃は終了する。

市街上空を訓練コースに選定せずとも顰蹙《ひんしゅく》を買いそうだが、大隅半島は、鹿屋、志布志で基地訓練中の各航空部隊の縄張りだ。桜島から東へ越境すれば、鹿屋、志布志組と入り乱れて空中は輻輳し、事故も発生しかねないのである。ゆえに三十八度線ではないが、東の方面への越境ならぬ〝越空〟は遠慮していた。

かかる制約を受けてのコースに、沖の村あり、ひらき屋があり、鉄塔があったのだ。夜間飛行時、鉄塔は非常に邪魔な存在であったが、塔頂の赤ランプを夜空の星の中に眺めるのは、ルビーの宝石にも似て、訓練に疲れた心を柔らげてくれた。

放送局のマストは飛行中の目ざわりではあったが、同局に交渉して、二次電池の充電に一室借用の折衝に賛意を得た。ペラの起動に、電信機、座席灯、オルジスにと、多種多様に使用される機内の二次電池は、夜間設備の照明にまで引っ張り出されるため、過重電源供給で規定電圧十二ボルトを保持しているものはまれで、電圧計の目盛りをのぞいては寿命のきた電池は充電される。

なにしろ設備不完全の基地の悲しさ、騒音発生機と改称した方がピッタリする移動用発電機を使用していた。空中ではエンジンの轟音を四六時中聞かされ、降りてくると発電機の騒音では、まったくノイローゼになりそうだ。

起動にはきわめて重宝な二次電池も、取りはずしが不便で、トテツもなく重く、取り扱いは頭痛の種で、電液は稀硫酸なのであやまって服につけると、ボロボロになる始末の悪いものだった。それが局の好意で、スイッチ一つ入れれば、充電ができるのだ。

私は希望者の多い中から、普段よく働くジャク二、三人を作業員に選び、ダットサンに充電電池を積ませては、毎日、放送局へかよった。指名もしないのに、自発的に作業員を希望する古い隊員もいるが、そんな不心得者は私のブラックリストをめくるまでもなく、瞭然としていた。

基地で作業に忙殺されているとき、電池を数個ダットサンに積み、局でおろし、電液を補注、結線すると、あとは暇だ。夜間飛行や午後の搭乗割がないときは、二時間くらい酸ッパイ充電室に腰掛けているだけで、忙しい際は職員にスイッチオフの時刻を告げて帰れば足りる。レクリエーション的なはなはだ楽な作業であったがゆえに、真面目な者を休養させる意味でジャクを選定したのである。

「チョッと買物に行ってよろしいですか」

「よし、早めに帰れ」

副食を買うとのことで、食べ盛りだから無理もなかろう。氷を食べて来る者もいた。そんなわけで、ついに作業員は、隊員の公用使化して、充電は副になっていた。

このころ、買物は名目だけで沖の村で道草を食っているのだが、知らぬが仏の私は、買物行きの便宜を計ってダットサンの使用を許可していたところが、指揮官から、

「お天道様の明るいうちから、バックプレートに錨のマークを付したダットサンが、ところもあろうに、沖の村に乗り込んでいるといううわさがあるが、本当か」

婉曲に、毎日、放送局に行って寄り道をしているのではないか、との意を含んだ言葉である。

「作業員が買物をしたいと申しますので、つい二、三度ダットサンを出しましたが、まことに申しわけありません」

「以後、手綱をゆるめぬようにしろ」

「注意致します」

寛大な処置ですんだ。この真相はこうだった。古い上級者が沖の村にレターを配達せよと注文を出したので、ジャクは断わり切れず、悪気でやったことではないのだ。

死のラバウル転勤

初秋の涼風が夕暮れの鹿児島湾から宿舎を訪れるころ、訓練は佳境に入っていた。

午前、午後、夜間の強行訓練。疲労が蓄積して目に見え出すと、ころを見はからって休養外泊。各員の気心もわかって編制当初のしこりは取り払われ、意気投合、結束していった。外泊のときは、指揮官入来院大尉を囲んで宴会をする。

ミッドウェー後、南雲忠一中将は第三艦隊司令長官となり、第一航空戦隊は「翔鶴」「瑞鶴」「龍驤」、第二航空戦隊は「飛鷹」「隼鷹」「瑞鳳」で母艦群の陣列をととのえていた。

五月の珊瑚海で被弾した「翔鶴」は立ち直ったが、六月五日のミッドウェー海戦において正規空母四隻を失い、破竹の気勢をそがれ、連合艦隊の前途を憂える空気をただよわせ、戦局の前途は暗雲にとざされ、楽観を許さなかった。

　八月に入るや、ソロモン群島南端のそれまで聞いたこともなかったガダルカナル島が、俄然、注視の的となった。わが方は、ガ島確保により米豪間の海上補給路にくさびを入れ、豪州を孤立化させようとし、敵は同島を反攻の基盤として、わが南方前線航空基地のメッカたるラバウルを攻略すべく、反撃の野望を燃やしていた。

ガダルカナル島攻撃に向かう鹿屋航空隊の一式陸攻

　おりから、わがガ島海軍部隊の昼夜兼行の突貫作業の努力が実って、八月六日にいたり滑走路が完成。ただちに飛行機隊の進出を要望し、航空隊側もその日に移動を切望したが、翌七日に一式陸攻をもって、新編制の三沢空が出動することに決定済みだった。ここに一日間の空白ができた。

　ところが、この一日の進出遅延が、悔いても及ばぬ一大禍根となり、血みどろの死闘、押しつ押されつのシーソーゲームが、約六ヵ月間連続する端緒となったのだ。ラバウル基地の中攻隊を筆頭に、赴援《ふえん》の母艦飛行隊もあわせ、歴戦の猛者がつぎつぎにガ島の空に散った。特筆すべきは一式陸上攻撃機の被害が甚大なことであった。

攻防たけなわのころは、敵機の来襲は優に百を越す大編隊で、昼夜の別なく波状攻撃をかけてきていた。質ではなく量の戦いに転ずる過渡期でもあった。当時、実施部隊搭乗員で、ガ島を知らない者はいないまでに有名になった。

今や、ラバウル転勤は死の転勤と覚悟しなければならず、ガ島攻撃は死の爆撃行と化した。敵のヤツ、無気味な底力を持ってやがる。そのそら恐ろしい感じが、搭乗員の頭にコビリつきはじめた。

日華事変を戦い抜いたベテランたちは、「なあーに、アメリカといえどもたいしたことはあるまい。腕がまずいんだよ、腕が」と口にはしていたが、同期生、先輩の戦死者名があとを絶たずにふえていくと、米軍の腕を下算すべきではないと考えを改めた。ただ初陣の連中は、苛烈な戦場を想像するだけで、この人たちがいちばん鼻っ柱が強かった。「飛龍」の連中は、ミッドウエーの悪夢からさめていないときだけに、切実にガ島の戦況を脳裡に描いていた。

ソロモンの戦雲は急角度に深刻になり、昭和十七年九月十六日、「飛鷹」「隼鷹」「瑞鳳」の二航戦に対し、内地出撃、ソロモン海域に向かって、急遽、南進せよとの命が下った。死は覚悟の前だ。さあ、出撃だ！

母艦収容の前夜、ひらき屋で指揮官入来院大尉を囲んで、最後の出撃宴が張られた。やがて団欒《だんらん》の酒宴が一応終わると、隊員は二次会、三次会と分散していった。

通常、小隊なりペアなりは、二次会、三次会と夜明けまで行動をともにするのが搭乗員の慣習であるが、私のペアは山下が家に最後の名残りをそれとなく惜しみに帰宅するし、山崎は私が飲まないので、飲む連中と行動したため、私はフリーの立場になり、かねて知り合いの天文館通りの重松さん宅で過ごした。

明くればいよいよ基地撤収だ。

鴨池公園側の松の樹間を縫って飛行場北側に、友禅模様の衣裳もあざやかに、絢爛豪華、数十のきれいな花がパッと咲いた。きれいな花は、手に手に花を持っている。それは、沖の村から来た人たちと、前夜の宴に絃歌《げんか》をもって、われらが出陣を祝い、武運長久を祈ってくれた人たちだった。

いつも防諜上、隠密に基地撤収をすますので、至極殺風景であり、われわれもそれに慣れきっていた。しかるに今日の出陣風景はどうだろう。前代未聞だ。私は驚くとともに、豪華で派手なこの見送りに、お面を一本とられたような気がした。

入来院大尉は列機を従えて、見送り人の前へ機を進めた。すると見送りの人々は機に近寄ってくるので、小隊ごとの編隊離陸をしようとしていた列機も、エンジンをしぼって回転を落とした。入来院大尉は機をとめ、手を伸ばして大きな花束を受けた。それにならって各機も、それぞれ駆け寄った見送り人から花束を受け取った。

離陸地点に各小隊が位置を占めるのを確認すると、指揮官は花束を抱いて、偵察席に立った。見送り人に挙手一礼して編隊離陸し、空中集合を終わると、市上空をみごとな編隊で航過、ついで一路母艦を目指して飛んだ。

普通の指揮官ならば、この場合、飛行場には入れないだろうし、見送りの好意は十分に受けても、防諜上おかみの目が光るおりから、ていよく追い帰していたろう。どうかすると、あとで基地撤収を漏らしたのは誰だ、と詰問されるのがおちだ。それなのに、わが入来院大尉は莞爾《かんじ》として見送りを受けたのだ。無口で控え目のこの指揮官の、どこにこんな思いやりが宿っていたのだろう。

私ははじめて入来院大尉の心の琴線に触れた思いだった。ホノボノと温いものにつつまれ、よき指揮官の部下となった自分を幸福だと思った。指揮官の誰にでも真似のできるわざではなかったのである。

桜島も霧島も、大隅薩摩両半島の低いなだらかな山の背も、次第にボケてゆく。内地もこれで今度こそ見納めだ。そう思うと、胸の底がちょっとうすら寒くなる。

しかしながら、こんな見送りを堂々と受け、花束までちょうだいにおよんで出撃したのは、あとにも先にも二度と経験しないことだった。やるぞ！と闘志がむくむく湧いてくるのを覚えた。

年貢の納めどき

わが「飛鷹」は二航戦旗艦で、檣頭には司令官角田覚治少将の将旗が翻っていた。基地を別個に訓練していたので、母艦に収容されて、はじめて戦闘機隊員と艦爆隊員とが顔を合わせる始末だった。

情勢が許せば、せめてあと二、三ヵ月基地訓練をし、戦闘機、艦爆、艦攻三者の合同綜合訓練を実施して、訓練の仕上げをする必要があった。それも今となっては荒削りのまま、嵐吹きすさぶソロモン群島目指してまっしぐらに南下しなければならないのである。そして内地出撃は、十月四日のことであった。

ところで、八月七日以後のガ島をめぐる戦局は、いかに推移していたか。

八月八日、第一次ソロモン海戦（ツラギ沖夜戦）生起。わが第八艦隊は、敵の護衛艦艇をほとんど壊滅させたが、上陸船団には一指もそめなかった。それから半月後の八月二十四日、第二次ソロモン海戦において、日米両空母群があいまみえたが、互いに決定的打撃をあたえ得ず、物別れに終わった。

一方、わが潜水艦は健闘し、九月十五日、ガ島後方の補給線上において敵正規空母ワスプを撃沈するという大ホームランをはなった。それにもかかわらず、敵のガ島に築いた地歩はいよいよ堅くなり、ためにわが地上軍は、二回の総攻撃に失敗し、形勢はさらに重大化するにいたった。

越えて十月九日、わが二航戦はトラックに無事入港。ただちに重油補給。近藤中将の率いる二艦隊（重巡主力）の指揮下にはいり、翌十日、ガ島海域めざして壮途《そうと》についたのである。

ガ島では、わが軍の第三次攻撃の準備が着々と進んでいた。この総攻撃が、ガ島奪回の最後のチャンスであった。それに呼応して、十月十一日、「青葉」「古鷹」以下の重巡がガ島砲撃に向かったが、敵の電探射撃のため不覚の敗北を喫した。

つづいて十三日、「榛名」「金剛」の二戦艦を主力とする部隊がガ島ルンガ泊地に突入し、新型の三式弾（焼夷弾）を敵飛行場に叩きこんだ。こんどは大成功であった。「敵飛行場は火の海と化した」という電報が「飛鷹」に届き、乗員たちを小躍りさせたのであった。

十三日の戦艦「榛名」「金剛」の砲撃に引きつづき、十月十四日わが二航戦――「飛鷹」「隼鷹」の艦攻と艦戦に対して、悪戦苦闘総反撃を準備中の陸軍部隊に空から協力すべく、ルンガ飛行場爆撃が令された。ガ島昼間攻撃が発表されて、私はこんどこそ年貢の納め時だと覚悟した。

私はミッドウェーでまる裸になり、貴重品と名のつく私物はいっさい持たず、遺品整理に戦友の手をわずらわすまでもなく、常時整頓を完了、遺品目録さえ作成していた。ペアの山下はひやかすように言った。

「そいつは何のつもりか。いやに用意周到じゃないか」

「うん、おれは死んでからまで迷惑かけたくないんだ」

「縁起でもない、貴様が死んでもおれは死なんぞ」

彼には許婚者がいて、挙式するばかりに進行していた。寄るとさわるとひやかされどおしで、出撃前も岩国から駆けつけた許婚者が見送りの列にいたのだ。

十四日一二〇〇、発艦。

艦隊上空で編隊を組む。「飛鷹」艦攻九機、約千メートル後方に「隼鷹」艦攻九機、その後上方に増槽を抱いた零戦が占位続行する。零戦の増槽がまるで爆戦のように見える。

高度四千メートルくらいに層雲が連綿として果てるところもなく連なって、水平線に接している。

気速百二十五ノット、雲下を一路ガ島に直進。情報によれば、近時敵グラマンの跳梁はなはだしく、ラバウル基地の中攻隊は、長駆攻撃をかけるたびに未帰還機を多数出していた。すなわち、敵は絶対優勢の制空権を把握しているのであった。そのために、補給を受け持つ海上では、潜水艦による潜航輸送さえ行なわれていた。曰く「もぐり輸送」。

大発などが、艇体の小ささを利して島から島へ飛び石伝いに、あたかも洋上の蟻みたいに輸送する方法。それも夜間だけにかぎられる。曰く「蟻輸送」。

また、駆逐艦が日没よりフルスピードでガ島に接近、深夜揚陸をすますと、夜明けまでにガ島基地敵機攻撃圏外へ避退する。すなわち鼠のごとく夜間暗躍する方法。曰く「鼠輸送」。

以上の各種輸送手段を織りまぜては、ガ島への増援に精いっぱいの努力を払っていた。

いずれも窮余の一策で、かかる辛苦の多い涙ぐましい補給により、上陸部隊は辛うじてその日の命を支えていた。今日もまた、駆逐隊が、あるいは潜水艦が、危険を冒してガ島に忍びよろうとしているのであろう。制空権はかならず取り返さなければならない。

しかし、今は敵戦闘機のなすがままだ……。零戦の掩護隊を帯同するとはいえ、敵上空に躍りこもうとする二航戦艦攻隊員の胸中は、言語に絶する悲壮なものがあった。

不安と恐怖の交錯

進撃隊形は忘れようとして忘れ得ないミッドウェー島爆撃時と同隊形。今にも降り出しそうな雨雲は、数刻後の凶悪な運命の展開を暗示しているかと思われた。またもや、ミッドウェーのスリルの再来か……。海面は、ドンヨリ鈍い艶をただよわせ、気味悪いくらいに凪《な》いでいる。嵐の前の静けさだ。チョイセル島を右に、サンタイサベル島を眼下にしたころ、スコールが視界を遮断した。大事をとった指揮官は、直進を避けて右に変針迂回した。チャートを出してみると、視界さえよければ、ラッセル島が現われてもよいはずだが……。

南下後、ふたたび針路を復する。明るさも増してきたが、断雲がつづき、水平線付近は暗かった。

やがて、前方視界の最前端の雲と海の接するところにせり出した黒い島影が、いうまでもなく、音に聞こえたガ島であった。左端がエスペランス岬。サボ島があるかないかの曖昧な水平線上に頭を浮かべている。

機銃はすでに用意されたし、見張りも緊張の度をさらに厳にして、あい変わらず雲下を飛んで行く。各隊はいぜん整然たる編隊を保っている。断雲はしだいに切れ間を閉じ、さっきから目を皿のようにしているが、敵戦の姿はない。

もしや、雲上に……。空戦のできない艦攻の弱身が、そんな予感を起こさせる。予感は波紋を広げて疑問に発展する。疑問はさらにかならず敵戦闘機が待機しているぞ、と決定的にさえ成長する。

だが、雲は断雲から連綿合わさった層雲となり、黒く垂れた雲は、相当の厚さのものと判断される。したがって、雲上に待ち伏せていてはわれわれを発見不可能だ。さては敵は、昨夜の艦砲射撃に粉砕されたのだろうか。ミッドウェー空戦の轍を踏まぬためには、半数の零戦は艦攻の前程に進出して警戒を担当してもらいたかった。

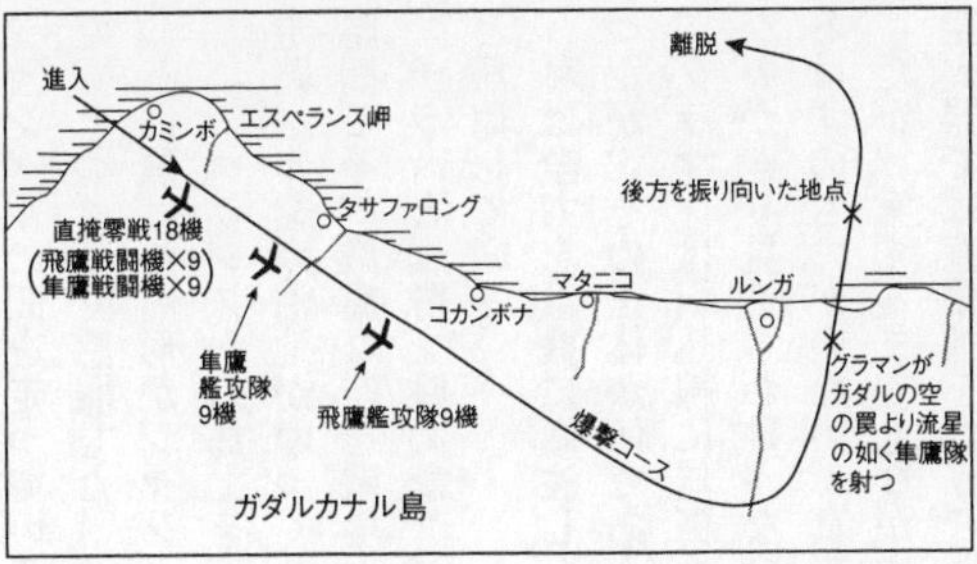

エスペランス岬を左翼下にして海岸線を越す。眼下のジャングルは幾多将兵の血を吸ってか、ドス黒くもり上がり、川は累々たる死屍から流れる鮮血を運んで光っている。散発的な補給に弾薬が尽き、糧秣また尽き、生けるものは虫も食い、敵との戦闘もさることながら、飢餓との戦いにおいても敗れようとしていた。飢えは将兵の肉体をむしばみ、最大の武器である銃すら投げ捨てたい衝動に駆られていた。今われらが機下には、生まれてはじめての辛酸《しんさん》に耐えている同胞がいるのだ。

私はこれらの将兵に、発艦前から準備してきた、ホマレ、ビタミン食、熱糧食、マッチ、褌などを投下した。だれかが拾うだろう。

ルンガ泊地付近の渚に、かすかな余煙がゆるく立ち昇っている。地上は無風だ。

米軍上陸後二ヵ月を出ないのに、滑走路が四本ばかり蜒々とジャングルの間を走っているではないか。ずいぶん早く完成させたな。恐るべき敵の機械力だ、とつくづく感服した。

茶に焦げた円形がジャングルを侵蝕している。三式弾の痕跡だ。

エスペランスから島上を南東に進入していた編隊は、左旋回、N《ノース》に変針。ジャングル、滑走路、ルンガ泊地がゆっくり回転する。いよいよ爆撃針路に突入したのだ。これから数分の時間こそ、厳粛な空を戦場とし、墓場とするやからが踏破しなければならぬ関所なのだ。チラッと編隊を眺めた。見張りの合間にも無意識に目が動く。指揮官入来院大尉は、悠然と飛翔している。

私は全力を敵機に傾注しながらも、指揮官の背から友永大尉と似通ったあるものを汲みとったが、その正体が何であるかわからなかった。ただ漠然と感じたのだ。

グラマンは引込線に無傷なのがいるはずだ。昼間地上からまる見えの爆撃である。盲目でないかぎり見逃すわけがない。地上砲火も鳴りをひそめているし、敵戦も現われぬ。当然いるはずのものがいない。真綿で首を締められるようにはなはだ無気味だ。

だが、案ずるまでもなかった。ジャングルはいっせいに赤い牙をムキ出して咆哮した。対空火器では直撃弾を食うことはめったにない。したがって、高角砲や機銃で落ちるのはまれである。よほど精進の悪い者がやられるのだ。特別の親不孝者でないかぎり、被弾はしても命に別条はない。

脅威の的は敵戦の十三ミリだとの先入感はあっても、ところきらわず、等高度という精度で炸裂し編隊をゆさぶると、さすがに手に汗がにじみ、頬は紅潮する。

層雲は険悪なうえに、砲煙が追加されて、いよいよ空中を濁し、悽愴《せいそう》風雨を呼びそうだ。

敵飛行場はもう目と鼻の先。いよいよ爆撃開始だ。

嚮導機《きょうどうき》の腹の下から、ポトリと爆弾が離れた。爆弾投下！　各機からも、バラバラと爆弾が落とされる。

わが任務は終わった！　投下を終わり心も軽くなった。後続の「隼鷹」の艦攻隊はいかにと、チラと振り返ると、爆煙につつまれて見えにくいが、それでも機腹に、まだしっかと弾を抱いていた。

私の機は嚮導機でなかったので、弾道を追う気は湧いてこない。それどころか、食うか食われるかの今だ。敵戦闘機に備えることが最大の急務だ。

いけない、こんなところに敵はいるんだ、と不吉な予感が背筋を伝わった。

わが編隊は、ちょうど薄れて白みの勝った雲下を通過しかかっていた。前方にスッポリ大穴が口を開いた。空に仕掛けられた自然界の罠だ。気づいたときには変針も遅く、息もせず突進した。幸いにも、敵は待ち伏せていなかったらしく、第一の難所は事もなく過ぎホッと胸をなでおろした。

そのうちに、地上砲火の域も逃れ、両翼端から海岸線がくっきりと延びている。すなわち、機は爆撃終了、島から抜け出ようとしているところだった。

前方に釘づけされていた上半身を、グルッと回して後方を見たとき、私の全身の血は逆流した。「隼鷹」艦攻の九機編隊の右辺三機、左辺一機が、すでに絶望の炎を吐いて編隊から離脱しているところだった。

つづいて、残る「隼鷹」指揮官伊藤大尉を含む五機にも、さも強靭そうにピンと主翼を張ったグラマンが、礫《つぶて》のごとく降下。順次、銃口から火を吐くと、アッという間もなく火炎を引いてもんどり打った。

ああ……。狂う猛牛を相手に打ち振る闘牛士のケープにも似て、一瞬、九機の艦攻は炎の塊りに変じ、まっしぐらに落ちてゆく。

恐れに恐れた罠から、ついに躍り出た敵機。卓抜なる射撃技量、敵ながら、じつにあっぱれな腕だ。敵のやつ、こんどは後下方からすくい上げて撃ってくるぞ！ なんとも表現できない死の一歩手前の無気味さが襲ってきた。束になって降下した敵のゆくえを求めたが、バックがジャングルなので、必死の探求も空しく敵影は不明だ。

真紅の炎は、あるいはジャングルの右にきりもみを描き、あるいは左に炎の直線を浮き彫りにして落ちてゆく。

頼みの綱、零戦はどこへ行ったのか視界内にはいない。ガ島上空敵影を認めず、と早合点し、さては地上掃射に夢中になっているのだろうか。艦攻の気持ちも知らずに護衛も忘れて……と愚痴がのどまで出かかった。

一機も残らぬ全滅の惨劇、おそらく「隼鷹」隊は旋回銃で応戦の暇もなく落とされたものらしい。

前方ばかりに気を配り、後方見張りは「隼鷹」隊に任せたわが隊は、いまだこの悲劇に気づかない。私は旋回銃を後方に向け、思い切り力をこめて引きがねを引いた。

ダダダッダダァッ……。ジャングルの中に、曳痕弾が斜めになって吸いこまれてゆく。ぺアはじめ、他機も不意の発射にいっせいに後方を振り向いた。

「アッ、どうしたことか、『隼鷹』隊は」いつの間にいなくなったんだ、と不安と恐怖の交錯したけげんなお面持ちである。

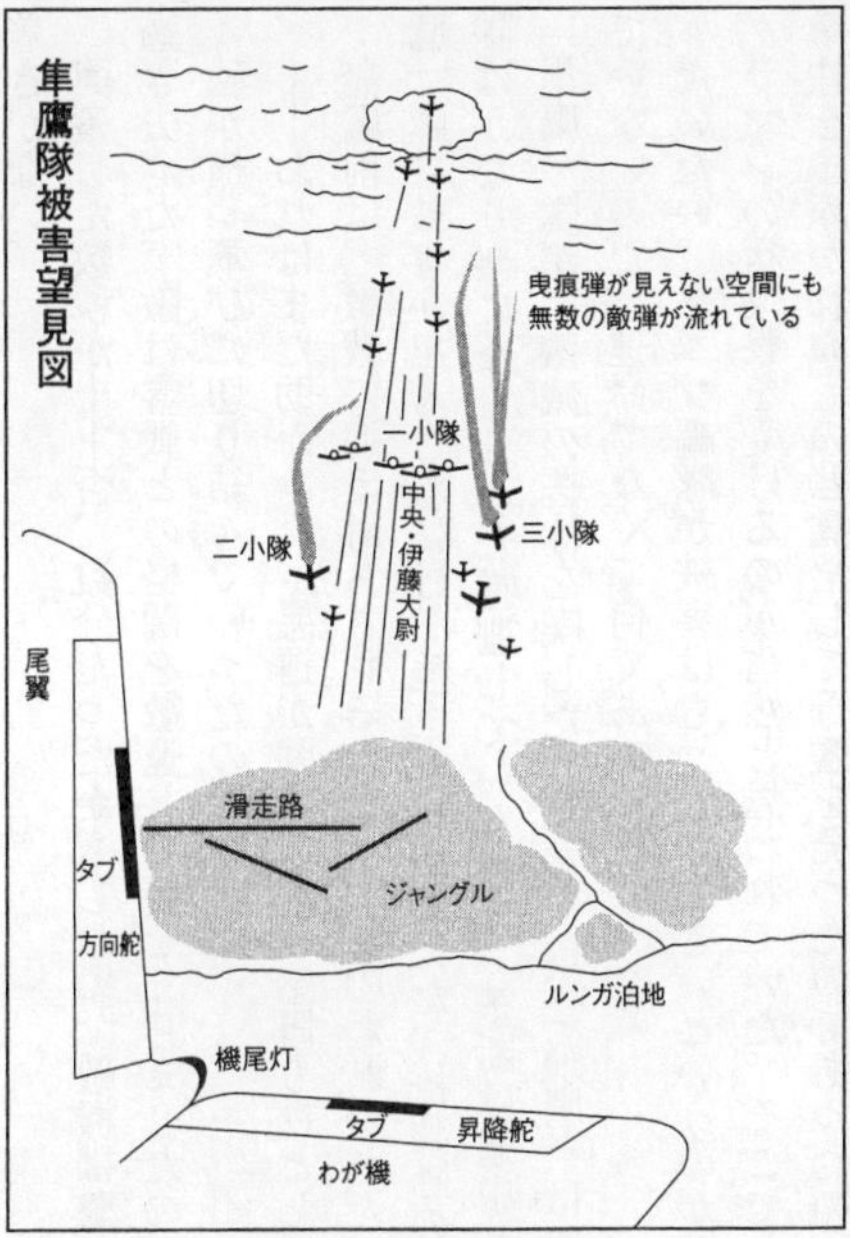

隼鷹隊被害望見図

「どうしたのか」偵察員のうわずった金切り声にも答えず、私は右手で下方を指さして他機の注意を喚起した。

『隼鷹』隊は敵の垂直降下に一撃でやられた」という私の報告に、「そうか」とうなずく山崎の顔は青ざめている。

下へ潜った敵が撃ち上げてくるぞ。体内が気泡をつめ込んだようにフワフワして落ち着きがない。

興奮した数秒が――否、数分だったかもしれぬ。敵機は撃ち上げてこなかった。とにかく、過ぎ去った。敵は零戦との格闘を敬遠して姿をくらましたのか、それとも降下中の敵に対し、零戦が横っ飛びに切り結んでいったのだろうか。

――おれはまた助かった、悪運が強いなあ。感慨もひとしお深く、細り行くガ島を眺めた。

発艦前は、敵戦に迎え討ちされるのはトップのわれわれだ、と覚悟していた。そして「飛鷹」隊に被害が出るころには、後上方にかまえた、掩護隊の零戦が挑戦するから、「隼鷹」隊はかなり楽になるものと推測していたのに、予断は適中せぬのみか、かえって二番艦の「隼鷹」隊が、殲滅《せんめつ》の苦汁を喫した。しかるに、「飛鷹」は取り立てるほどの被害機も出していないのだ。運命でなくて何であろう。

だいたい、トップ編隊が被害はもっとも大きいというのがわれわれの通念であったし、敵グラマンの猛攻撃を受けるのが当然と思われていた。そこでわが「飛鷹」隊こそ、少からぬ犠牲をまぬがれぬものと覚悟して母艦を発ったのであったのに、運命の神は、われわれ凡人の通念をみごとに打破した。そして、こんな予想外の結果を生んだのである。

しばらくして何気なく右翼下に心を引かれて目をやると、廃油と重油のミックスした航跡が、白蛇のようにのた打っている。迷路を想起させるもつれた航跡である。それがほぐれて一本になった先に、数隻の艦艇の姿があった。味方を敵と誤認するのはこんなときだ。よくみれば、「榛名」「金剛」らだ。二戦艦は列を解いている。クタクタに疲れた巨体を引きずり、惰性で滑っていくかのようだ。

　指揮官機は味方艦艇に対し、バンクをして奮闘を祈った。間もなく覆いかぶさった雲の下に、背をこするようにして、掩護零戦が右横に迫ってきた。合同して帰途についた。

「飛鷹」に着艦。戦果報告に整列する。指揮官入来院大尉以下攻撃隊員は、みな気のせいか、顔面蒼白、緊迫感に溢れ、口元も堅く真一文字に結ばれていた。名にし負うガ島にかけたわれわれの攻撃は終わったのであった。

　こうしてラバウルからの中攻隊の間断なき連攻。海上よりする空母艦載機の応援。トラックより遠路派遣された戦艦「榛名」「金剛」以下の艦砲射撃。潜水艦、駆逐艦など小型艦艇を駆使しての昼夜をわかたぬ補給。

　いずれを取りあげても、いかにガ島奪回が焦眉の急を要し、ガ島が戦略上重要なウエイトを占めているかが、われわれにもよくうかがえた。

　海軍に劣らぬ、あるいはそれ以上に犠牲を払っているのが、ガ島の陸軍部隊だった。食糧難で骨と皮ばかりに痩せ衰え、かてて加えてマラリア、赤痢の猖獗《しょうけつ》。その中にあっても、なお反撃の手を休めなかった。

　ガ島に上陸した第二師団は、態勢をととのえて敵方へ進撃し、二十一日、最前線は敵飛行場南縁の前哨線に触れ、飛行場奪還の第一歩を踏み出そうとしていた。

不吉な予感

「飛鷹」艦攻隊においては、敵グラマン何するものぞとたかをくくっていた連中も、十四日の爆撃において、二番艦「隼鷹」艦攻隊を全機食った敵のお手並みを拝見し、グラマンに対する認識を一変した。

われわれは真摯な態度で、見張法、敵発見時の零戦隊への連絡法、接敵法、攻撃隊相互の間隔などを研究した。掩護零戦隊はあくまでその任を全うし、敵機の有無にかかわらず地上掃射に移らないことなどの意見が出された。こうして、各隊の立場から忌憚《きたん》のない検討が加えられた。

この間、二航戦は、敵機動部隊の誘い出しと、ガ島攻撃の両股をかけてソロモン群島北方海域を遊弋しつづけた。

十月二十一日、旗艦「飛鷹」は機関に故障を生じて戦列を離れた。このため入来院大尉以下われわれ艦攻隊は、司令官角田覚治少将とともに、全滅の辛酸を嘗《な》めた「隼鷹」艦攻の空席を埋めるべく、転勤することになった。

旗艦が機関に故障を惹起《じゃっき》するとは、落語にもならない情けないことで、不吉な予感がする。それに輪をかけたように、全滅になった隊の穴埋めにわれわれは移艦するのだ。不平だらだら、母艦から母艦へ、義経ならぬ零艘飛びの転勤を、南太平洋上で行なった。転勤旅費も支給されない情けなさだ。

着艦訓練のような集団転勤。身の回り品を機内に積んで、艦長以下の見送りを受けて発艦、簡単至極な転勤。「隼鷹」着艦。艦長の訓示があり、落ちつかぬ足どりで「隼鷹」搭乗員室へと乗りこんだ。このあと「飛鷹」はトラックへ退いた。

夕食前、艦爆隊、艦戦隊にあいさつを終わると、「飛鷹」の殻を脱いで「隼鷹」色にとけなじんでいった。

「隼鷹」搭乗員の中には、数人の知人がいて旧交を温めた。それ以外に、艦爆隊に一風変わった人物がいた。彼はやや早口で、カイゼル髭を生やし、毛質は茶系統であったが、左右平均のとれたもので、伊勢えび然とピンと跳ね上がった恰好は、偉丈夫風の顔貌とよくマッチし、他の者に一目を置かしていた。上衣の胸に明示すべき氏名階級は省略しているので、私より先任なのか後任なのか見当がつかない。

「あいつ、いったい何者だろう」

これが「飛鷹」転勤者の抱く疑問であった。泰然とした態度から、おのずから古兵の風格が備わっていた。しかし、このゴツイおっさんも、西山強という同年兵とわかったので、西山、山下と私の三人はすぐに肝胆相照らす仲となった。同年兵というものは、親兄弟に話せぬことも打ち明けられる仲なのだ。

暇さえあると髭をひねり上げる彼に、負けじとばかり、鹿児島で脱外出事件以来、謹慎の意を表していた山下が、またもや髭を伸ばしにかかった。二人は、私に髭がないので、同年兵の風上に置けぬ、風下におれと、寄ると触ると揶揄《やゆ》する。よし、そんなに愚弄するなら伸びるか伸びぬかやってみるか！　てな次第と相成って、鼻の下のうぶ毛みたいなやつを、どうにか八の字に剃ってみた。剃ったところは、陽炎《かげろう》か霞かにまぎらう、はなはだ怪しいお髭だった。

夕食後のひととき、飛行甲板を散歩していると、入来院大尉が作戦室からひょっこり顔を出した。

「おい、貴様、髭を生やしかけたそうじゃな。どれ見せてみろ」

どいつが指揮官に告げたんだろう、うらめしいヤツ！

「ウ、ワアッ、なかなか立派なもんじゃ、艦隊随一の髭じゃ。これでも髭のつもりか。前代未聞。その髭は大切に伸ばせ、絶対伸ばせ。剃っちゃいかんぞ」

ヒョンなところでつかまった。散歩なんかしなければよかった。もう後の祭りだ。冷や汗をかいて、ホウホウのていで退散し、搭乗員室へ帰った。

「それでも髭のうちか、チャンチャラおかしいのう。目ざわりじゃ、剃り落とせ」

「何を言うか。おれの髭は指揮官公認の髭だ。文句があるのか。西山、だいたい貴様の髭はひねり上げるより、こう下におろした方が似合うぞ」と、丹念に手入れした彼の髭を下へ向けると、ダラリとなった。それだけで、かくも威厳を失墜するものかと腹の皮がよじれるほど、ユーモラスな人相に見えた。いらい、彼は私と対談中は、右手で髭をカバーするようになった。

同年兵の気易さから、午睡している彼のベッドに忍び寄り、片っ方の髭だけチョン切ってやろうと、鋏を持って行ったが、安眠している童顔に気がとがめて、ついに決行が鈍って中止した。

「貴様の睡眠中、髪をチョン切ってやろうと思って枕もとに行ったが、かわいそうだったから止めた」

「油断も隙もできんなあ。これからマスクをかけて寝るか。ハッハッハッ」と豪傑笑いする彼だった。

無駄死は禁物

十月二十四日、わが機動部隊は、ガ島総攻撃に支援の態勢をとりつつ、敵機動部隊の出現にも即応すべく、ソロモン北方海面で南北に往復運動をつづけていた。

ところで、ガ島のわが陸軍部隊の総攻撃は十月二十二日と予定されていたところ、困難な地勢のため二十三日に延期され、さらに二十四日に引きのばされた。

総攻撃成功を念じていた二十四日正午過ぎ、敵哨戒機が二航戦上空に飛来、ただちに待機零戦が発艦追跡したが、逃げ腰の敵は捕捉されてはたいへんと、尻に帆をかけて雲隠れした。

この調子だとミッドウェーの二の舞を演ずるぞ。苦盃をなめてまだ四ヵ月だ。

発見された以上、敵機の来襲にそなえて艦位を晦《くら》ますべきだ。「隼鷹」は北々東に避針したのち、なおも索敵を続行したが、敵情はいっこうに判然としなかった。

昼食後、涼を求めて飛行甲板へ出ると、三上春治（島根か鳥取県出身）、寺林、手島仙一、中塚（乙十期京都）、沢田（乙十期）、田村、宮内、宮川、佐小田、鈴木薫ら（田村以下いずれも甲四期）初陣の若武者たちが屯《たむろ》していた。彼らが、戦場の体験から割り出した諸注意を、ぜひとも参考までに話して欲しいと頼んできた。

私は一人前の勇者づらしたり、人に教示する柄でもなく、自慢めいたことは性に合わなかったが、強いて請われるままに、おこがましくも一席ブッた。彼らが無知識のために落とされるよりも、話の中から、さらによりよい戦法と手段を学び取って生還してくれれば幸いだ。無駄死は禁物だ。そう考えた私は、かねて感ずるところを述べ、特につぎの諸点を強調した。

受け身の艦攻は、まず第一に見張りによって保身することが大切。前方は操縦、後方は電信と他人任せにせず、自分一人で見張っているものと心がけ、重複してもかまわぬから全体の空中を見張り、敵を発見したらただちに機銃を発射、他機に注視させ、銃の指向できぬ死角にいる敵は素早く、手先で示すこと。

燃料タンクに被弾して火災を起こしても、冷静を失わず消火に努めること。可燃性物質の代表ガソリンが燃えるのだから、当然、猛烈な炎を出すし、スピードがあるので、長い尾を曳いてどぎもを抜かれるが、案外、曳痕弾一発喰らっているだけで、燃焼してしまえば嘘みたいな傷口にすぎない。だからあきらめずに突っ込んで、加速をつけて消火につとめ、自爆は最後の手段と心得るべきである。

敵は強いという先入感、敵はいないだろうという自己の甘い希望的観測に支配されぬこと。

旋回銃で組み打ちして敵を落とそうなんておよそ夢物語りだ。いかに発射弾数を多くし、威嚇《いかく》するかに力こぶを入れ、編隊集中砲火を浴びせることが必要だ。

雷撃の場合は、許す範囲内で低空を這い、投下後は敵頭上の避退はなるべく遠慮して、艦首か艦尾の死角に入って逃げる方が安全度が高い。
大きく旋回したり、敵に腹を見せたりの過激な運動を慎しむこと、などを参考までに話してやると、皆熱心に傾聴していた。

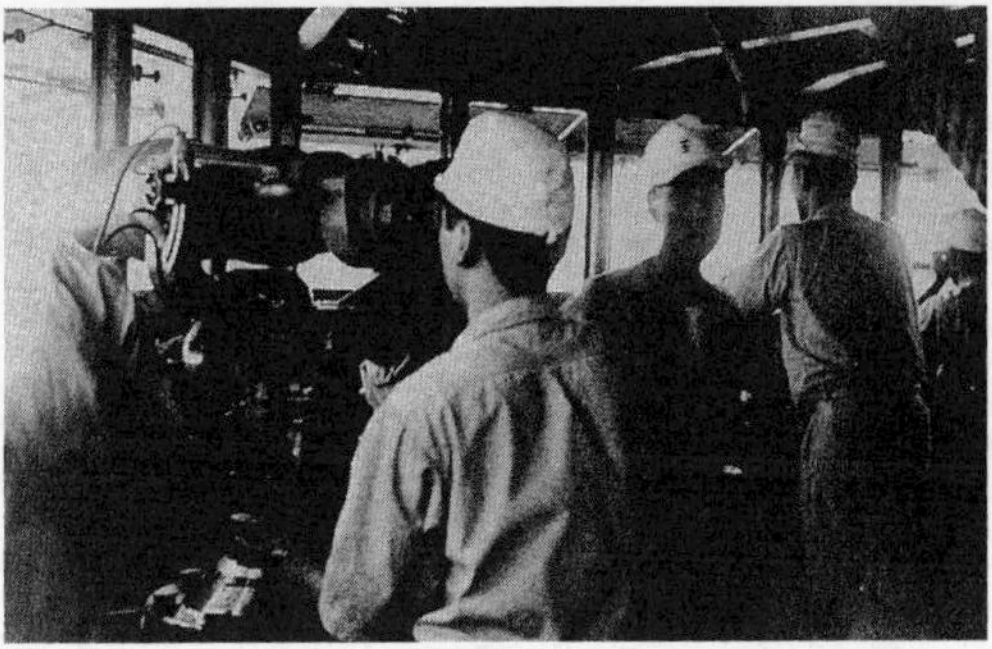
トラックを出撃してガ島攻撃に向かう「隼鷹」の艦橋内部

搭乗員室に帰ると、後を追ってきた宮内、鈴木薫の二人が突っ込んだ質問をするので、なおも細部にわたっての戦訓、体験、先輩の教訓を話した。

宮内（甲四期）は、恩賜の銀時計組だったとかの優秀な操縦員で、容姿端正の好男子で、男が惚れるような男であった。陰日向なく任務を遂行し、率先窮行作業に当たり、わからぬところは納得のゆくまで問いただした。理性に徹した、前途有為の若鷲で、いやな仕事を命ぜられても喜んでやった。

ある夜、ふと眼をさまし、暑苦しいので涼みに甲板へ上がろうと食堂を通ると、灯火戦闘管制の光のもとに、一人の影がうずくまっていた。居眠りしているのだろうか？　足音を忍ばせて近寄ると、人の気配に振り向いた顔は、だれあろう宮内であった。

手にした物は雷撃照準器理論書で、申すまでもなく、必中を期して皆の寝静まった余暇の勉強である。明日の生の保証されぬパイロットたちが抱く、「いつ死ぬかわからぬ。遊べるだけ遊べ」という雰囲気の中にいてのことであった。

また、もう一人の人物に言及しよう。鈴木薫（甲四期、香川県）は短軀であった。彼はたしか母だけに育てられた様子だった。配置は電信で、乗艦するや、こま鼠のごとくチョロついて仕事に慣れようと懸命であった。

母性愛のみを享受した者にありがちの、感傷的でどこかに脆《もろ》さをにおわせる短所は微塵もなかった。常に微笑をたたえ、自己の配置に関して人から容喙《ようかい》されまいと、飛行作業に当っては事前の準備に怠りなく、不審な点は納得ゆくまで究明し、安易な妥協はしなかった。電信機に故障があると、まず自分でここかしこと探求し、それでもわからぬときには交換なり修理を依頼していた。ふだんの心がけが違っているだけあって、同時乗艦の者より格段の進歩を示した。

また、いくら頭脳明晰の秀才でも人間である。一度聞いたことも忘れる。「いわんや、われら臭才においてをや」なのだ。ところが、彼は細大漏らさず訓辞、注意、参考事項をメモして、ポケットからメモランダムを離したことがなかった。そして実行に移した。メモするだけなら意義はないのだ。暇があるとメモに目をとおしている。このほか、一見、平凡単調な艦内生活にも処世上の教訓が転がっている。それを見つけては日記帳にペンを走らせていた。

昨日は、虫が知らせたのか、彼は珍しく便箋をとり出し、数行書いてはビリッと破り、両手で頭を支えて、やっと一通の手紙を書き終わった。

「鈴木、深刻なラブレターらしいな」と同期生から冷やかされていた。

すると、真っ赤になる癖があった彼は、ゆでだこのようになって、

「何をぬかすか、母親に書いているんだ」とあて名を見せた。

この宮内、鈴木両名ともに、南太平洋海戦の第二次攻撃隊に出撃し、雷撃終了後も姿を見せず、ついに散華したのである。ラブレターならぬ、母親への便りが絶筆になろうとはだれも知らなかったが、かならずや鈴木の品行から推して、母の安否を伺い、健勝を祈り、「われ死すとも、母よ万世まで長寿し給え」としたためていたことだろう。

舷側を洗う夜光虫

昼間、敵に発見されてから偽航路をとっていたわが機動部隊も、夜の闇にまぎれて南下に転じた。

夕食をすましたとは名ばかり、重たい手つきで山盛りされたご飯の頂上を、二箸三箸、口にすると、あじけない満腹感にいたたまれず、お茶を一杯ギュッと飲みほすと、熱糧食とビタミン球を頬張って、逃げ出すように飛行甲板へ出た。

ガ島の陸軍将士が聞いたら、もったいない、二箸三箸で残飯にするとは罰が当たるぞ。そんなことをするヤツはブンナグッテクレン、と怒るに違いない。

私の髭は七ミリぐらいに成長していたが、素性が悪くてまっすぐに延びず、わずかにウェ

ーブして、お汁を飲むたびに液が付着する。カイゼル、ドジョウ、チャップリンいずれの型にも該当せず、いわゆるアリラン型というやつだ。コンクールでもあれば、当選疑いなしの代物となっていた。

敵潜を警戒して之ノ字運動を行なっているため、真横にいた駆逐艦がズルズルと滑って「隼鷹」の艦尾へ後退し、消えたと見る間にふたたび艦尾から、一挙に前進してくる。じつに目まぐるしい関係位置の変化だ。

出撃以来、無為徒食、ガ島攻撃を除いては何も取り立てる作戦に従事しなかった。

水平線に引き寄せられてゆく朱の太陽の壮麗さに、自然の雄大さを感じていたが、フトわが機動部隊は、敵哨戒機に発見されたのだと考えつくと、急に六月四日、ミッドウェー島攻撃前夜の敵陸上機の飛来が思い出される。ちょうど今のような日没直前発見されたのに、それを放置したため、翌日、あの敗北をまき起こしたのだ。

しかるに前車の轍を無視してか、艦隊は南下の足を伸ばし、夜半ガ島に接近し、航空兵力を繰り出して陸軍に協力の任を果たそうとしているのである。われわれの本来の敵、空母と戦うのではなく、敵の陸上基地を相手にしようとしているのだ。

敵に発見されずとも、空母甲板の脆弱性はテストずみだ。「赤城」「加賀」「蒼龍」「飛龍」の四空母を喪失した現在、母艦は連合艦隊の垂涎おくあたわざる貴重品であるにもかかわらず、ソロモン群島に未練がましくも執着しているのか。

ガ島も重要であろう。今となっては、空母はそれに数倍する比重を持っているのだ。されば、艦隊を求めて、珊瑚海あたりへ積極的に乗り込み、一戦交えるか、さもなくば、艦載機をラバウルに揚げ、ショートランド島ブイン基地を中継地に、ガ島を完膚なきまでに痛撃すべきだ……。

このように、自分勝手の作戦を練っている間に、夜間で体も冷え、舷側のラッタルを降りていると、夜目にも夜光虫がキラキラと明滅して、真珠を転がすように舷側を洗っていた。

夜を迎えるや、ガ島の陸軍部隊は総攻撃を開始。「二〇三〇飛行場占領」の朗報に愁眉を開くと、あにはからんや、それは誤報であった。総攻撃は、またもや失敗か！

ベッドにひっくり返っていると、食堂から放歌哄笑のサンザメキが耳について離れなかったが、体が冷え切っていたのでひと眠りしたらしかった。

ゴトゴト、ガチーン！　ビール瓶がデッキでいとも派手に割れる音に、ハッと目を開いた。

「ジャクはおらんのか」

通称パッキン兵曹の酔った怒声だ。つまみ物の無心らしい。

三上、寺林、手島の三人が困惑した顔をつき合わせて、通路にたたずんでいる。朝は早くから起き、昼は任務と雑用に、夜は古参の連中が就寝するまで、腰を下ろして休むひまもないのがジャクの生活だ。

私は寝台から起き上がると、通路へ出た。

「どうしたんだ、ギンバイか」

「無理して、烹炊からギンバイして来たんですが、まだ足らんというんです。烹炊では、搭乗員だけが戦争しているんじゃないぞ。ふてえ面するなとまで罵声を浴びました。畜生、もう一度ヌカシて見ろ、ただじゃすまさんぞと、喉まで上がってきた怒りを引き降ろして、今日だけじゃない、明日もギンバイに来なければと思えば、握った拳も柔らかくなりました」

「よし、心配するな。もう寝ろ」

他人に迷惑をかけぬなら消灯後の酒も我慢するが、パッキンは傍若無人のふるまいを毎夜繰り返し、顰蹙《ひんしゅく》を買っていたが、古参で次席である。だれもが煙たい存在として見て見ぬ振りをしているので増長している。

食堂へ入ると、パッキンの相伴を勤める四、五人が屯《たむろ》してご機嫌を取っている。

「ジャクはどこへ隠れた」

「まったく近ごろのジャクは気がきかんですね」

「ちょっと、気合いをかけてやらにゃいけませんよ」

取り巻きが相づちを打つ。私は単刀直入、パッキンを正視する。

「ジャクは寝ろと言いました。もっと静かに飲んだらどうです」

「なにッ、おれに意見するつもりか、生意気なまねをするな。ハワイやミッドウェーに行ったくらいで、ふてえつらをするなよ。承知せんぞ！」

戦歴を鼻にかけていると解釈されるのが、私にはもっとも口惜しく、同時に睡眠を破られた不満も手伝って、鬱積していた彼に対する憤懣が怒濤のごとく堰《せき》を切った。私より四年も

古い新旧序列の階級観念を吹き飛ばし、語調も鋭く、

「ジャクも人間だ。朝から晩まで働けるか。私用にコキ使うな。ジャクも生死を誓った仲じゃないか。おれが戦歴を鼻にかける男と思っとったのか、見そこなうなよ」

とっさに、多勢と階級をたのむパッキンに殺気が流れたのをすばやく看破した私は、彼の胸元につめ寄った。喧嘩の場合も雷撃時の場合も、判断思考よりも動作の方がひと足先に働くのだ。

ミッドウェーで多数の戦友を亡くし、司令官山口多聞少将、加来艦長、友永大尉の最後が、私の心に住み、鹿児島以来晴れ晴れとした気分になれず、泣かず飛ばずの日常を送っていたので、デクの棒に見えていたらしい。表面は沈んでいるようでも、闘志は十分に持っているつもりだ。それあればこそ、ミッドウェーのショックも大きいのだ。

そのデクの棒が、今や逆襲的言辞を弄し、百八十度の豹変をやってのけたので、パッキンはあっけにとられた。が、取り巻きが仲裁にはいり、どうやらその場は納まった。あと味も悪く寝室へ戻ると、成り行きを案じていた三人が、すみませんでした、と泣いて礼を言った。

敵空母見ゆ

十月二十五日、連合艦隊長官の命により、わが二航戦からガ島の敵陣地攻撃に、少数の攻撃隊が発艦した。

翌二十六日午前五時の深夜、敵機が「瑞鶴」に投弾した。数日来、敵機動部隊が、ガ島を

中心に蠢動《しゅんどう》の気配濃厚ではあったが、その存在はヴェールにつつまれ、いそうでいないのが敵空母だった。しかし、午前五時を境に、敵機動部隊の存在はいよいよ確定的になり、ようやく、ここに壮烈な海空戦の序幕が切って落とされたようであった。

作戦室の海図に、デバイダーで敵機の行動半径を描いて、出現公算の多い南東方面に、まず仮想位置をチェックする。現在の彼我の位置より、艦速、索敵機進出距離の線を引き、同航、反航あらゆる場合を想定し、綿密な作戦計画は立てられてゆく。

わが方は、つぎのとおり三隊に分かれて行動中であった。

本隊、南雲部隊（一航戦—「瑞鶴」を旗艦に「翔鶴」「瑞鳳」を基幹）はガ島北々東約四百五十カイリを北上しては南下し、南下しては北上していた。

第十一戦隊の「比叡」「霧島」と第八戦隊の重巡「筑摩」、その他数隻よりなる駆逐艦が前衛部隊として本隊の前方に位置し、敵方に向かい急速南下中であった。

近藤部隊は（二航戦を含む）南雲部隊に並行して、西方約百カイリに位置を占めていた。

零時五十分、敵の盲爆をこうむるや、南雲部隊は敵機動部隊の所在未確認なだけに、危険を感じてただちに増速、反転北上。

わが「隼鷹」では「攻撃待機」の発令によって、艦爆、艦攻にはそれぞれ二十五番徹甲弾と航空魚雷が緊着され、零戦の増槽タンクには燃料が満載され、戦闘即応の態勢はととのった。

黎明も待たず、南雲部隊本隊、前衛より艦攻八機、水上偵察十六機が一段索敵法をとらず、二段索敵法を適用して、捜索の目が南から東へ網の目のごとく張られた。

一段索敵法とは、日出直前、攻撃隊のわずか前に発進して、あたえられた受け持ちコースの索敵を行なうもの。インド洋作戦では、一段索敵を実施。セイロン島のコロンボ港に向け、攻撃隊が発進した後、味方索敵機は、「敵駆逐艦二隻見ユ」を打電した。幸いコロンボ攻撃の第二波として、第二次攻撃隊（艦爆八十機）が母艦に残っていたので、その隊が、索敵機が発見した駆逐艦の方へ攻撃目標を変更し、またたく間に撃沈してしまったのだった。

「翔鶴」から発進する１航戦１次攻撃隊の零式艦戦

数日置いて、トリンコマリーを強襲したが、当日もまた一段索敵が実施された。すると、一度あることは二度あるものだ。

例によって第一次攻撃隊約百八十機が軍港爆撃に向かった後、その寸前に発進して索敵コースをしらみ潰しに捜索中のわが機から、「敵空母一、駆逐艦一南進中」の緊急電報が入電したのだった。またしても幸運にも、第二次攻撃隊は待機中であったため、敵艦隊めざして戦場へ急進直行。銘刀、九九艦爆は英空母ハーミスと随伴の駆逐艦をばっさりと料理したのである。

思うにコロンボ、トリンコマリー攻撃時、索敵機によって発見された敵艦隊が、取るに足らぬ小兵力であり、空母ハーミスも、搭載機はトリンコマリーに陸揚げしていたらしく、したがって空母としての価値は零だった。不運にも、もっともズウ体の大きい、もっとも武装の少ない目標艦となっていたのだ。もし、そのとき敵が互格あるいは優勢の敵機動部隊であったらどうだったろう。思っただけでも身震いする。

この二度の一段索敵で発見した敵が、運よく劣弱であったことが、当時われに幸運の勝利をもたらしたわけであるが、大局的見地から検討すると、僥倖《ぎょうこう》の勝利だったというべきである。というのは性懲《こ》りもなく、ミッドウェーにおいて、また一段索敵が採用され、その結果、完膚なき敗北を喫したのであった。

六月五日、ミッドウェー島爆撃時、またしても同様な出来事が起こった。よほど一段索敵に魅力を持っていたのか、南雲長官のお気に入りだったらしい。なんといっても攻撃兵力を減じないですむ。当日もこの索敵法をもって、第一次攻撃隊とほとんど時を同じくして任務に飛び立った。無言の数刻を過ごして、索敵コースに乗っていた水偵から、

「敵ラシキモノ数隻発見ス」「敵兵力ハ巡洋艦、駆逐艦ヨリナル有力部隊ナリ」「後方空母ラシキモノ一隻発見」

三度目の正直、ついに正真正銘の有力なる敵機動部隊が現われ、ここに戦史に類のない一大悲劇が記録されたのである。

二段索敵法とは、索敵機を二分して索敵線をダブルのようにし、第一索敵機群が各自分担

のコース先端で日出を迎え、反転帰投コースにつくころ、待機の第二群が発進して第一群が黎明に飛んだ跡を辿って捜索し、所要索敵海面を発動点と折り返し点から一挙に捜索する方法である。

これに反し一段索敵法の欠陥は、敵発見の時期がおくれ過ぎ、なお索敵線が粗雑となり、敵をミスする比率が大きいことだ。当然のことであるが、二段索敵は一段索敵の倍数の機を必要とするだけに、攻撃機数が減じ、一にも二にも、先制攻撃をモットーとする海軍伝統のスピリットに反する。ゆえに、ミッドウェー戦までは、南雲部隊は二段索敵を施行、適用することに積極的でなかったのだ。

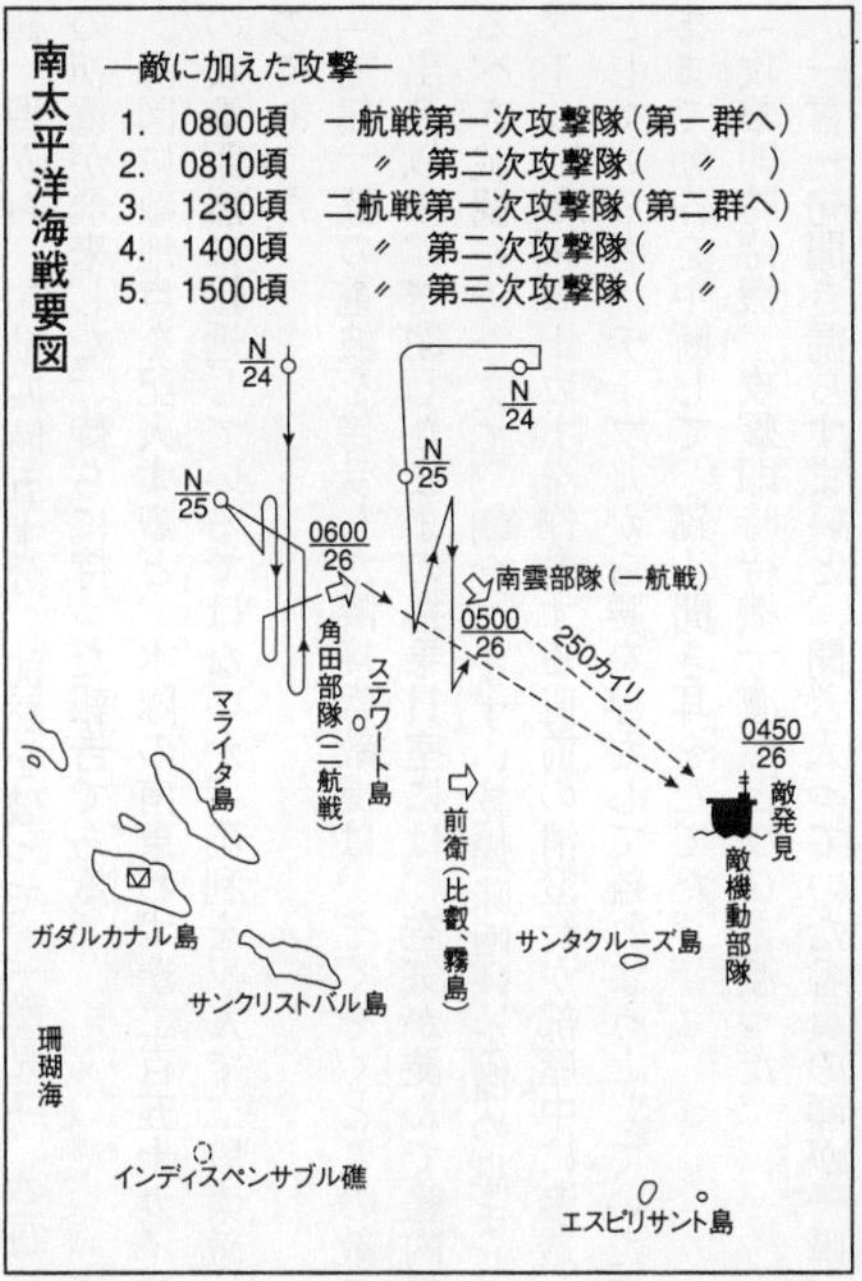

二十六日払暁。二段索敵法にしたがって進出した南東海面コース担当の「翔

鶴」機から、午前四時五十分、沈黙を破って、「敵見ユ。空母一、ソノ他十五、針路北西」の初電が飛来した。待ちに待った報告である。

海図に敵地点を記入すると、本隊の南東わずか二百五十カイリだ。艦攻で二時間そこその攻撃距離に接近しているではないか。不利を忍んで二段索敵法を使用した労が酬いられたのであった。

「翔鶴」機の電波を傍受した隣接索敵機は、ぞくぞくとこの敵の触接に向かった。

出港以来、密閉したままの搭乗員室には、空気が淀んで艦内灯も鈍い光を放っていた。来るべき戦闘にそなえて、朝食のまずい乾燥味噌汁を溜め息まじりですすっていると、「ササァーッ」とスピーカーを作動する直前の清澄音が部屋中に滲透した。茶を口へほうり込もうとしている者、テーブルから腰を浮かして離れようとしていた者、すべての人はその所作のままで動作を中断して、鋭く聞き耳をたてた。

「攻撃即時待機、攻撃即時待機」凛然とひびき渡った。

一言一句聞き漏らすまいと、聞き入っていた各員の顔が一瞬、緊張する。と、つぎの瞬間、頬はゆるみ、一種特有の安堵感に似たものが浮かんだ。言わず語らずのうちに、決死のほぞを固めたのである。

「いよいよ出やがったか」「早く発進せんと、一航戦のヤツらに獲物をさらわれてしまうぞ」

甲板待機で、艦橋付近で指令を待たなければならない。「搭乗員整列」つぎの号音はこれだ。この号令に一秒でも遅れては恥だ。

図板をガチャつかせ、あわただしく走る偵察員。飛行帽を、手づかみにして飛び出す操縦員室は、上を下への大騒ぎ。すばやく飛行準備をととのえて甲板へ出ると、近くの護衛駆逐艦では、艦首から分かれた白波が、猛り狂ってその舷側に雪崩《なだれ》となって散ってゆく。

海面は嵐の前の静けさ、波一つ立たず、わずかに大きなウネリがある。空には忘れ物のように白雲が二、三浮いて、至極のどかな光景だ。視界良好、快晴である。

作戦室を覗くと、南雲部隊とわが「隼鷹」との間隔は八十カイリに短縮していた。その一航戦——「瑞鶴」「翔鶴」「瑞鳳」からは、「敵空母発見」の報に、午前五時五十分、トップをうけたまわって第一次攻撃隊が発進した。

第一次攻撃隊

総指揮官　「翔鶴」艦爆飛行隊長　関衛少佐　九九艦爆二十二機

雷撃隊指揮官　今宿滋一郎大尉（「瑞鶴」）、九七艦攻十六機、直掩零戦二十七機、計六十五機

第一次攻撃隊は、轟然たる爆音を残して南東の空に消えた。それと前後して第二次攻撃隊が発進準備中、旗艦「翔鶴」のレーダーのブラウン管は、敵飛行機群らしい映像を結んでいたので、第一次の発進直後午前六時、第二次攻撃隊は緊急発艦した。

第二次攻撃隊

総指揮官「翔鶴」艦攻飛行隊長　村田重治少佐　九七艦攻十二機、九九艦爆二十機、直掩零戦十六機、計四十八機

この編隊は、第一次攻撃隊を追尾して、戦場へ急行する。われわれ二航戦（「隼鷹」）の攻撃発進は、一航戦のあとである。

奇襲なんてものは緒戦においては成就もしようが、普通の戦闘の型は、通常、われ拳を握れば敵も握り、われ右ビンタを食らわせば、敵もまた左ビンタを返してくるのである。

数時間前、敵機が一航戦「瑞鶴」に投弾、わが部隊発見の報を電波に乗せれば、われもまた劣らず敵艦隊発見を打電し、戦端は電波上に互角裏に開幕した。

第一次、つづいて第二次攻撃隊発進。零戦を直掩に雷撃機、爆撃機連合出撃の直接行動に移れば、味方触接機よりも、「敵攻撃隊発進」の続報が入電する。敵も黙ってはいないのである。

一方、敵発見の電と同時に、連合艦隊司令長官は角田部隊（「隼鷹」以下、「早潮」「親潮」「黒潮」の第十五駆逐隊）を、南雲部隊に編入することを指令したので、わが「隼鷹」は一航戦に合同すべく南東に向かうとともに、全速接敵につとめた。なお、午前四時五十分ころの二航戦と敵艦隊との距離は、約三百三十カイリであった。

太陽が水平線を離れるにしたがって二、三浮かんでいた小さな層雲の塊りも払拭され、青一色の鮮明な空となり、南東貿易風が、磨き上げられたような海面を渡ってくる。

関少佐の率いる一航戦第一次攻撃隊は、進撃の途中、敵の攻撃隊と遭遇した。その際、直掩零戦隊（日高大尉指揮）は独断これを攻撃し、そのうち一コ編隊の全部をまたたく間に撃墜した。それは確かに、味方空母を敵の攻撃から護ることではあった。しかし、そのため第一次攻撃隊は掩護戦闘機不足に陥り、少なからぬ損害をこうむったのであった。

やがて、関少佐の命令が、「隼鷹」電信室に飛びこんできた。それがただちにわれわれ搭乗員に伝えられる。

「全軍突撃セヨ！」

つづいて、雷撃隊より、「敵戦艦一隻撃沈！」の報。さらに、エンタープライズ型空母に、数発の爆弾と魚雷とを命中させた。

景気のよい戦果報告のたびに、ワアーッと歓声があがる。それはよいが、うかうかすると、二航戦の出番がなくなってしまう。搭乗員はもちろん、艦乗員にも焦りの色が見えてきた。

「隼鷹」では、飛行甲板に直掩の零戦十二機と、艦爆十八機が並べられ、第一次攻撃隊として試運転を開始。艦長岡田大佐の激励と飛行長崎長中佐の奮闘を祈る旨の訓示が終わり、十時すぎ、直掩隊指揮官志賀大尉が発艦、これに列機がつづき、終わってつぎは艦爆隊が発進、指揮官山口大尉、中隊長三浦大尉、ヒゲの西山らの車輪がつぎつぎに甲板を離れた。

「西山、弾を当てずに帰って見ろ。貴様の髭は剃り落とすぞ」

「よし、その代わり当てて帰ったら、貴様のアリラン髭は絶対剃るな」

彼と私は固く誓約したばかりであった。

発艦時、発着艦指揮所から西山を見送ったが、風防から流れ入る風圧のために、彼のヒゲはどじょうが二ひき尻尾を垂れたようにして靡《なび》いていた。が、私は笑うにも笑えなかった。

この間、「隼鷹」では指揮官入来院大尉の直率する艦攻七機と、重松大尉の率いる零戦五機をもって、第二次攻撃隊が編成され、発進を待っていた。艦爆は一次隊としてすでに発艦していた。艦攻乗りの私は、もとより第二次攻撃隊である。

華々しい奮戦の陰に

私は、一刻も早く攻撃命令が下令されぬものかと、手持ち無沙汰の体を持てあましていた。いつ敵がダイブして来るかわからない。高度七千ないし八千から艦載機が突っ込んで来れば、発見したとしてももう遅い。むざむざ犬死することにもなりかねない。だから、艦内にあっては配置を持たぬわれわれ搭乗員の心境たるや、まことに哀れなものだ。空中を飛び回っていれば、たとえ空戦性能ゼロの艦攻に乗っていても、不安感がないのだから奇妙なものである。

私は鹿児島の見習娘の写真と照国神社のお守りをジャケットから取り出した。今の間に魚雷に貼っておこう、と絆創膏をもらって、待機室から愛機の傍らへと出かけ、魚雷のどこに貼ろうかと思案した。剥げず、命中をさまたげずの場所として、魚雷後部に力いっぱい押しつけると、急に、「絶対当たる」という自信が湧いてきた。照国神社のお守りと、見習さんの一念により命中は間違いない。神がかりの自信だ。

「新空母群を発見してくれんかなあ。そうなれば、無条件で攻撃命令が出されるのだが」

頭からいつ爆弾を浴びせられるかわからぬ不安状態も、間もなく終止符を打った。ついにわが艦攻隊に雷撃命令が下ったのである。心は早くも戦場へ飛ぶ。搭乗割に漏れた予備員に不服顔が目立つ。

宮内、鈴木両名が私のところへ寄ってきて、

「賭けをしませんか。私たちふたりは、今日の攻撃では絶対に生還します。そしてガ島と同じように、全機無事帰還しますよ」

「そうか、そいつはおめでたい話だが、おれだけは還らんから、賭けをしても無駄だよ。貴様たちが勝っても、おれは死んでいるから、何も取れんじゃないか」と言って笑った。

鈴木はよくトランプをくってはベッドに並べ、「アリャ、こんなところでダイヤが出た」とか言っては、占いに夢中になっていたが、こんどの占いは勝算たっぷりと出たのだろう。それにしても、謹厳実直な宮内まで賭けを申し込んで来たところをみると、生還祝いでもやるつもりだったらしい。さるガ島攻撃において、全機生還したことに意を強くした証左だ。

「搭乗員整列」の令が下り、搭乗員は艦橋下に整列した。司令官以下、首脳がずらりと艦橋から顔を出し、第二次攻撃隊の勢揃いを見まもった。その中で総指揮官は、

「第一目標空母、第二目標空母、第三目標も空母だ。戦艦、巡洋艦に気を奪われるな。こんなものは雑魚《ざこ》だ。忘れるな、攻撃目標は空母だぞ！」

この人のどこにこんな裂帛《れっぱく》の気合いがひそんでいたろうかと、驚かされるほど、語気は荒い。眼光が鋭く隊員を射る。

私のペアは、互いに意気投合一心同体だ。特に二回の雷撃経験者という箔に絶大の魅力を感じてか、私に対する信頼は厚く、生き残ったことに敬虔の念すら抱いていたようで、心よ

く雷撃時のリーダーシップを委せてくれた。戦闘機さえいなければ落ちついてやれるし、高角砲、機銃の弾雨も胆を奪うだけで、直撃命中はそうザラにあるものではない。致命傷を受けたら、降下突入のスピードを駆って、いさぎよく体当たりする――この誓約が事前にペアの間にかわされていた。

過ぐる珊瑚海、ミッドウェー両海戦は、白昼空母同士の対決だった。そのため母艦搭載機数の約三分の二は犠牲を強要され、中でも、無武装にひとしい艦攻、艦爆の被害は想像を上回っていた。太平洋戦争では、もはや日華事変当時の七・七ミリ機銃は、旋回銃にしろ、固定銃にしろ時代遅れもはなはだしいセコハン武器だった。

されば、生還はもとより念頭になかった。艦攻搭乗員の関心は、敵のグラマン戦闘機に食われず、いかにして雷撃を敢行するかの一点にしぼられていた。私も、ただ死あるのみと割り切った境地に身を置くと、豁然《かつぜん》と心も晴れた。

さて、「隼鷹」の東方約八十カイリにいた南雲部隊の状況は、いかに変動しつつあったか――。

一航戦一次攻撃隊、二次攻撃隊と発進後、断雲を突き破って、敵艦爆がダイブを始めた。零戦の八面六臂の大奮闘にもかかわらず、「瑞鳳」がまず被煙をあげ、つづいて「翔鶴」を狙った敵アベンジャー急降下隊四個小隊は、六発の致命弾を叩きこみ、ために「翔鶴」は戦闘圏外に避退のやむなきに至ったのであった。旗艦「瑞鶴」は、奇しくも断雲下に身をくらまし、おかげで敵の鋭鋒をまぬかれていた。

座席バンドをギュッと締める。エンジンは全速回転を始め、ゴワーアッと狂騒音がとどろき、心をせき立てる。

パンパン、ゴーッパンパン。レバーが急激に絞られ、筩外《とうがい》爆発音が花火のようにとどろいた。エンジンに異常はない。各機も出発準備を完了。各小隊から、「出発準備よろシイ」の報告が指揮官に届けられた。

先に発艦を始めた零戦が、戦闘機指揮官重松大尉のもとに集合を急いでいる。いよいよ発艦だ。

指揮官入来院大尉が艦首をかわれば、二番機、三番機、二小隊と、いずれも先陣を争う荒武者のように急旋回をして、指揮官機を追って行く。三小隊一番機につづいて、わが機の発艦がきた。レバー全開。機首がグッと乗り出す。

パン、パン、パン……。ふたたびレバーは絞られ、回転が落ちたところを、整備員がすかさずチョークを払った。と、レバーはグイと入れられ、機尾が軽くなって尻があがる。機は魚雷を抱いたまま、水平となり、しだいに艦橋が流れてくる。

ポケット、艦橋で打ち振る別れの帽子が木の葉のようにざわめく。答礼したときにはもう機首を離れて、主翼上面の脚引き込み表示の扇形板が徐々に没していた。振り返れば、発艦作業を終わった母艦は速力を落として、風向より所定針路に戻っている。

はるか前方、指揮官機が右旋回をはじめた。しんがりをうけたまわるわが機は、見当をつけて直角三角形の底辺をまっすぐ飛ぶと、ドンピシャリ集合はなった。零戦五機、艦攻九機の少なさ。空中集合は朝飯前だ。とはいうが、呼吸が合わぬと、空中集合も容易にできるものではない。技量が低ければ、二倍、三倍もの時間を食うのであった。

直掩の重松大尉はエンジン不調らしく、バンクして編隊を離れた。そして急いで着艦した。単機発艦を見合わすべきか、どうか、首脳部の間で会議されたが、大尉は整備員を督励し、応急修理もそこそこに、直掩隊指揮官のポストを自覚してか、敢然甲板を蹴って、勇躍、攻撃隊の後を追った。

重松大尉はたしか、「飛龍」がインド洋作戦から帰還した際、艦攻隊の近藤中尉、橋本敏男中尉、艦爆隊の下田中尉と同期生で、いっしょに乗り組んできた人だった。そして、常に飛行服の襟に純白のマフラーをまとい、それに顎を埋めていた。小柄の人で、頬も桜色、少年期のおもかげが横顔に残り、いかにも「坊っちゃん」に見える人だったが、その童顔に似合わず、単身、攻撃隊を追って、弾丸錯乱する敵陣へ飛びこむ不屈の闘志が宿っていたのだ。

進撃するほどに、高度二千メートルないし三千メートル間に断雲の数を増し、「隼鷹」第二次攻撃隊は巡航速力百二十五ノット、高度三千五百メートル。敵戦闘機に遭遇したら、ただちに断雲に身を隠す心構えを忘れなかった。

いつ、新たに「敵機動部隊発見」の電波が飛来するか予測できないし、また一航戦の攻撃隊が徹底的な打撃をあたえていない場合には、止めを刺すように指令が打電される。

空母ホーネットに雷撃をおこなう「隼鷹」艦攻隊の九七式艦攻

私が特に微量調整のダイヤルを左右に動かして空間を綿密に探っていると、山口大尉の指揮する先発の艦爆隊へ、新手の機動部隊の空母に攻撃を加えよとの司令官角田少将の指令が飛びこんできた。まさに間一髪のところであった。

正午すぎ、二航戦第一次攻撃隊は戦場付近に達し、一航戦の第一次攻撃隊によって損傷をあたえられて炎上中の敵空母を望見した。指揮官山口大尉は、なおも入念に四周を捜索したが、他に健在の空母を発見することができず、やむなく被爆空母を護衛中の敵艦船攻撃を決意した。そのとき、味方索敵機がさらに、新たな敵空母発見を打電してきたのだ。まったく、洩れた大魚を逸するか否かの瀬戸際であった。

山口大尉機は、ただちに解信符を発した。

「うまく発見して当ててくれ。頼む」と念ずる。しばらく間を置いて、

「トツレ、トツレ……」（突撃準備隊形ツクレ）を送信する山口大尉の無電が鼓膜をゆさぶった。

「おーい、『隼鷹』の艦爆が今、突撃準備隊形に移ったぞ」

ペアにそう知らせる。

つづいて、入電!「トトト……」(全軍突撃セヨ)

「いま艦爆が突っこんだ」

「そうか!」ペアは緊張した声で答えた。

単縦陣となって、敵艦上にまっさかさまに急降下する艦爆の機影が脳裏を掠めた。山口大尉や戦友の顔がかさなる。撃ち上げる弾丸が機をつつみこんでいるであろう。そんなシーンが暗い色で描かれた。

いつの間にか、私は目をつぶっていたのだ。ハッとわれに帰り、戦果いかにと息を殺して待ち受けた。

「敵空母一隻炎上」この報に、

「やったぞォ!」伝声管を通じて、ペアにそうどなる。

――見とれッ! おれたちもやるぞ――と丹田に力が入る。胸の暗い思いがすっとんだ。

この華々しい奮戦の反面、犠牲は決して少なくなかった。指揮官山口大尉は、みずから自爆の範を垂れ、中隊長三浦大尉も指揮官の後を追って斃れ、艦爆は十三機もの犠牲を出したのである。

さて、第一群の敵空母は、一航戦がすでに数弾の命中弾を浴びせて深手を負わせ、つづいて発見された第二群の敵空母に対し、二航戦第一次攻撃隊の艦爆隊が猛襲を敢行して、これまた多大の損傷をあたえた。

そのことより判定して、敵第一群の邀撃戦闘機は自艦が被災し、着艦不能となるや、第二集団の味方空母へ着艦したはずである。燃料補給後、ふたたび上空警戒に任じたとしても、「隼鷹」艦爆の来襲に対し交戦して、撃墜される機も出てくる。われわれが戦場に到達するころは、別の地点から新部隊が出現しないかぎり、邀撃戦闘機の勢力は激減しているものと推定してさしつかえない。――とすると、われわれは敵戦闘機の攻撃をこうむる可能性はきわめて少なくなる勘定である。

一歩退いて悲観的に客観情勢を眺めると、敵機は己れの艦はやられて着艦はできないので逆上し、残弾といくばくもない燃料を駆使して、自暴自棄の攻撃をかけてくる恐れもある。かのウェーキ島で、金井機を食った敢闘精神。またミッドウェー島上空戦で、われわれの編隊真横にまで現われたグラマン。ミッドウェー海戦時、掩護戦闘機もともなわず、ほとんど単機で雷撃に肉薄した心憎いまでの闘魂。

ましてや、現在の敵搭乗員の立場には、のっぴきならないものがあろう。味方艦艇に取り巻かれ、衆人環視の真っ只中――皆が、戦友が、僚友が、上官が見ているのである。でなくても、スリルと冒険を好む国民性を極度に発揮して、弾の尽きた機は、体当たりを辞さぬかも計り難いのだ。

私は、初陣の二人を安心させるため、

「おれたちが予定地点に達するころは、多分、グラマンは一機もいないぞ。いても弾は使い果たしているから安心しろ」といって、沈滞しがちの士気に活を入れてみた。

こんな程度の言葉でも、硝煙なまぐさい苛烈の戦場へ向かう者には、大きな影響を及ぼすものである。果たして、わがペアは互いに顔を見合わせて元気に笑った。

膨れあがる敵影

戦場に近寄るにつれて、戦雲急を告げるというのか、空模様は悪化してきた。風も発生したらしく、断雲の輪廓はくずれ、雲と雲は手を結んで融合し、層雲を形成している。予定の戦闘海面が、刻々、われわれの感情を無視して迫ってきた。蒸発しているような白雲を、右翼にかすめ、左翼に引っかけ、悪視界の中で、全員見張りに懸命であった。

――予定地点には到達している。どこかに敵はひそんでいるのだ。

雲の切れ間から、濃緑の海面がチラリホラリのぞいている。上空を見張ってはグラマンに気を配り、雲間を通しては海面を見張り、ためつすがめつ敵輪型陣を求めていると、「いたッ！」右前方鉄アレイ型の雲の切れ間に、微かな白線一条！ まぎれもない敵の航跡だ。

すでに発見していた指揮官は、小隊間隔をやや開き、雲間を破って編隊降下を決行した。雲の厚味は案外うすく、すぐに雲下へ躍り出た。

輪型陣の各艦は、高速を出し、すごい白波の筋を艦尾より長々と弦状に曳いている。輪型陣の中心に、空母が中央艦橋付近より黒煙をただよわせて、ほとんど停止状態だ。敵艦は空母に雷撃隊を接近させまいと挺身行動をとり、まだ有効射距離外にあるわが攻撃隊に対し、早くも必死の対空砲火を浴びせてきた。めった撃ちに発砲しつつ、大きな円運動を行なっている。

　距離はまだ一万をオーバーしていたので安心しきっていたところ、突然ものすごい炸裂音とともに、編隊は爆発のショック波で、木の葉のごとく翻弄された。戦艦か巡洋艦か、どれが撃ったか定かでないが、主砲を動員しての応戦である。

敵空母は浮流する板切れに似て、扁平に見える。ノビてしまって気息奄々《えんえん》だ。こうなれば敵艦型の識別はむずかしい。甲板の中央に艦橋が突起物のようにくっついている空母と、ただ単に戦艦級らしい大型艦と、駆逐艦らしい小型艦とに判別できる程度であった。

　炸裂硝煙が、雲下に出た瞬間は、数えれば数え得るくらいだったのに、今は編隊前面に雲となって広がり、南太平洋の空には、突如として弾煙の黒薔薇が咲き乱れていくようだった。

　さっきの硝煙は薄くボケて淡い幕を形成し、あたりは一面暮色を呈しはじめた。薄れゆく幕の中に刻々と真新しい弾痕が浮かんでは帯状に連なり、目標の視認をいちじるしくさまたげる。

　グイグイ弾幕の下へ突っ込むと、敵艦が判然としたのも一瞬だった。敵弾はまたもや下へ追っかけてきて、前面に黒い幕を張る。近づくと、停止しているように映じた空母は、四ノットくらいの微速で、左舷にこころもち傾いて走っている。向かって左が艦首だ。

　どこにも敵戦はひそんでいないのか、いっこうに襲ってくる様子がない。とっくに、「突撃準備隊形ツクレ」の令を下して散開すべき距離に突入しているのだが、指揮官はなるべく部下を掌握してゆく腹なのか。それとも九機だから、散開運動も迅速にとれるので散開しないのだろうか……。

敵砲火は乱射乱撃。弾幕を突破してゆくと、空母は幻のように巨大になって迫ってきた。その膨れあがる敵影が、艦型識別の余裕を、私の頭からまったく奪った。

指揮官機のバンクを今やおそしと注視する列機は、炸裂にゆれる翼にもバンクと早合点して編隊を解きかけ、そうでないと気づいては、あわてて定位置に復した。

グウーンと力強く指揮官機の左主翼が持ち上がり、ついに、「突撃準備隊形ツクレ」のバンクは振られた。二小隊は右に、三小隊は左に散ると、弾幕もなんのその、レバーをいっぱい入れて一小隊の線まで急遽進出する。わが三小隊は、ぐんぐん一小隊と離れていく。

そうしながらも目標を見る。ホーネットとヨークタウンはいずれも、艦中央右舷に艦橋と煙突があり、その中間にマストを配した艦型で、すこぶる類似点が多く、判別を困難にしていたが、眼前の敵空母は果たしてホーネットなのか？

弾幕を出ると、目標は巨大な姿を横たえて右四十五度に迫っている。「トツレ」のバンクが遅いと感じていたので、三小隊は焦り気味に散開し、一小隊との間隔を開きすぎ、目標前方に占位してしまったのだ。

わが三小隊が解散のバンクをしたとき、指揮官機より、「トトト……」（全軍突撃セヨ）が発せられた。

そのとき右方を見れば、隣接の一小隊三番機、指揮官機らがはるか右前方に飛燕のごとく直進しているではないか。わが三小隊は、横にむやみに開いて時間を食われ、突撃に遅れたのだ。

「くそッ、敵が全速で走っているのなら、まあこの位置でどうにかこうにかいい。しかし、停止も同然の空母だ。それをわずか九本の魚雷で仕止めねばならぬ。単機でやるのと大してちがわない。かならず命中させねばならない。むだな発射は許されぬ。だがこのままでは当たらない」

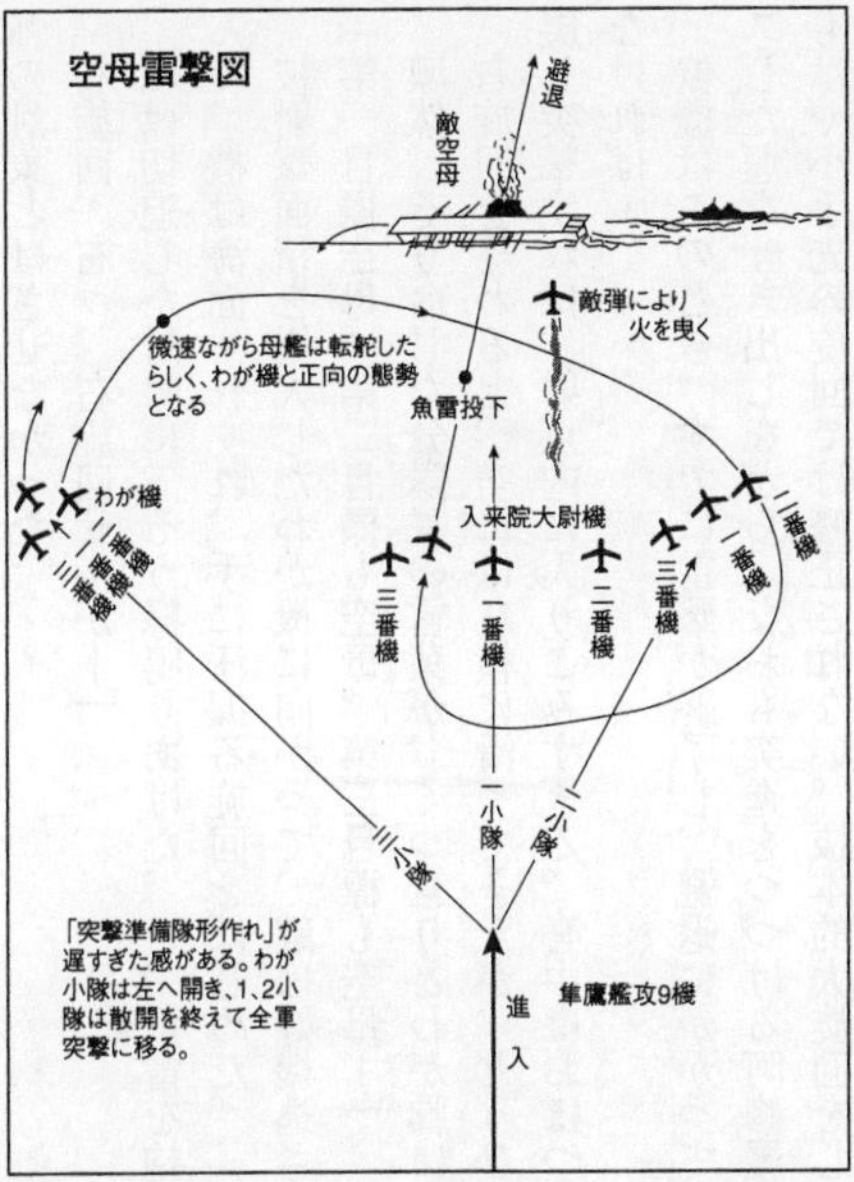

ピンとそう六感が働くと、私の体内で、ただ命中させるだけだ、敵を斃《たお》すのだという一念が沸騰した。

死にもの狂いにもがく敵は、渾身の力を振りしぼって取蛇に転じていたので、機と空母はあいにく正向の形となった。輪型陣の中心だ。前後左右から曳痕弾が飛んできて、交差し、いよいよ凄愴を加える。

しかし、熱し熱してきた「斃さば止まじ」の闘志は、敵弾をも恐怖の対象とはさせなかった。

「右旋回、右ッ、右旋回せんか！」

私は切迫した対勢に、そう怒鳴りあげた。と、魚雷を抱いた身重な機体を支える右翼が沈んで、機は海面すれすれ、手に汗握る旋回をはじめた。

被射撃面積を増大したわが機に向かって、敵は好機逃さじと集中射撃を浴びせてくる。

「第一目標空母。第二目標も空母。第三目標も空母！」

凛然、そう命じた分隊長の言葉が、くっきりとわが胸に焼きついている。

右旋回を終わると、空母は左横に滑ってきたが、どうひいき目に見ても、今から左旋回に戻し突撃すれば、射点内に入りこみすぎる。必中はおぼつかない。なんとしてでも命中させなければ！

僚機はこのとき、すでに雷撃が終了し、避退にかかっていた。その中で、赤と黒をミックスした煙を吐き出しながら、なおも突進をつづける阿修羅のような機が、チラッと映じた。もはや小手先の旋回では修正されない。抜本的大旋回をしてやり直すべきだ。

「やり直しだッ！　右旋回、右旋回。ミギがわからんのか！」

私の叱咤絶叫の甲斐あって、機首はやっと右にひねられた。外輪の敵艦が右から左へ移動する。敵は、わが機のやり直しに目標を護衛艦に転じたとでも思ったのか、にわかに航跡を乱して浮き足を見せかけた。敵兵も驚いたことだろう。

帰艦後の話だが、このとき山下は初陣なので、はじめて体験する硝煙、聞きしにまさる弾雨と凄烈な光景に、睾丸が上がってきて咽喉につかえたようで、座席から体が浮き、宙ぶらな感じがしていた。そこへ、耳もとでガンガン怒鳴りちらす私の声に、「こやつ、豪傑だな。ナニクソッ！　負けてなるものか！」と負けん気になった。すると不思議に、怖気《おじけ》みたいなものがスッととれて落ち着いた、と述懐した。

「そういうおれも、じつは生きた心地はしなかったが、たった九機で雷撃するんだ、命中させねばと思うと、曳痕が気にならなかっただけなんだ」といって私は笑いかえした。

強烈な生への執着

飛弾驟雨《しゅうう》の中に旋回を終わって機がセットしたとき、真正面には、傷ついて今はまったく停止中の空母が、巌のごとく横たわっていた。煙突と艦橋が断崖のように屹立《きつりつ》し、さっきまで風防下縁に見えていた飛行甲板が、グウッと上端へのぼっていた。

空母のポケットから、機銃の火花が猛り狂い、巨大な怪物が風防にのしかかった。――よし、もう射点だ。

ズスン！　魚雷はど真ん中めがけてブッ放された。これなら、どう間違ってもはずれることはない。

一瞬、敵の曳痕弾がとだえた。――そうだ、空母の死角に入ったのだ。急に、フワッと前面が明るくなった。

機は空母の死角から身を起こして、飛行甲板に飛び上がる。左翼端で煙突の根もとをブッ夕切りそうにして、煙突の後方を、左舷から右舷へ躍り越える。網膜の端を、艦橋に立つ敵兵の姿が不明瞭な泡となって流れてゆく。

ソレッ！　とばかり七・七ミリ（後席旋回機銃）を乱射する。わが曳痕弾が艦橋へ吸いこまれる。機銃の引き金を力いっぱい握りしめていると、煙突の横手からソフトクリームみたいなものが、ムクムクと盛りあがってきた。

「命中！　あたったぞォ！」

私はそうどなった。つぎの瞬間、ソフトクリームはヘタヘタと崩れ落ち、ついで、きれいに拭い去られた。

命中したのだ！　と思うと、急に体の節々がはずれるような虚脱感に襲われたが、そうしてはおられない。今やわが機は、赤い火網の中につつまれて風前の灯だ。気をとり直して、「ミギッ！（ヒダリッ」と叫び、敵弾の濃密な撒布界と戦って、避退に全力を尽くす。

田の面に苗を植えたように立ち上る水の穂先が、海面に並んでは消え、消えては立ち並ぶ。ゾッとさせる穂先だ。ピュン！　曳痕弾が海面にあたって空中へ反跳してゆく。わが機を狙う射角が浅いために起こる現象だ。

今ごろ、輪型陣内をまごついているのは、自分たちだけなのである。敵全艦艇の機銃を一身に浴びているのだ。雷撃やり直しを後悔したって、もうはじまらない。

どうにか、オーバー・ブーストを使いっぱなしで、命からがら機銃圏外に脱出した。ところが、ホッとするのはまだ早い。敵は高角砲、副砲、そして主砲まで射ちかけてきた。猛烈な砲撃余波が機を上へ下へ、右に左にと翻弄する。

「なにを！」と、歯をくいしばってがんばる。

やっと砲撃圏外に抜け出る。こんどは敵戦闘機だ。攻撃終了後の機を待ち伏せる敵に食われては、せっかく助かったのも水泡に帰す。

ここで敵機の発見に全精神を集中する。見回せども、僚機の姿は影も形もない。

「グラマンがいるんだ。どうせ僚機はいないんだから、集合点に行くより、ここで予定帰投針路にもってゆき、単機帰投した方が安全だぞ」

待ち伏せの敵をまくため、三十六計、変針しておもむろに高度を上げた。雷撃が終わってここまで逃れてきた以上、どうしても生きて還りたい。いるかいないかわからない敵戦であったが、強烈な生への執着がそうさせたのであった。

「おれはまた、二度目の昼間雷撃も無事終えたのだ」

なんとも表現できぬ嬉しさが、滾々《こんこん》と湧いてきた。体も熱くホテッていた。

初回　ハワイ　巡洋艦命中
今回　南太平洋　空母命中
私にもまして喜んだのは、初陣のペア山崎と山下の両人であった。上気した頬を見せ、ニコニコしている。それも輪型陣を離脱する距離に比例して、しだいに平静になっていった。

落ち着きをとり戻して、機内を見回せば、九二式空三号無線電信機受信機のパイロットランプが消え、左主翼から尾翼に張られた送信空中線がみごとにブッタ切れている。ザッと見ただけでも、約十数発の被弾だ。よくも三人の体に当たらなかったものだとゾッとした。こんなにもいつ当たったのか、少しも気づかなかったのは、すっかり上がっていた証拠だ。「隼鷹」はだいじょうぶだろうか。健在であれ、頼むと祈りつつ、単機の気軽さで雲から雲を伝わって身を隠す。

そうして三十分くらいも経過したろうか。雲間から一直線に白線が見えてきた。しめた！味方識別のバンクをして雲下に出ると、味方前衛部隊の戦艦「比叡」「霧島」をはじめ、巡洋艦、駆逐艦が夜間決戦を挑むべく、波濤を艦首に盛り上げながら猛進していた。海面が静かに凪《な》いでいるだけに、航跡はいやが上にも鮮明であった。

バンクで歓送の意を表わしながら、その上空を通過。それらの部隊が後方視界にわずかに認められるころに、前方同高度に、ごま粒みたいなものがポツンと四つ現われた。

瞬間、ギクンとして、とっさに機首を下へ突っ込む。わが空母を攻撃して帰途につく敵ではないだろうか？

反航で出くわしたので、接近は意外に早い。機影が大きくなると、部厚い翼前縁と頑丈な脚を持っている。よかった！九九艦爆だった。引込脚でない空母艦載機は、敵味方を通じて珍しい時代遅れの飛行機だ。

この艦爆四機は「隼鷹」の第三次攻撃隊で、一次攻撃で指揮官山口大尉、中隊長三浦大尉が戦死し、残った先任者の加藤中尉が指揮官となって出撃してきたのであった。その編制はつぎのようであった。

1	一飛曹　木村　光男	■中　尉　加藤　舜孝	
2	三飛曹　山川　新作	二飛曹　西山　強	
1	一飛曹　宮武　義彰	▶飛曹長　木村　昌富	被弾六
2	三飛曹　小瀬本国雄	二飛曹　佐藤　雅尚	

味方と判明すると、今から悽愴苛烈なあの戦場へ駒を進める四機の艦爆の生還を祈ってバンクする。先方からも必ず撃沈して来るぞとばかり、バンクを返してくるのであった。四機の艦爆を見送った直後、左方断雲下に三機の艦攻が降下していたので、さっそくバンクをして近寄る。

「アンリャリヤ、三番機は魚雷を持っとるわい」

前席から素頓狂な奇声があがったのにつられ、三番機を眺めると、なるほど、ご丁寧にチヤンと魚雷を抱いている。

「いったいこりゃあ、なんとしたことか」

ご苦労にも重い魚雷を持ち帰っているのは、一小隊三番機（電信員三上春治）だった。

彼らは見敵必中、意気込みもすさまじく敵中に突っ込んだが、初陣のこととて弾煙の垣に、精神が錯倒したのだろうか。そして投下索を引いたものの、その前に安全解除を忘れていたのか。もしそうだとすれば落ちっこない。

また、安全解除後、投下索を引いても落ちなかったものならば、魚雷緊締索を緊縛しすぎていたのか、それとも敵を見つめたまま、投下索を確かめず、他の索を引いたのだろうか。あるいは、「用意、打《て》ッ」と、無意識のうちにわが拳を握り締めただけだったが、それを投下したものと、半ば夢うつつで思いこんだのかもしれない。

というのは戦場離脱後、集合してきたとき、彼らは魚雷が投下されていないのを僚機から知らされ、やっと不覚を悟ったとのことだったし、着艦後の問いに対しても、安全解除も確実にやり、投下索も間違いなく引いた由だ。けだし、南太平洋海戦が生んだ稀有の謎だったのである。

ともあれ、着艦前に何はさておいても、魚雷を投棄しなければ危険千番だ。あらゆる手段を尽くしても落ちない場合は、不時着水が残された唯一つの道だった。これとて炸薬充満の魚雷といっしょでは、無理心中みたいで物騒きわまりない冒険だ。

「じゃあ、一、二、の三、で落下傘降下する手がある」というかもしれない。しかし、よくよくのことでないかぎり、パラシュートで脱出したくないのは搭乗員の共通心理だ。

結局、突っこんで急激に引き起こしたり、垂直に近いバンクでロールを打つような調子で振り落とそうと試みたり、七転八倒、操作のかぎりを使い果たしてやっと放棄に成功し、見る者をホッとさせた。

司令官はじめ、上司から譴責《けんせき》を覚悟して着艦した彼らを迎えた言葉は、「二度と繰り返すな」だけで、詰問とて形式のみだった。普通、一生懸命にやったにかかわらず、結果において無為の場合は、「御苦労の乙」が慰めの言葉だったが、われわれは、彼らには特別に「ご苦労の甲」を呈上して慰めたのだった。

本海戦で「隼鷹」は南雲部隊本隊より分離していたため、敵の攻撃も受けず戦闘を続行することができた。

発進前、相討ちを覚悟していただけに、敵を斃《たお》して帰還しても、「隼鷹」もよもや健在ではあるまい、駆逐艦に救助されるのが関の山だ、と考えていたのに、第三次攻撃隊の艦爆四機と遭遇したときは、なんとも言えない希望が湧いたものであった。

着艦後――。零戦、艦爆、艦攻の各機種にわたって未帰還機が多く、艦攻隊では未帰還七機、入来院大尉、高松分隊士（乙五期）、横山分隊士（乙二期）をはじめ、渡辺、福田、佐小田、宮内、鈴木らが永遠に姿を見せない人となっていた。あの偉丈夫、入来院大尉も、ついに祖国に殉じたのだ。

有能な若鷲はバタバタ戦死し、かならず生還するぞと意気ごんだ者が、未帰還者の列に伍していた。そして皮肉にも、死ぬつもりだった連中がかえって生還したのだ。

昨日の戦友は、不帰の空に飛び去ってベッドはガラ空きとなり、搭乗員室では、あわただしくも遺品整理が始まった。今日、遺品整理をしてもらう戦友は、それでも幸いだ。われわれの遺品は、いったいだれが整理してくれるのだろうか！

それはともかく、一方、内地では軍艦マーチの前奏でにぎにぎしく、大本営海軍部から、つぎのような戦果が発表されたのであった。

昭和十七年十月二十六日。戦果＝撃沈―空母三。戦艦一。巡三。駆一。撃破―巡四。駆三。撃墜―約八十機。味方損害＝中破―空母二。巡一。未帰還―六十九機。

なお、戦後の米軍発表によれば、敵の損害は左のとおりである。生還搭乗員の報告とは、少からぬ食い違いがあるが、戦場のこととて、これもやむを得ないことである。

沈没―空母ホーネット。大破―空母エンタープライズ。軽巡サンジュアン。駆逐艦二隻。

単行本　平成十四年六月　光人社刊

NF文庫

空母雷撃隊 新装版

二〇二一年十二月二十二日 第一刷発行
著 者 金沢秀利
発行者 皆川豪志
発行所 株式会社 潮書房光人新社
〒100-8077 東京都千代田区大手町一-七-二
電話／〇三-六二八一-九八九一(代)
印刷・製本 凸版印刷株式会社
定価はカバーに表示してあります
乱丁・落丁のものはお取りかえ
致します。本文は中性紙を使用

ISBN978-4-7698-3244-7 C0195
http://www.kojinsha.co.jp

NF文庫

刊行のことば

第二次世界大戦の戦火が熄《や》んで五〇年——その間、小社は夥しい数の戦争の記録を渉猟し、発掘し、常に公正なる立場を貫いて書誌とし、大方の絶讃を博して今日に及ぶが、その源は、散華された世代への熱き思い入れであり、同時に、その記録を誌して平和の礎とし、後世に伝えんとするにある。

小社の出版物は、戦記、伝記、文学、エッセイ、写真集、その他、すでに一、〇〇〇点を越え、加えて戦後五〇年になんなんとするを契機として、「光人社NF（ノンフィクション）文庫」を創刊して、読者諸賢の熱烈要望におこたえする次第である。人生のバイブルとして、心弱きときの活性の糧《かて》として、散華の世代からの感動の肉声に、あなたもぜひ、耳を傾けて下さい。